KB023670

수상한
 델리고 마을에서 온
초대장

수상한
델리고 마을에서 온
초대장

목
차

1.

**위로의
정원**

초록구 진무동로 443길

델리고 마을

 억새풀이 무성하게 자라난 갓길에서 간신히 표지판을 발견한 화신은 핸들을 오른쪽으로 틀었다. 10살 어린 동생, 시은이 친구를 통해 알아 온 여행지는 거주민이 길을 알려주지 않으면 찾기 힘든 곳에 위치해 있었다. 주구장창 논밭만 보이던 도로에는 마을로 빠지는 샛길만 여러 군데였고, 녹색의 마을 표지판은 잔뜩 녹이 슬어 있었다.

 사람이 살고 있기는 할까. 화신은 작은 의문과 찜찜함을 안고 샛길에 진입했다. 그런데 거짓말처럼 분위기가 반전되었다. 아침부터 껴 있던 안개가 사라지고, 해가 비추기 시작했다. 그리고 마을 입구로 이어지는 짧은 다리가 드러났다.

 다리의 난간을 따라 피어난 화사한 개나리가 방문자를 반기듯 살랑였다. 살짝 시선을 내리자, 다리 아래로 에메랄드

빛의 호수가 반짝이고 있었다. 확 달라진 풍경에, 화신은 압도당한 듯 멍하니 바라볼 수밖에 없었다.

"언니, 창문 열어도 돼?"

이른 새벽에 출발한 여파로 오는 내내 자고 있던 시은이, 어느새 창밖을 보고 있었다. 초롱초롱한 눈동자가 한동안 우울해 보이던 아이가 맞나 싶을 정도였다.

"그래. 대신 위험하니까, 창문 밖으로 고개는 빼지 말고."

승낙이 떨어지자마자 창문을 끝까지 내린 시은이 눈을 감고 향기를 맡았다. 선선한 바람이 옆에 앉은 화신에게까지 진한 꽃향기를 전해 주었다.

"날씨, 진짜 좋다!"

손그늘을 만들어 하늘을 올려다보던 시은이 감탄했다. 동생의 들뜬 목소리에 덩달아 화신의 입가에도 미소가 피었다.

마을 입구를 지나자, 꽃은 더 많아졌다. 어느 건물에는 벽을 타고 자라난 넝쿨장미가 강렬한 붉은빛으로 시선을 사로잡았다. 또, 어느 담장에는 민들레 밭에서 뛰어노는 아이들 그림이 그려져 있기도 했다.

눈이 향하는 곳에, 반드시 꽃이 있었다. 집마다 화분이 한 개 이상은 꼭 있었고, 건물의 지붕이나 외벽 또한 주변에 맞게 다양한 색깔들로 칠해져 있었다. 화신은 마치 거대한 정원에 들어와 있는 기분이었다.

"배고픈데, 뭐라도 먹고 다시 출발할까?"

예약한 숙소까지는 금방이었으나, 식재료도 미리 사둬야 했고 배도 고팠다.

"음, 제일 처음에 나오는 식당에서 먹는 거 어때?"

"싫어하는 메뉴가 나와도 딴말하지 않기다?"

"생선만 아니면 돼."

"정말로?"

"고기 아니어도 잘 먹어, 이제는."

호기롭게 말하던 시은이 내심 찔리는 게 있는지 뒷말을 덧붙였다. 고기 외에는 은근히 가리는 것이 많았기 때문이다. 그런 동생의 입맛을 꿰고 있는 화신이 웃음을 참으며, 제일 먼저 눈에 띈 국밥집으로 차를 몰았다.

돼지국밥 한 사발을 깔끔하게 비우고 가게를 나서던 화신은 사장님에게 마을 지도 한 장을 건네받았다. 정식 팸플릿으로 보기에는 어딘가 허술해 보였다. 유심히 지도를 보고 있는 화신에게, 사장님이 사람 좋은 미소를 지으며 설명을 덧붙였다.

"마을 회관에서 만든 건데 엉성하지? 그래도 시간 내서 여기까지 와 줬는데, 즐기고 갔으면 해서. 우리 마을 관광 명소도 꼭 가보고, 맛있는 것도 많이 먹고 가."

"사장님이 몇 군데 추천해 주세요!"

신이 난 시은이 물었다. 원래 인터넷 맛집보다는 현지 사람이 말해 준 가게가 진짜배기니까. 그렇지 않아도 내심 물어보고 싶었던 화신의 얼굴에도 기대감이 어렸다.

"지도에 '위로의 정원'이라고 적힌 곳이 있을 거야. 거긴 꼭~ 가봐. 우리 마을의 상징인 해바라기가 계절에 상관없이 예쁘게 피어 있는 곳이거든. 게다가 아늑하고 분위기 좋은 카페도 있어. 그리고 이건 비밀인데 말이지~?"

전혀 비밀스럽지 않게 사장님이 속삭였다.

"여기 정원 후문으로 나가면 등대가 있는 곳이랑 바로 이어지거든? 저녁이 되면 야시장이 열리는데 게임장도 같이 해서 즐길 거리가 엄청 많아. 그래서 우리끼리는 짝퉁 카지노라고 부른다니까?"

"독특한 곳이네요. 하지만 제 동생은 아직 미성년자라서요."

"아유~. 명칭만 그렇지 도박은커녕! 완전 12세 관람가 수준이야~. 은은하게 켜진 불빛에, 다양한 즐길 거리, 게다가 수준 높은 길거리 공연까지! 있다 보면 마음이 살살 녹는다니까~? 또 아름답기는 얼마나 아름다운데! 우리 마을 명소 중의 명소야."

뿌듯하게 설명하는 사장님에게 화신은 어설프게 웃으며

알겠다고 대답했다. 그냥 마을을 찾아준 손님에게 하는 형식적인 권유로 들렸기 때문이다. 역시나 별다른 강요 없이, 사장님은 즐거운 여행이 되길 바란다는 말로 대화를 끝냈다.

여행 시작부터 따뜻한 환대를 받게 된 화신과 시은은 조금 들뜬 상태로 차에 탔다.

"짝퉁 카지노라니, 설명만 들으면 그냥 월미도던데?"

시은이 재미있는 명칭이라며 킬킬댔다. 그러더니 눈을 반짝이며 외쳤다.

"저녁은 거기서 사 먹자!"

"어떤 곳인 줄 알고. 위험해서 안 돼."

"그래도 엄청 추천해 주셨잖아. 가자, 응? 응?"

평소 하지도 않는 애교까지 부리며, 시은이 가고 싶다고 졸라댔다. 사실 명칭 때문에 갈 마음이 조금도 없었던 화신은 마음이 약해질 수밖에 없었다. 결국, 단호히 거절하지 못하고 여지를 두기로 했다.

"그러면 숙소에서 잠깐 쉬고, 위로의 정원이란 곳에 가보자. 야시장이 열린다는 장소도 확인해 보고, 괜찮으면 저녁에 데리고 가줄게."

"진짜? 막상 가보면 언니도 별거 아니라고 생각할걸! 아~ 기대된다!"

"아직 간다고 확정된 건 아니거든."

"누가 뭐래? 봄인데 해바라기가 피어 있다고 해서, 그게 기대된다는 거였어."

천연덕스럽게 받아넘기는 시은이 귀여워서 화신은 그냥 웃었다. 대화는 더 이어지지 않고 끊겼다. 시은이 바깥 풍경을 보느라 넋이 빠져 있었기 때문이다. 작은 마을이지만 화신이 보기에도 알록달록하고, 참 예쁜 마을이긴 했다. 무엇보다 조용하고, 느긋한 분위기가 마음에 들었다. 게다가 마을 주민들도 홍보에 적극적이긴 했으나, 강요나 어떤 사심도 없어 보였다.

그래서일까. 단단하게 굳어 마음이 살짝 누그러진 화신은 마을을 더 자세히 보고 싶다는 생각이 들었다.

'차는 두고 갈까.'

정원까지 걸어가는 것도 좋을 것 같았다. 바람은 더 이상 싸늘하지 않았고, 햇살은 따듯하게 느껴졌으니까. 마음이 풀어지기 좋은 날씨였다.

'이번 여행이, 시은이에게 즐거운 추억으로 남았으면 좋겠어.'

화신은 머리 아픈 문제들을 뒤로 미뤄 두고, 시은과 함께 온 여행에 최선을 다하자고 마음을 먹었다. 오랜만에 느긋하게 이야기도 나누고, 사진도 찍으면서 말이다. 그도 그럴 게 이번 여행은, 오로지 시은을 위해 결정한 거였으니까.

"짝퉁 카지노, 한 번 가 볼까."

충동적으로 화신이 말했다.

"갑자기?"

"왜, 싫어?"

"아니, 난 좋아! 나중에 무르기 없기다! 지금 결정된 거야!"

혹시라도 말이 바뀔까, 시은의 대답은 재빨랐다. 기분이 좋
아졌는지, 이젠 콧노래까지 흥얼거리기 시작했다.

"친구에게 자랑해야지~!"

그 말을 듣는 순간, 화신의 눈이 차갑게 가라앉았다. 뭔가
를 묻고 싶은 듯이 벌어진 입술이 도로 다물어졌다. 살짝 풀
어졌던 몸을 바로 하며, 화신은 정면을 바라보았다. 핸들을
꽉 잡은 손이 하얗게 질려 있었다.

레일바이크나 체험관처럼 즐길 거리는 없었다. 하지만 숲
속에 있는 작은 마을에 놀러 온 것처럼 마음이 평온했다. 이
렇게 여유로웠던 적이 있을까, 싶을 정도로 말이다. 정말 오
랜만에, 화신은 이 순간을 순수하게 즐기고 있었다. 머리에
똬리를 튼 각종 부정적인 생각들이, 오늘만큼은 봄 향기에
취해 얌전해진 것만 같았다.

아무 생각 없이 화신은 공원의 산책로를 따라 걸었다. 꽤 깊숙한 곳까지 들어갔을 때서야 온실 정원이 보였다. 불투명한 유리문을 열고 안으로 들어가자, 따듯한 바람이 화신과 시은을 맞아 주었다.

하늘이 훤히 보이는 유리 천장으로 햇살이 쏟아져 내렸다. 그리고 정원에는 화신의 키만큼이나 자란 해바라기가 빽빽이 심어져 있었다. 압도적인 풍경에 감탄할 새도 없이, 어디선가 시선이 느껴졌다.

'뭐지?'

괜히 목덜미를 문지른 화신은 주변을 둘러보았다. 하지만 어딜 보던 해바라기만 보여서, 화신은 초조해진 마음에 걸음을 재촉했다. 카페가 빨리 나오기만을 바라던 찰나, 둥근 공터가 나타났다.

화신은 공터 가운데에 설치된 연못에 가까이 다가갔다. 여신상을 품고 있는 작은 연못에는 사람들이 소원이라도 빌었는지 동전들이 종류별로 쌓여 있었다. 그리고 잔잔한 물 위로, 어디선가 날아온 하얀 꽃잎들이 둥둥 떠다녔다.

수면에서 고개를 든 화신은 여신상을 바라보았다. 석고로 만들어진 여신상의 등에는 커다란 날개가 돋아 있었고, 앞으로 숙인 상체와 벌어진 팔은 마치 무언가를 감싸안고 있는 것처럼 보였다. 특히 오른손에 든 횃불의 존재가 사람들을 위해 어둠을 밝히는 용도처럼 느껴져서, 화신은 한동안 여신 상에서 시선을 뗄 수가 없었다.

그때, 시은이 연못 건너편을 가리며 말했다.

"저기 카페 있다!"

그곳엔 산토리니를 연상케 하는 파란 지붕의 카페가 있 었다. 화이트 색상의 벽면에는 푸릇한 담쟁이넝쿨들이 둘러 져 있었고, 둥근 지붕 위에는 새들이 모여 지저귀었다. 그리 고 카페 양옆으로 세워진 하얀 기둥 위에 둥근 조명은, 밤에 무척 신비로운 느낌을 줄 것만 같았다. 여러모로 동화 속에 나올 법한 느낌의 가게였다.

'저기서 날아왔나 보네.'

화신의 시선이 카페 뒤쪽으로 향했다. 건물 뒤에 심어진 두 그루의 이팝나무에는, 마치 눈이 작은 구름을 만든 것처 럼 하얀 꽃들이 몽글몽글 피어 있었다. 화신은 제 신발 위에 살포시 내려앉은 꽃잎을 응시하다가, 하얀색 문에 걸려 있는 나무로 된 팻말을 바라보았다.

가게의 이름인 듯, 팻말에는 귀여운 글씨체로 '자비로운 여신'이라고 적혀 있었다. 그리고 문의 양옆으로는 여신상 반절 크기의 아기천사들이, 낮은 기둥 위에 앉아 해맑은 미 소를 짓고 있었다.

'위로의 정원과 잘 어울리는 곳이네.'

전체적인 분위기 때문인지, 화신은 보고 있는 것만으로도 마음이 안정되는 것 같았다.

"언니 나 사진, 사진 찍어줘!"

다급한 어조로 재촉하던 시은은, 기다리는 시간도 아까웠는지 직접 스마트폰을 꺼내 카페를 배경으로 연신 사진을 찍기 시작했다. 그 호들갑스러운 행동이 귀여웠던 화신은 사진을 찍고 있는 동생을 카메라에 담았다.

"근데……. 운영 중인 거겠지?"

추억을 남기는 데 여념이 없던 시은이 갑자기 불안한 목소리로 물었다. 내부가 불이 꺼져 있는 것처럼 어두웠고, 명소라고 추천받은 장소치고는 사람이 없었기 때문이다.

"하고 있을 거야. 운영하지 않는 곳이라면, 우리에게 가보라고 추천하지도 않았겠지."

말과는 다르게, 화신도 조금 걱정하고 있었다. 하지만 부드럽게 밀리는 문과 함께 풍경 종이 내는 맑은 소리에 안심했다.

"어서 오세요."

키가 크고, 지루하다는 표정을 짓고 있던 남자 직원이 인사를 건넸다.

"안녕하세요."

화신도 짧게 고개를 숙인 후, 정원이 잘 보이는 곳으로 자리를 잡았다. 넓은 창으로 쏟아지는 햇빛에 눈이 부셨다. 하지만 내부와 바깥을 번갈아 구경하던 시은이 흡족한 미소를 짓는 것을 보곤 그냥 앉기로 했다.

주문을 먼저 할 생각으로 겉면이 가죽으로 된 메뉴판을 집어 들었다. 배를 채울만한 음식이 있을까 살펴보던 중에 런치 세트가 눈에 띄었다. 크로크무슈 2조각에 아메리카노, 그리고 가로 안에는 투 샷이라고 적혀 있었다.

'샷 추가는 한 번만 가능하구나.'

학교에 다닐 땐 맛이 아니라 정신을 차리려고 마셨다면, 이제는 아메리카노 말고 다른 걸 마시는 게 그냥 어색했다.

"난 이걸로 하려고 하는데, 너는 뭐 먹을래?"

시은의 시선이 잠시 커피 쪽에 향했다가, 자연스럽게 디저트 쪽으로 넘어갔다.

"난 연유 라테랑 딸기바나나 수플레."

"너무 달게 먹는 거 아니야?"

"원래 골고루 시켜서 나눠 먹는 거야."

당연하다는 투로 말하는 시은에게 알겠다고 답한 화신이 자리에서 일어나 카운터로 향했다.

"주문하려고 하는데요."

멀뚱히 바라만 보는 남자의 태도에, 화신이 어색한 미소를 지으며 말을 이었다.

"런치 세트 A 하나랑 딸기바나나 수플레, 그리고 연유 라테요. 아메리카노에는 샷 추가 해주세요."

"20분 정도 걸리는데 괜찮으세요?"

"네, 괜찮아요."

"여행은 어떠신가요?"

"좋아요. 오길 잘한 것 같아요."

"그렇군요. 다행이네요."

직원과의 대화는 거기서 끝이었다. 다른 주민들처럼 마을에 대한 칭찬이나 가볼 만한 곳을 추천해 줄 거라고 예상했는데 의외였다. 사실 대화 도중에 물어볼 말이 있었던 화신은 당황스러움을 감추며 질문했다.

"저녁에 야시장이 열린다고 하던데, 그때도 오픈하시나요?"

충동적으로 가겠다고 한 것을, 화신은 후회하고 있었다. 인터넷에 델리고 마을이나 야시장에 대한 정보가 하나도 없었기 때문이다. 만약 야시장에 못 갈 경우, 마음에 든 장소에서 시간이라도 보내게 해주고 싶었다.

그런 점에서 자비로운 여신은 시은의 마음에 쏙 든 것이 확실했다. 그리고 모기나 벌레들을 싫어하는 화신으로써도 기왕이면 안전한 카페 안에서 구경하고 싶은 마음이 컸다.

"오늘은 당신이 마지막 손님이 될 것 같습니다."

"아, 일찍 마감하시나 보네요."

아쉬웠지만 어쩔 수 없다는 생각이 들었다. 오후 1시면 손님들로 가득해야 할 카페에는 화신과 시은 외에 손님이 없었고, 마을 또한 아직 많이 알려지지 않은 탓인지 한적했기 때문이다.

"마을 주민 대부분이 축제에 참가합니다. 만약 사람 많은 곳이 싫다면, 호텔에 머무시는 게 나을 겁니다."

"하지만 언제 또 올지 몰라서요. 한 번 구경이라도 해보려고요."

"동생분은 아직 학생 같은데, 야시장은 일찍 보고 귀가하는 게 좋겠습니다."

퉁명스러운 말투였으나, 화신은 기분이 나쁘지 않았다. 오지랖이어도, 걱정해서 하는 말이라는 걸 알 수 있었기 때문이다.

"내일은 늦게까지 여시나요?"

밤에는 어떤 모습일까 궁금했던 화신이 물었다.

"아마 그럴 겁니다."

확신 없는 대답이었지만 그러려니 했다. 주민 대다수가 야시장에 간다면, 눈앞에 있는 직원도 그럴 가능성이 높다고 판단했기 때문이다. 진상도 아니고, 카페를 열어달라고 강요할 수는 없어서 그 부분은 운에 맡기기로 했다.

다만, 밤의 정원이 어떤 느낌일지 궁금해져서 화신은 카페와는 상관없이 저녁에 방문해 보기로 마음먹었다. 2박 3일 동안 특별한 경험을 남기고 싶은 욕심이 약간 생겼기 때문이다.

"혹시 정원의 조명이 켜지는 시간은 언제일까요?"

너무 어두워지기 전에 켜졌으면 해서 물어본 거였는데, 돌아오는 대답은 생뚱맞았다.

"길을 잃게 되면, 뒤에서 누가 말을 걸든 뒤돌아보지 말고 무시하십시오."

"네?"

"외지인을 환영하는 주민이 있으면, 그 반대도 존재하는 법이죠."

어두울 때 함부로 밖에 돌아다니지 말라는 경고에, 화신의 눈썹이 찡그려졌다. 하지만 마을에서 경찰서를 보지 못했다는 것을 깨닫자, 직원이 해준 경고가 성큼 다가왔다. 호텔로 돌아가면 식당 사장님이 준 지도에서 찾아봐야겠다고 다짐하면서, 화신은 경계심 없이 안일하게 군 자신을 속으로 타박했다.

"그럴게요. 알려주셔서 감사합니다."

대화를 마무리한 화신은 마지막일지도 모르는 내부를 둘러보며 사진을 찍었다. 하얀색과 민트색의 벽지로 꾸며져 분위기는 상큼했으나, 장식품이라고는 단 두 개뿐이었다. 바로 화장실 문 옆에 걸린 그림 한 점과 카운터 정면에 있는 원목 찻장이었다.

그림을 살펴보던 화신이 뭔가를 발견하고는 눈을 좁혔다.

"카페가 없네?"

위로의 정원을 담은 그림 속에는 카페 대신에 검은 돌덩이 하나가 세워져 있었다. 무슨 글씨도 쓰여 있는 것 같아서, 화신이 가까이 다가가 보려고 할 때였다. 쟁반을 든 직원이 카운터의 문을 열고 나오는 게 보였다. 아쉽지만 화신은 사진만 찍고 테이블로 돌아갔다. 그리고 쟁반 위에 놓인 디저트를 보고는 조금 난감해졌다. 주문한 적이 없는 딸기 쇼트케이크가 추가되어 있었기 때문이다.

"저, 이건 시키지 않았는데요."

"서비스입니다."

"하지만."

"감사합니다! 맛있게 먹고 후기 엄청 좋게 남겨드릴게요!"

대화에 불쑥 끼어든 시은이 서비스를 넙죽 받아버렸다. 황망한 표정으로 화신이 쳐다보자, 시은이 코를 찡긋거리며 입모양으로 그냥 먹자는 신호를 보냈다.

"어차피 남는 건 제가 다 처리해야 하니, 그냥 드셔도 됩니다."

"그럼, 감사히 잘 먹겠습니다."

직원의 호의를 계속 무시할 수 없었던 화신은 결국 받아들이기로 했다. 덕분에 생각보다 양이 많아지긴 했으나, 남길 수는 없었다. 제일 먼저 딸기 쇼트케이크를 한 입 먹은 화신의 눈이 휘둥그레졌다.

"맛있어."

화신이 탄성처럼 내뱉은 말을 듣고 따라서 먹은 시은이 놀란 표정을 지었다. 케이크뿐만 아니라 크로크무슈도, 수플레도 맛있었다. 왜 사람이 없을까 안타까울 정도로 적당히 달고, 부드럽고, 따뜻했다. 화신과 시은은 남길까 봐 걱정했던 것이 무색하게도 거의 흡입하듯이 음식들을 해치웠다. 빵빵하게 차버린 배에 죄악감이 들 정도였다.

그렇게 만족스러운 식사를 끝낸 후, 화신은 뒤늦게 정원을 구경하기 시작했다. 의자 등받이에 몸이 자연스럽게 기대어졌다. 태양을 향해 고개를 든 해바라기를 보고 있는데, 문득 그런 생각이 들었다.

"어차피 시들 텐데, 아등바등 필 필요가 있을까? 아름다움은 잠깐이고, 노력한 만큼 꽃이 예쁘게 핀다는 보장도 없잖아."

딱히 대답을 들으려고 한 말이 아니었기에, 화신의 목소리는 속삭임에 가까웠다.

"어쩐지 심오한 내용이네. 사람마다 다르겠지만, 그런 과정조차 보람찰 수도 있지 않을까. 약간 역경을 이겨낸 느낌이 들기도 하고, 꽃이 피면 그냥 그 자체로 기쁠 것 같아. 그리고 도중에 시든다고 해도, 다시 필 가능성까지 없어진 건 아니니까."

"모두 그런 건 아니지. 어떤 꽃은 다음을 기약하지 못할 수도 있어."

자신도 모르게 진심이 불쑥 튀어나왔다. 화신은 놀랐으나, 침착하게 말을 이었다. 이왕 이렇게 된 거, 시은의 생각을 들어보고 싶었기 때문이다.

"사람들이 예쁘다고 꺾어가는 경우도 있고, 사고로 손상될 수도 있잖아, 그렇게 줄기가 다친 꽃은, 회복하기가 무척 어렵겠지."

비단 꽃에만 국한된 이야기는 아니었다. 세상은 자신보다 약한 것에 더욱 잔인했으니까. 그래서 상처받고, 무너진 이들이 홀로 설 때까지는 오랜 시간이 걸렸다.

"하지만 꽃을 꺾는 사람이 있으면, 정성스럽게 가꿔주는 사람도 있지 않을까?"

"……"

"저번에 TV에서 보니까, 식물도 감정을 느낀대. 그래서 말을 걸어주고, 사랑을 표현하면 더 잘 자란다고 그러더라? 그

러니까 포기하긴 이르다고 생각해. 어쩌면 전보다 더 아름답
게 개화할지도 모르니까."

"그래. 네 말이 맞네."

화신은 안도했다. 시은이 세상을 긍정적으로 바라보는 것
은 좋은 징조였으니까. 그래서 뒷말은 속으로 삼켰다. 책임
을 떠넘기는 무책임한 질문이 될 테니까.

'만약 다시 피어날 수 있도록 도와준 사람이……. 꽃을 꺾
은 범인이면? 그래도 믿고 의지해야 할까. 아니면, 손길을 거
부한 채 시들어 죽는 것을 택해야 할까?'

화신은 책상 서랍 속에 든 판도라의 상자를 떠올렸다. 결
혼까지 생각한 강준을 끔찍한 사람으로 만드는 그것을, 화
신은 감당할 자신이 없었다. 이대로 열어보지 않는다면, 아
무것도 모른 채 살 수 있지 않을까. 화신은 외면하기 위해 애
썼다. 불안정하더라도 조금씩 잊으려고 노력하다 보면, 언젠
가는 괜찮아질지도 몰랐으니까.

눈앞에 주어진 '진실' 앞에서 도망치고 싶었다. 비겁했고,
죽은 아이에게도 옳지 못한 행동이라는 것을 알고 있음에도
말이다. 그래서 벌을 받은 걸까? 화신은 창문 틈 사이로 불어
오는 바람이 닿기라도 한 것처럼 손으로 목을 쓸었다.

델리고 마을로 여행 오기 사흘 전, 화신은 연차를 내고 집
에 틀어박혔다. 오는 연락도 무시하고, 가족 외에는 아무도

만나지 않았다.

"대체 무슨 일인데 그래. 임 사위가 너 걱정된다고 나한테도 전화했더라."

"아무런 일도 없었어. 나중에 내가 전화할게."

"나중에 말고, 지금 해. 너 이거 갑질이야~. 강준이가 널 좋아한다고 이러면 안 되는 거지."

"엄마는 누구 편이야? 그리고 우리 아직 결혼 안 했어. 사위라고 부르지 마."

화신은 부모님이 강준을 친근하게 여기는 것이 오늘만큼 불편한 적이 없었다.

"당연히 우리 딸 편이지! 이게 다~ 네가 잘되었으면 해서 그러는 거야."

"제발, 내가 알아서 할게. 그러니까 엄마도 당분간 걔랑 연락하지 마."

"혹시 또 유하가 생각나서 그래? 떠난 사람 붙잡아 뭐해, 이제 잊을 때도 되지 않았니?"

"엄마!"

"이러다 점찍은 사위 놓칠까 봐 그러지. 강준이 정도면 학벌 좋지, 집안 좋지. 부족한 거 하나 없잖아. 게다가 널 얼마나 사랑하니? 이 정도로 좋은 남편감 없다."

아무것도 모르고 강준을 두둔하는 엄마를 바라보자, 화신은 속이 울렁거렸다. 이대로 대화를 계속했다간 괜히 엉뚱한 사람에게 화를 낼 것 같아서 그대로 방에 들어가 버렸다.

"그만해, 엄마."

엄마를 말리는 시은의 목소리가 들렸다.

"네 언니도 내년이면 28살이야. 남들은 다 결혼하는데 과거에 얽매여서는, 저러다 강준이 떠나면 어쩌려고 저래. 어휴."

답답한 한숨 소리가 화신의 가슴에 박혔다. 부모님의 마음을 모르는 것은 아니었으나, 솔직히 지쳤다. 부모님에게 인정받기 위해 노력했으나, 여전히 있는 그대로의 날 봐주지 않는 것처럼 느껴졌으니까.

널 위해서란 말에 화신은 목이 죄이는 것 같았다. 노력하면 언젠가는 달라지겠지. 그렇게 믿으며 부모님이 원하는 딸이 되기 위해 최선을 다했지만 상황은 더 나빠졌기 때문이다. 화신은 오랜 세월 가슴에 묻어둔 죄책감과 부모님을 실망시키고 싶지 않다는 감정 사이에서 점차 시들어가고 있었다.

모른 척 넘어가면 부모님도 걱정하지 않으실 테고, 어쩌면 타인에게 자랑할 수 있는 그런 삶을 살 수도 있었다. 하지만 과거에 강준이 유하를 괴롭힌 학교 폭력 가해자라는 의심이 사라지지 않은 한, 화신은 그와 같이 있는 시간을 조금도 견디지 못할 터였다. 어쩌면 설명할 수 없는 증오로 미쳐버릴 지도 몰랐다.

8년이나 흘렀음에도, 화신은 여전히 그날의 일을 또렷이 기억했다. 문제는 자신이 기억하는 가해자의 이름이 현재의 강준과 달랐다는 점이다.

"내가 어떻게 하면 돼?"

화신이 지친 목소리로 물었다. 세상이 점점 버겁게 느껴졌다. 천천히 자리에서 일어난 화신은 옷장 옆에 있는 전신거울 앞에 섰다. S사이즈의 옷이 헐렁해 보일 정도로 살이 빠지고, 금방이라도 쓰러질 것처럼 파리한 인상의 여자가 슬픈 눈을 하고 있었다.

"어차피 정해진 거라면, 그냥 흘러가게 놔둘까?"

마치 누군가의 손이 목을 조르고 있는 것처럼, 거울에 비친 화신의 목에는 양쪽으로 난 5개의 점들이 곧 맞닿을 것처럼 길어져 있었다. 상자를 연 직후부터 생긴 점은 자라나고 있었고, 그때마다 화신은 자신의 끝을 보고 있는 기분이 들었다.

"사람은 정말 변하지 않나 봐."

또 금방 포기해 버리는 자신에게 화신은 실소가 새어 나왔다. 유하가 자살할 리가 없다고 생각했으면서, 어떤 노력도 하지 않았으니까. 그날의 일을 숱하게 후회했음에도, 손만 뻗으면 닿을 거리에 있는 진실조차 두려워 멈춰있는 스스로가 바보처럼 느껴졌다.

"겁쟁이라서 미안해, 유하야. 하지만 피해자가 도움을 받는 세상이 아닌 걸."

고위 공직자의 자식이라는 이유로 사건이 축소되고, 가해자를 두둔하는 기사들이 쏟아지는 현실이었으니까. 거기에 피해자의 행동이나 말들이 원인이라는 댓글을 볼 때마다, 화신의 용기는 더욱 쪼그라들었다. 제3자이기에, 아무렇지 않게 할 수 있는 말들이 무서웠다.

무엇보다도 가족들의 반응을 생각하면, 겁이 나서 아무것도 할 수가 없었다. 유하 때처럼 공감을 받지 못할까 봐, 화신은 말해 볼 생각조차 안 했다. 그래서 상자를 넣어 두고, 생각하지 않으려 했다. 어차피 이해 못할 테니까. 화신은 겪지 않아도 알 수 있었다.

"나도 내가 못난 거 알아. 그래도 다시 만나면, 너무 뭐라고 하지는 말아 주라."

유하에게 미안했다. 하지만 결정할 생각도 없으면서 계속 고민하고 싶지는 않았다. 화신은 너무 지쳐 버려서, 아무런 노력도 하고 싶지 않았다. 다만, 마음에 걸리는 것이 있었다.

'내 동생만은 안 돼.'

상념에서 빠져나온 화신은 부디 자신의 착각이었기를 바

라며, 창에 비치는 시은의 목을 확인했다. 심장이 갈비뼈를 뚫고 튀어나올 것처럼 세차게 뛰었다. 그러던 중, 창 너머의 배경을 찍고 있던 시은과 눈이 마주쳤다.

"왜 그렇게 봐?"

"그냥. 많이 컸구나 싶어서."

"엑?"

시은이 질색하는 표정을 지었다.

"공부는 잘 돼가?"

"여행까지 와서 공부 이야기야? 심하네."

"그럼 공부 외에는? 고민하는 건 없어?"

"있었는데, 곧 해결될 것 같아."

어쩐지 위험해 보이는 미소를 지으며 시은이 말했다. 걱정을 끼치고 싶지 않아서 둘러대는 말인지, 사실을 말한 건지 알 수 없었다.

"그래. 잘 해결되었으면 좋겠다."

모처럼 편안해 보이는 시은을 보며, 화신은 진심으로 그렇게 되기를 바랐다.

"그보다 여기 어때? 내가 고집해서 온 거잖아. 마음에 들어?"

"응. 평화롭고, 따듯해서 좋아. 이렇게 카페에 앉아서 바라보기만 하는 것도 나쁘지 않은 것 같아."

"그래? 그러면 조금만 더 있다가 갈까?"

"그러자."

따사로운 햇살을 맞으면서 화신이 미소 지었다. 혼란스러운 마음을 잠시 내려놓고, 다시 창밖을 바라보았다. 하얀색의 창틀에 갇힌 정원의 풍경은 한 폭의 그림 같았다. 화신은 여행이 끝나면 보지 못하게 될 풍경을 가능한 오랫동안 눈에 담았다.

그렇게 두 사람은 조금만 더, 정원이 주는 아름다움과 고요함을 즐겼다. 그런데 창밖의 풍경을 좋아하는 이가 한 명 더 있었다.

흐릿한 인상의 남자는 카페에서 정원을 바라보는 것을 즐겼기에, 때때로 직원인 척 카페에 머물기도 했다. 하지만 오늘은 다른 이유가 있었다. 그래서 나유의 잔소리를 들을 걸 알면서도, 한창 게임 준비로 바쁠 시간에 이탈했다. 직접 만나보고 싶었으니까. 일부러 인상을 흐릿하게 만든 남자, 제하는 바깥을 바라보는 척하면서 화신을 살폈다.

얼마 뒤, 자리에서 일어나는 두 사람을 본 제하는 고개를 살짝 숙여 앞머리로 시선을 가렸다. 곧이어 맑은 종소리가 카페 안을 짧게 울리다 멈추었고, 환하게 내부를 밝히던 불빛이 일제히 점멸되었다.

저녁 10시, 호텔에서 잠시 시간을 보내고 야시장으로 향하는 길이었다. 어째서인지 불안한 눈빛을 한 시은이 나란히 걷고 있는 화신을 힐끔거렸다. 아까부터 바지 주머니에 넣어 둔 스마트폰이 계속 울리고 있었지만 무시했다. 지금은 화신에 대한 걱정이 압도적으로 컸기 때문이다. 하지만 전화는 끈질기게 울리며, 시은을 압박하고 있었다.

자기 존재를 잊지 말라는 듯이 울릴 때마다, 시은이 몸을 움찔 떨었다. 잊으려고 해도 믿었던 친구들이 자신에게 했던 폭력과 욕설들이 떠올랐기 때문이다.

'아직은 두렵지만, 괜찮아질 거야.'

이 여행이 끝나면, 모든 게 달라져 있을 것이다. 시은은 자신을 약하게 만드는 생각들을 포크레인으로 들어 올려 머릿속 깊숙한 곳에 묻어 버렸다. 도움도 되지 않는 생각에 빠져 있을 시간이 없었다. 곧, 축제가 시작될 테니까.

"언니는 힘들지 않아?"

망설이다가 시은이 물었다.

"호텔에서 조금 잤더니 괜찮아졌어. 왜, 힘들어? 돌아갈까?"

짓궂은 물음에 시은이 절대 싫다는 듯이 고개를 저었다.

사실 화신에게 묻고 싶은 건 다른 내용이었다. 하지만 상처 주지 않고 이야기를 꺼낼 수 있을지 확신이 서지 않았다. 축제가 시작하기 전에 해야 할 말도 있었으나, 시은은 차마 입이 떨어지지 않았다.

"저녁에는 분위기가 정말 다르다."

"그러게. 지금이 10월 31일인 것만 같아."

얼떨결에 대답하긴 했으나, 정말 낮의 분위기와는 많이 달라져 있었다. 공원 바닥에는 형광 화살표와 함께 둥근 조명이 길을 밝혀 주고 있었다. 그리고 나무 벤치에는 구멍이 두 개 뚫린 천을 둘러쓴 마네킹이 왼쪽으로 삐뚜름하게 앉아 있었다. 으스스한 마네킹에, 옆에 있는 잭 오 랜턴이 무섭기보다는 귀엽게 느껴졌다.

"저건 일본의 테루테루보즈 닮았어."

손수건으로 만든 작은 유령들이 나무에 매달려 있는 것을 본 시은이 키득키득 웃으며 연신 사진을 찍었다. 분위기를 가라앉히지 않으려면, 즐겨야 했으니까. 꼭 하고 싶은 말이 있었지만 억지로 하기보단, 자연스럽게 말할 타이밍을 노릴 생각이었다.

"이걸 밤에만 하고 치우는 걸까?"

꽤 정성을 들인 장식을 보며 화신은 의아해졌다. 낮에는 없었으니까. 하지만 사진이나 찍자는 시은의 권유에, 생각은 그만하고 벤치에 앉아 유령 마네킹과 어깨동무나 했다.

그렇게 핼러윈을 연상케 하는 공원을 지나, 위로의 정원에 도착했다. 닫혀 있는 카페가 아쉬웠으나, 예상했던 대로 달빛 조명이 비추는 정원은 무척이나 아름다웠다. 음습하기보다는 잔잔한 호수처럼 고요한 분위기에 마음이 편안해지는 것 같았다. 기회가 된다면, 카페에서 밤의 정원을 바라보고 싶다는 생각이 들었다.

"이쪽으로 가면 된데."

감겨 있는 조명에 의해 색색으로 반짝이는 팻말을 시은이 가리켰다. 거의 뛰다시피 후문으로 향하는 시은을 따라서 화신도 걸음을 옮겼다. 후문으로 향하는 길은 안쪽으로 들어갈수록 꽃보다는 나무들이 많았다. 일부러 가지치기를 하지 않는 것인지, 우거진 나무들로 인해서 천장이 보이지 않을 정도였다.

화신은 마치 풍성한 나뭇잎으로 만들어진 통로를 걸어가는 기분이 들었다. 거기다 바닥에 설치되어 있는 조명들 덕분에, 통로는 더욱 신비로운 분위기를 풍기고 있었다. 미지의 나라로 떠나는 기분이 들어서 화신도 조금 들뜨기 시작했다.

그렇게 5분 정도 걸어갔을까. 기다리고 기대하던 후문이 나타났다. 정문과는 다르게 나무로 만들어진 둥근 문 아래로 노란빛이 새어 들어오고 있었다.

"스마트폰 챙겼지?"

"어. 혹시 떨어지면 바로 연락할게."

"내가 준 전기 충격기는?"

"쓸 일이 있을까? 아, 챙겼어! 가방에 잘 넣어뒀으니까, 표정 풀어. 하여튼 과보호라니까."

"SOS 기능은 켜두었지? 부모님이랑 내 연락처로 지정해 뒀고?"

끊임없이 이어지는 질문에 대답하던 시은이 기어코 짜증을 냈다.

"나도 고등학생인데, 이제 애 취급은 좀 아니지! 자꾸 이러면 나 혼자 다닌다?!"

전혀 무섭지 않은 협박이었지만 화신에겐 잘 먹혔다. 물론, 두 사람이 싸우는 일은 없었다. 시은이 곧바로 표정을 풀고는, 화신에게 바싹 붙어 팔짱을 꼈기 때문이다.

"전부 다 숙지하고 있어. 그러니 걱정은 이제 그만하고, 즐깁시다. 응?"

여기 온 목적을 떠올린 화신은, 마지못해 고개를 끄덕이며 둥근 문고리를 잡아 밀었다. 그러자 밝은 조명 빛이 쏟아지면서 활기찬 웅성거림이 들려왔다. 문 하나를 사이에 두고 마을 분위기는 달라져 있었다. 화신은 정말 다른 세상에 온

기분이 들었다.

꽤 큰 규모의 야시장은 북적거리는 사람들이 내는 열기로 후덥지근했다. 근심이나 걱정 없이 웃고 떠들며, 밝은 에너지를 뿜어내는 사람들은 자유로워 보였다. 그래서일까. 화신은 친구들과 함께 갔던 놀이공원이 떠올랐다.

'아니야. 유하가 그럴 리가 없어!'

그리고 언제나처럼 최악의 결말로 향하던 기억은, 화신이 아픔을 인지하기도 전에 자연스럽게 흩어졌다. 그런 화신의 주위로 봄에는 볼 수 없는 잠자리 한 마리가 맴돌고 있었다.

여러 가지로 의문을 가질만했으나, 야시장의 열기에 취한 화신과 시은은 의문을 품지 않았다. 그저 셀 수 없는 가게의 행렬에 감탄하고, 후각을 자극하는 냄새에 입맛을 다시며 안으로 들어갈 뿐이었다.

"우와."

시은이 눈을 반짝였다. 옥수수버터구이, 회오리 포테이토 등을 파는 노점상 뒤로, 번화가에 온 것처럼 빽빽하게 세워진 건물들이 보였기 때문이다. 뭐부터 봐야 할지 눈이 어지러울 정도였다. 바다가 보이는 건물의 2-3층에는 주로 카페나 식당이, 건물의 1층에는 회전목마, 인형 뽑기, VR 게임 등하루에 체험해 보기 어려울 정도로 다양한 게임 공간들로 가득했다.

화신은 어디부터 가야 할지 조금 막막한 기분이 들었다.

"우리 저거 타자!"

언제 사 온 건지, 회오리 감자를 먹고 있던 시은이 관람차를 가리키며 외쳤다. 저렇게 큰데, 왜 등대를 보러 갔을 때는 안 보였을까? 떠오른 의문을 자세히 생각해 보기도 전에, 화신은 시은의 손에 이끌려 뛰고 있었다. 어찌나 적극적인지, 가격을 물어보지도 않고 카드부터 건넨 시은으로 인해서 화신은 입술 한 번 떼지 못하고 강제 탑승해야 했다.

삐걱거리며 관람차가 올라가기 시작했다.

'엄청 즐거워 보이네.'

화신은 창문에 완전히 밀착한 채로 밖을 바라보는 시은을 사진으로 남겼다. 그리고 자신도 창밖으로 시선을 돌렸다. 하늘에서 바라본 델리고 마을은 또 다른 매력을 품고 있었다. 마을 곳곳에 심어진 꽃과 나무들이 조명과 함께 어우러져, 마치 거대한 크리스마스트리를 보는 것 같았다. 등대의 불빛을 받은 밤바다와 선박들은 운치가 있었고, 별들이 촘촘히 박힌 하늘은 아름다웠다.

술렁거리던 감정이 잔잔한 바다처럼 고요해졌다. 화신은 움직일 때마다 잘게 흔들리는 느낌조차도 엄마가 아이를 달래 주는 것처럼 안심이 되었다.

첫 시작이 나쁘지 않았던 탓에, 화신은 집으로 돌아가자고 강력하게 주장하지 못했다. 오히려 들떠 있는 시은의 손에 이끌려 이것저것 구경하고, 체험해 보느라 정신이 없을 정도였다.

그렇게 사람들이 뿜어내는 기운에 동화되어 경계심도, 의문도, 걱정거리도 모두 내던져버리고 놀고 있을 때였다. 아마도 우연히, 화신은 누군가를 발견했다. 입매가 서서히 굳어지며 눈동자가 충격으로 흔들리기 시작했다.

'최윤정?'

와인색의 단발머리, 커다란 눈, 얇은 입술, 각진 턱. 모든 게 화신에게 익숙했다. 또 헛것을 본 건 아닐까, 의심하고 있던 찰나였다. 눈이 마주친 윤정이 놀란 표정을 짓더니 냅다 도망치기 시작했다.

"시은아, 여기서 기다리고 있어. 금방 올게!"

여자가 사라진 방향을 시선으로 찾으며, 다급히 말을 마친 화신이 냅다 뛰기 시작했다.

'어쩌려고. 이제 와 8년 전에 왜 그랬냐고 따지기라도 할 거야?'

진실을 덮어두기로 결심했으면서, 자신은 왜 숨이 헐떡일 정도로 뛰고 있는 걸까. 화신은 윤정을 찾는 이유를 자신도 알지 못했다. 다만, 붙잡아야 한다는 생각만 강하게 들 뿐이었다.

사람들 사이로 요리조리 잘 빠져나가는 윤정을 향해 화신이 소리쳤다.

"잠깐만! 거기 서봐, 최윤정! 윤정아!"

이름이 불렸을 때, 잠깐 멈칫하는 듯 보였던 윤정은 한 번 돌아보지도 않고서 다시 뛰기 시작했다.

"이봐! 여기서 뛰면 위험하다고!"

"죄송해요!"

사과를 하면서도 화신은 사람들을 밀치며 뛰었다. 무작정 도망가기만 하는 윤정을 보니, 지금껏 참아왔던 감정이 폭발했다. 반드시 잡겠다는 각오로 화신의 눈이 활활 타올랐다.

'왜 그랬어?'

묻고 싶었다. 중학교 때부터 윤정과 유하는 화신이 가장 사랑하는 친구였고, 영원히 변치 않을 거라 믿었던 관계였다. 하지만 화신만 고등학교가 달라지면서 어그러지기 시작했다.

수능이 끝나고 며칠 뒤, 유하가 자살했다. 학교 폭력이 있었다는 것을 알게 된 화신은 같은 학교였던 윤정에게 도움을 요청했지만……. 외면당했다. 그리고 윤정은 졸업하자마자 유학을 떠나 버렸다. 그렇게 8년 동안, 연락 한 번 준 적이 없었다.

'그런데 왜? 왜 지금에서야 나한테 상자를 보낸 거야?'

묻고 싶었다. 이제 좀 괜찮아지려는 때에, 그딴 상자를 보낸 이유를 말이다. 차라리 몰랐더라면 행복하게 살았을지도 모르는데······.

상자에는 윤정이 고등학교 때 사용했던 스마트폰, 펜 형식의 녹음기와 USB, 그리고 '솔라키움(solácĭum)'이라는 곳에서 보낸 흰색 봉투가 들어있었다. 호기심에 녹음기를 틀었던 화신은 끝까지 들을 수 없었다. 울먹이는 윤정에게 소름이 끼치도록 차분한 음성으로 유하를 죽일 거라 협박한 사람이 강준이라는 걸 알아버렸으니까.

화신은 사람 한 명이 간신히 지나갈 만큼 좁은 골목길로 들어간 윤정을 계속 쫓았다.

"나한테 상자를 보낸 이유가 있을 거 아니야!? 야, 최윤정!"

목이 터져라 소리치던 화신의 얼굴이 창백해졌다. 등대가 가까워지고 있다는 것을 깨달았기 때문이다. 혹시나, 하는 나쁜 상상이 들었다. 워낙 갑작스럽게 일어난 일이라서 윤정의 목에 점이 있는지 확인하지 못했던 화신은 마음이 다급해졌다.

"윤정아 제발! 어, 여긴······?"

골목길을 빠져나온 화신이 제 눈을 의심했다. 야시장에 들어가기 위해 열었던 문과 똑같은 둥근 문이 나타났기 때문이다. 등대를 기준으로 위치를 확인하려고 했으나, 건물에 가려졌는지 어느새 보이지 않게 되었다. 주변을 유심히 보지 않으면 그냥 지나칠 정도로 좁은 골목길 외에 다른 길은 없었고, 사람들 또한 보이지 않았다. 아마도 윤정은 이 문을 열고 안으로 들어간 것 같았다.

"정말 여기로 갔을까?"

어쩐지 으스스한 기분이 들었다. 자신만 덩그러니 있는 공간은 어두웠고, 문 옆에는 검은 로브를 쓰고 있는 마네킹이 붉은 등을 들고 있었다. 화신은 쉽사리 들어가지 못하고 문 앞을 서성거렸다. 한참을 제자리에서 왔다 갔다 움직이던 발이 뚝 멈추었다.

"내가 찾는 걸 알면서도 으슥한 곳에 들어갔다는 거지."

화신이 무서운 걸 싫어한다는 사실을 윤정이 모를 리가 없었다. 이렇게까지 도망을 가니, 괜히 오기가 생겼다. 화신은 안으로 들어가기 전에, 걱정하고 있을 시은에게 전화하려다가 도착한 메시지를 발견했다.

[나 너무 많이 먹었나 봐. ㅠㅠ 호텔로 먼저 돌아갈게. 언니도 너무 늦지 않게 돌아와.]

화신은 바로 전화를 걸었다.

"체했어? 약 사갈까?"

-집에서 약 챙겨왔잖아. 그거 먹으면 돼.

"전화를 하지. 위험하게 혼자서 가면 어떡해?"

-이미 도착했거든요. 직원이라도 바꿔서 확인 시켜줘?

"바꿔줘."

잠깐 조용해졌다. 그리고 체크인 때 대화를 나눴던 직원분의 목소리가 들려왔다.

-박시은 님께선, 저희 델리고 호텔에 무사히 도착하셨습니다.

"아, 감사합니다."

-됐지?

"푹 쉬고 있어. 금방 갈게."

통화를 끝낸 화신에게 문자가 도착했다. 시은이 직원과 함께 찍은 사진이었다. 그제야 안심한 화신은 문을 열고 안으로 들어갔다. 어둠을 밝혀 주는 빛은 마네킹이 들고 있는 조명뿐이었고, 정신이 없었던 화신은 나무를 파내서 각인해 놓은 'solácium'이라는 글씨를 보지 못했다.

오래된 경첩에서 나는 끼익-거리는 소리와 함께 문이 완전히 닫히고 몇 분이 흘렀을까. 골목길을 통과한 다른 누군가가 도착했다.

[얼른 와. 나 인내심 별로 없는 거 알지?]

도착한 문자를 다시 확인한 시은이 한숨을 푹 내쉬었다. 미리 준비해 둔 덕분에 무사히 넘어가기는 했으나, 화신을 속인 것이 몹시 불편했기 때문이다. 하지만 곧, 시은도 문을 열고 안으로 들어갔다. 손에는 '솔라키움'이 각인된 녹색 봉투가 들려 있었다.

✵

구름 한 점 없는 파란 하늘을 별자리처럼 넝쿨들이 수놓은 곳. 어떻게, 어떤 식으로 가능한 건지는 알 수 없었다. 하지만 검붉은 넝쿨들 끝에 걸린 붉은 다이아몬드가 무게를 이기지 못하고 하나둘씩 떨어질 때마다, 투명한 바다의 색 또한 분홍색에서 점점 짙은 색으로 변해가고 있었다.

"이제 몇 번 남았지?"

지루한 듯이 하품하던 온이 물었다. 해변에 놀러 온 사람처럼 붉은 비키니를 입고 선글라스를 쓰고 있었으나, 조금의 흥미도 느끼지 못한 표정이었다.

-322번째 게임은 이 사람이 마지막이야. 2시간 정도 휴식을 가진 후에 다음 게임을 시작할 예정인데, 많이 지루해?

망고 주스를 쭉 들이켜며 나유가 물었다. 12살 정도로 어려 보이는 나유는, 요정처럼 청아하면서 스피커를 통해 흘러나오는 것처럼 공간을 울리는 특이한 음성을 갖고 있었다.

"그럴 리가. 태어난 이후로, 오늘처럼 기대가 된 적이 없는 걸."

흥미로운 콧소리를 내던 온이 다음 게임의 명단을 살피다가 눈썹을 찡그렸다. 그러고는 자리에서 일어나 어딘가로 걸어가기 시작했다.

-어디 가?

똑같이 선베드에 누워있던 나유가 당황한 눈으로 상체를 일으켰다.

"좀 쉬려고. 다음 게임이 퍽 내 마음에 들었거든."

-그럼 여긴 접어?

"뭐 하러? 시간 아직 남았잖아. 즐기게 내버려둬."

독기 가득한 눈동자가 즐겁게 휘는 것을 본 나유는 소름이 돋는 것을 느꼈다. 만약 피부가 비늘로 되어 있었다면, 지금쯤 전부 일어나 있었을 것이다. 또 사고를 치지 않을까. 긴장하던 나유는 자신이 만든 게임 공간에서 온이 완전히 사라지고 나서야 안도의 한숨을 내쉬었다.

"으아악!!"

어디선가 들려온 비명에 나유가 보트를 타고 바다 한가운데로 이동했다. 핏빛으로 물든 바다 위에는 성한 곳이라고는 없는 맨몸의 남자가 둥둥 떠 있었다. 나유는 하늘을 올려다보았다. 하늘에서 열매를 맺은 핑크 다이아몬드가 남자의 몸을 뚫고 지나갈 때마다, 다시 열매가 맺히는 상황이 반복되고 있었다.

-게임이 끝나기까지 약 30분 정도 남았어. 좀만 버티면 해방될 수 있을 거야.

"자수할게. 자수할 테니까, 제발 멈춰줘."

-내 역할은 기록하는 거라서, 네 요청은 아쉽지만 들어줄 수가 없어.

안타까운 어조로 나유가 설명했다. 델리고 마을의 사자들에겐 각자의 역할이 있었고, 그걸 벗어난 행동을 하면 페널티를 받았기 때문이다.

-다시는 여기 오지 않기를 바라.

나유는 냉정하게 폐쇄 시간을 지정한 뒤, 밖으로 나가는 통로를 만들었다. 모든 것은 인과응보였으니까. 그러니 미래를 바꿀 수 있는 것도 자신뿐이었다.

-어?

푸른빛을 띠는 둥근 통로를 걷던 나유가 돌연 움직임을 멈추었다. 오류가 발생했다는 창을 확인하기 위해서였다. 그런데 천천히 내용을 읽어 내려가던 나유의 얼굴이 파래졌다가 하얘지길 반복했다. 한참 전에 발생한 일이 지금 보고되었기 때문이다. 이런 경우는 처음이었다.

-이게 대체 어떻게 된 일이지?

과거 이력 속에 비슷한 사례가 있었는지 확인하기 위해 나유는 헐레벌떡 자신의 집무실로 향했다.

바다를 떠올리게 하는 나유의 집무실 한쪽에는, 허공에 뜬 물방울 모양의 CCTV들이 마을 곳곳을 비추고 있었다. 가벼운 손짓 한 번으로 수십 개의 화면에 오류를 띄운 나유가 고개를 갸웃했다.

-통행증은 있는데, 뭐가 문제지?

나유는 화신을 자세히 살펴보기 시작했다. 통행증으로 사용되는 은화는 특별 제작된 것으로, 앞면에 각인된 해바라기가 뒷면 일부까지 감싸도록 디자인되었다. 관상화의 둥근 원 안에는 소지자의 별자리와 발행일이 표시되어야 했으며, 무엇보다 중요한 것은 뒷면이었다.

솔라키움의 인장이 새겨져 있는 뒷면에는 반드시 소지자가 초대한 사람의 이름이 적혀 있어야만 했다. 그렇지 않으면 발동하지 않게 되어 있었으니까. 그런데.

-서명이 없어?

나유는 경악했다. 허락된 자들만 들어올 수 있는 솔라키움에서 통행증에 서명이 없는 경우는 극히 이례적이었기 때문이다. 다급히 발행 정보를 확인하던 나유는 더욱 당황했다.

-전갈자리와 게자리? 심지어 두 개라고……?

다음 게임 명단을 찾아본 나유는 완전히 미궁에 빠졌다.

혹시나 싶어 3배로 확대해 보기까지 했으나, 소득이 없었다.

-없어. 왜? 지금까지 이런 경우는 없었는데!? 대체 왜 비어 있는 거냐고~!

심지어 은화의 사용처를 기록하는 명단에서조차 화신을 찾을 수 없었다. 은화의 서명은 소지자가 지정하게 되어 있었기에, 생각해 볼 수 있는 경우는 두 가지였다. 단순 관람객, 혹은 소유권이 다른 사람에게 이전된 경우였다.

-어떻게 이럴 수 있지?

믿을 수 없다는 듯 데이터베이스를 몇 번이고 확인하던 나유는, 결국 인정할 수밖에 없었다. 화신의 동생이 게임에 참가할 예정이라는 건 기재되어 있었지만, 정작 화신에 대한 정보는 한 톨도 찾을 수가 없었기 때문이다.

-대체 어떻게 들어온 거냐고!

나유가 소리를 빽 내질렀다. 이제 다음 게임까지 시간이 얼마 남지 않았기 때문이다. 정신없이 방안을 빙글빙글 돌던 나유가 결연한 표정으로 누군가에게 연락을 취했다.

-무슨 일입니까?

연락을 받은 자는, 그나마 사자 중에서 무덤덤한 축에 들어가는 제하였다.

-제하 형, 큰일 났어!

-곧 도착합니다.

다급한 나유의 음성에도 담담하기만 한 제하가 즉답했다. 어린아이의 성향을 가진 나유는 종종 해결하기 어려운 일이나, 당황스러운 상황이 생기면 패닉에 빠져 연락하곤 했기 때문이다.

5분이 흐른 후, 제하가 문을 열고 들어왔다. 그리고 눈물을 뚝뚝 흘리고 있는 나유의 머리를 요령 없이 토닥이며 말했다.

"설명하십시오."

-그게 있지, 서명이 없는 영혼이 들어왔어! 아마 참가자가 문을 통과할 때, 같이 흘러들어온 것 같은데 어쩌지? 내가 빨리 알아냈어야 했는데, 미안해!!

귀가 아팠지만 제하는 내색하지 않고서 옆구리에 나유를 매달고서 CCTV 앞으로 걸어갔다. 화면 속에는 굶주린 자들의 통로를 거침없이 통과하고 있는 화신이 보였다.

'저 사람은.'

제하의 미간이 살짝 찌푸려졌다. 카페에서는 편안하게 웃고 있었는데, 지금은 무척 다급하고 초조해 보였다. 그것이 못내 신경이 쓰이는 이유는, 아마도 적반하장이라고 생각하기 때문일 것이다. 화신이 멋대로 들어온 바람에, 정해져 있던 명단이 어그러졌으니까.

하지만 허락되지 않은 자를 통과시킨 것은 명백한 우리 측의 실수였다. 제하는 솔라키움에 오류가 생긴 적은 처음이라 꺼림칙한 느낌이 들었다. 영혼의 행복만을 바라는 어떤 인도자가 저지른 일은 아닐지 의심스러웠으나, 일단은 수습이 먼저였다.

"기록은 삭제하고, 온이 물어봐도 대답해 주지 마십시오. 귀찮아집니다."

제하가 경고했다. 궁금한 것, 비밀에 휩싸인 것이라면 알아낼 때까지 파고드는 온의 성향을 알고 있었기 때문이다. 게다가 근래에 온은 무척 수상쩍었다. 뭔가를 은밀하게 꾸미고 있거나, 이미 일을 벌였을 가능성도 있었다. 하지만 무엇보다 온이 알면, 시끄럽고 귀찮았다.

–먹이야. 먹이가 왔어!

그때, 영상 속에서 굶주린 허귀 나무들이 깨어나는 소리가 들렸다. 만약 화신이 뒤를 돌아보거나 말에 대답이라도 한다면 잡아먹힐지도 몰랐다. 비명을 지르고, 무서워하는 모습을 상상하자, 제하는 기분이 좋지 않았다. 순간, 청명한 호수를 닮은 제하의 눈동자가 가을을 떠올리게 하는 갈색으로 변했다가 돌아오는 것을, 허둥지둥 바쁘게 움직이던 나유는 보지 못했다.

"진행은 어느 정도 됐습니까."

–세트장은 89% 완료됐어! 그냥 내가 가서 쫓아내 버릴까?

"그럴 필요 없습니다."

-어떻게 하려고?

"나유 군은 차질이 없도록 게임 준비에만 신경을 써주세요. 제가 직접 가겠습니다."

표정의 변화가 적은 제하는 정원에 있는 꽃을 가꿀 때를 제외하고는 어떤 일에도 관심을 보인 적이 없었다. 그런 사람이 직접 움직이겠다고 말하자, 나유는 너무 놀란 나머지 반응도 하지 못했다. 그러는 사이, 제하는 유유히 집무실을 빠져나갔다.

-제하 형!!

뒤늦게 정신을 차린 나유가 다급히 제하를 따라잡으려 뛰었다.

❀

등불이 있어도 어둡게만 느껴지는 통로를 걸어가던 화신은 귀신이 몸을 통과하기라도 한 것처럼 한차례 몸을 부르르 떨었다. 나뭇잎이 바람에 사부작거리며 움직이는 소리가 왠지 모르게 오싹했다. 문을 열고, 통로에 발을 디뎠을 때의 용기가 조금씩 사라지고 있었다. 그때, 시선이 느껴진 화신이 소리쳤다.

"널 비난하려는 게 아니야! 제발 우리 이야기 좀 해!"

대답이 돌아오길 기다리던 화신의 귀로 수상한 소리가 잡혔다.

－이리 와. 이쪽으로 와. 응? 제발, 목마르다고!

－굉장히 부드러워 보여. 씁, 난 한 입만이라도 좋아.

바람이 불어올 때마다 들려오는 소리들은 마치 자신에게 말을 거는 것만 같았다. 화신은 직감적으로 뒤를 돌아봐서도, 대답을 해서도 안 된다는 것을 알 수 있었다. 카페 직원이 경고했던 일이 벌어진 것인가 두려웠지만, 후드 주머니에 손을 넣어 전기 충격기를 잡았다. 심장이 벌렁거리고 손에 땀이 찼다. 그리고 다시 바람이 불었다.

－여기를 봐. 여기야!

－우릴 무시하지 마!!

그것들이 버럭 고함을 질러댔다. 목소리만 들리는 상황에, 화신은 애써 태연한 척하며 전기 충격기를 잡은 손에 힘을 주었다. 몇 명이지? 지금이라도 뛸까? 온갖 생각이 다 들었다.

'일단, 탁 트인 곳으로 가야 해.'

우거진 나무들을 곁눈질하며 화신이 생각했다. 어디서 튀어나올지 알 수 없어서 불안했다. 얼른 이곳을 벗어나기 위해서 화신은 이를 악물며 걸음을 재촉했다. 그때였다.

-언니.

시은이? 아니, 그럴 일 리가 없다. 지금 호텔에서 상비약을 복용한 후 자고 있거나, 화신을 기다리고 있을 테니 말이다.

-나 여기 있어. 도와줘, 언니. 나 너무 무서워…….

화신이 볼 안쪽을 세게 깨물었다. 다른 사람도 아니고, 시은의 목소리를 흉내 내다니 화가 났다. 그런데 흉내가 맞는 거겠지? 문득 든 생각에, 화신의 걸음이 점차 느려졌다.

'설마 녹음? 그게 아니면, 통화 내용을 짜깁기라도 한 건가?'

어느 쪽이든 시은과 접촉했다는 의미라서 화신은 목소리를 무시하기가 점점 어려워졌다. 시은에게 전화를 걸어 확인하고 싶었으나, 혹시나 벨소리가 가까이에서 들릴까 두려웠다.

화신의 얼굴이 괴롭게 일그러졌다. 이럴 때조차 용기가 없는 자신이 창피했다. 게다가 전기 충격기가 있어도 제대로 사용하지 못하리라는 것을 스스로가 잘 알고 있었다. 어떻게 해야 할지 망설이던 중에, 또다시 시선을 느낀 화신이 고개를 들었다. 하지만 나무 외에는 아무것도 보이지 않았다. 그럴 수밖에 없었다. 자신들의 존재감을 지운 제하와 나유가 열 걸음 정도 떨어져서 화신을 바라보고 있었기 때문이다.

-보고만 있을 거야?

기어코 따라온 나유가 걱정스럽게 물었다. 원래대로라면

허귀 나무가 무서워서라도 도망쳤어야 했는데, 어찌 된 일인지 화신은 계속해서 안으로 들어가려고 했기 때문이다.

－목소리가 들리는 모양인데, 정말로 명단에 없었습니까?

제하는 의아했다. 굶주린 자들의 통로는 자신의 갈증과 허기를 풀기 위해서 유혹하고, 흉내를 내는 허귀 나무가 심어진 곳이었다. 사자의 허락 없이는 영혼을 먹을 수 없기에 불상사가 일어나지는 않겠지만, 초대받은 영혼도 아닌데 목소리를 듣는다는 건 또 다른 특이사항이었다.

－다시 봐도 없어.

－명단 자체에 오류가 생겼거나, 혹은 그와 비슷한 일이 발생한 적도 없습니까?

－업데이트로 인해서 명단이 20분 정도 늦게 뜬 적은 있어. 하지만 명단에 기재조차 되지 않은 영혼은 맹세코 처음이야.

시무룩한 나유의 말을 들으며, 제하는 뭔가 고민하고 있는 화신을 조용히 응시했다. 불안한 심리로 인해 바람 앞에 촛불처럼 흔들리던 화신의 영혼이 점차 안정되는 것이 보였다. 잘게 떨고는 있었으나, 어떤 결심을 한 게 분명해 보였다. 제하는 주머니에서 전기 충격기를 꺼내는 화신을 보고는, 설마 저것으로 공격하려는 걸까 당혹스러운 표정을 지었다.

"정말 시은인지 확인해 보자. 어차피 죽기로 결심했는데, 뭐가 두렵겠어?"

그리고 중얼거리는 화신의 말을 듣는 순간, 제하는 속이 울렁거렸다. 아무렇지도 않게 죽음을 거론해서일까? 확실한 것은, 화신이 위험 속에 뛰어드는 것을 막아야 한다는 거였다. 괜히 솔라키움에서 엄한 영혼이 다치기라도 한다면 곤란했으니까.

제하는 소리가 들리는 쪽으로 서서히 몸을 트는 화신의 뒤로 이동했다. 그리고 머뭇거리는 손길로 어깨를 잡아 다시 앞을 바라보게 하면서 말했다.

"듣지 마십시오. 뒤에서 누가 말을 걸든 뒤돌아보지 말라고 충고하지 않았습니까."

갑작스럽게 나타난 제하의 행동이 무척 빨랐던 탓에, 화신은 말을 건 사람이 누구인지 문장으로 유추할 수밖에 없었다.

"그 말은……. 혹시 카페 직원분이세요?"

"조금만 더 걸어가면 카페가 나올 겁니다."

–설마 데리고 들어가려고?

경악하는 나유를 무시한 채, 제하는 뒤에서 화신을 지키며 굶주린 자들의 통로를 빠져나가기 시작했다. 이곳 나무들은 악령과 다를 바 없었다. 영혼이 가진 기운을 약하게 만들어 잡아먹으려고 호시탐탐 노리고 있었기 때문이다. 그래서 한시라도 빨리 벗어날 필요가 있었다.

만약 제하가 나타나기 전에, 화신이 반쪽짜리라는 걸 허귀 나무가 알아챘더라면……. 화신의 영혼은 무사하지 못했을 것이다. 명단에 없는 영혼은 보호받지 못한 상태이기에, 허 귀 나무의 눈에는 주인 없는 간식처럼 보였을 테니까.

다행히 늦지 않게 제하가 등장해 준 덕분에, 화신은 무사 했다. 허귀 나무는 아쉬워하면서도 화신을 다시 유혹하려 하 지 않았다.

"혹시 여기로 오면서 와인색 단발머리에, 눈이 큰 여자를 보지 못하셨나요?"

아는 사람의 등장에 화신은 긴장을 풀고 물었다.

"보지 못했습니다. 이곳에서 우연히 만난 겁니까?"

"그렇긴 한데, 사실은 그 애가 맞는지 확실하지는 않아요. 워낙 순식간에 가버려서요."

확신 없는 목소리로 화신이 말했다.

"만약 정원에도 없다면, 친구분은 게임에 참여했을 겁 니다."

"게임이요? 혹시 불법적인 건 아니죠?"

짝퉁 카지노라는 단어가 불쑥 기억났다. 게다가 야시장이 열리는 탁 트인 공간과는 다르게, 눈에 띄지 않는 골목을 지 나야만 찾을 수 있는 게임장이라는 게 의심을 더했다.

"누군가의 눈에는 불법으로 보일 수도 있겠으나, 정식으로 승인받은 곳입니다."

직원의 대답에 화신은, 그 게임이라는 것이 더욱 수상쩍게 느껴졌다.

'이 남자를 믿고 따라가도 되는 걸까?'

하지만 이미 정원에 도착한 후였다. 익숙한 해바라기에, 화신은 몸에서 힘이 빠지는 걸 느꼈다. 그리고 어깨에서 떨어지는 손에 뒤를 돌아보려던 찰나, 갑자기 얼굴로 날아드는 뭔가에 소리를 지르며 주저앉고 말았다. 벌레를 무서워하는 화신은 떨면서 땅만 쳐다보았다. 익숙한 날갯짓 소리가 들려오지 않았다면, 계속 그 상태로 있었을지도 모른다.

"아직 여름이 아닌데, 어째서 잠자리가."

붉은 달빛에 의지해 주변을 둘러보던 화신은, 카페의 조명이 켜지자 정원을 제대로 볼 수 있게 되었다. 무수히 많은 잠자리가 정원을 날아다니고 있었다. 투명한 잠자리의 날개가 조명의 빛 때문인지 노란색으로 보였다.

눈앞을 왔다 갔다 하는 잠자리를 쫓아 시선을 움직이던 화신은 코앞에 있는 해바라기를 보곤 깜짝 놀랐다. 해바라기의 꽃잎 부분이 전부 잠자리의 날개였기 때문이다. 자유롭게 허공을 날아다니는 잠자리를 신기하게 바라보던 화신의 입이 살짝 벌어졌다.

그게 끝이 아니었다. 연못에 있던 석고상의 눈은 붉은 천으로 가려졌고, 검은 날개에 호랑이처럼 날카로운 이빨이 달렸으며, 손에는 칼을 들고 있었다.

"내가 지금 꿈을 꾸고 있는 건가?"

대체 이게 무슨 해괴한 일일지, 화신은 정신을 차릴 수가 없었다.

"저기요. 이건 핼러윈 분위기를 내려고 꾸며놓은 거죠?"

대답을 듣기 위해 뒤를 돌아 본 화신의 눈동자가 커지며, 일순간 숨이 멈추었다. 잊고 싶어도 잊을 수 없었던 얼굴이 그곳에 있었다. 짙은 눈썹, 순둥순둥한 강아지 같은 눈동자, 그리고 여자보다 얇은 입술의 제하는 누군가와 굉장히 닮아 있었다. 다정하면서도 언제나 화신을 웃게 만들어줬던 19살의 유하와 말이다.

"말도 안 돼……. 너, 유하니?"

화신의 목소리는 가늘게 떨리고 있었다. 결코 유하일 리가 없었지만, 너무 똑같아서 믿고 싶다는 생각이 들었다. 삭막한 삶 속에서 유하는 오아시스 같은 존재였고, 화신이 유일하게 사랑했으며, 여전히 그리워하는 연인이었기 때문이다.

하지만 다른 점도 있었다. 그래서 마음은 눈앞의 남자를 끌어안고 싶다고 외쳤으나, 몸이 움직여지지 않았다. 고등학생에서 조금도 늙지 않은 모습으로, 따뜻한 미소 대신 낯선 얼굴을 하고 있었기 때문이다. 시선을 든 화신은 아무것도 담겨 있지 않은 공허한 눈을 볼 수 있었다.

2.

결심

그날은 눈이 펑펑 내리던 겨울이었다. 수능도 끝나고, 공부에 집중하느라 마음껏 만나지 못했던 유하와 데이트 약속이 있는 날이기도 했다. 오랜만에 부푼 가슴을 안고 화신은 머리부터 발끝까지 한껏 꾸민 채, 약속 장소인 홍대입구역에서 유하를 기다리고 있었다.

화신과 비슷한 이유로 거리에는 사람들로 북적거렸다. 기대감에 30분이나 일찍 온 탓에, 가까운 카페로 들어가서 기다릴 생각이었다. 그리고 화신은 약속 시간인 5시가 될 때까지 따뜻한 카페 모카를 마시며 창밖의 사람들을 구경했다.

"오늘따라 좀 늦네."

부지런한 성격인 유하는 한 번도 지각한 적이 없었고, 보통 10분 전에 도착하곤 했다. 그런데 오늘은 예외였다. 화신은 헐레벌떡 뛰어오고 있을 유하를 상상하며, 피식 웃었다. 하지만 그날, 유하는 오지 못했다.

그리고 평소 살갑게 대해주시던 유하의 부모님으로부터

연락을 받았다. 투신자살, 처음 들어보는 단어가 아니었음에도 낯설었다. 화신은 곧바로 카페를 나와 택시를 탔고, 솔직히 무슨 정신으로 병원까지 갔는지 가물가물했다. 그리고 보게 된 구타 흔적들. 교묘하게 보이지 않는 곳에 난 퍼런 멍들을 보며, 화신은 발밑이 무너지는 기분이 들었다.

입관식부터 한 줌의 재로 화장되던 순간까지 전부, 화신은 또렷이 기억하고 있었다. 그러니까 눈앞에 남자가 유하일 리 없었다. 화신의 이성은 그리 말하고 있었다.

"죄송해요. 말이 헛나왔나 봐요. 당신이 유하일 리가 없죠. 그런데 너무 똑같이 생겨서요."

있을 수 없는 일이라는 건 알면서도, 화신의 심장은 남자에게서 유하를 발견한 것처럼 엇박자로 뛰고 있었다. 죽은 사람과 똑같이 생긴 사람을 우연히 만나는 게 가능한 걸까? 혹시 윤정이 나를 놀리려고 꾸민 일은 아닐까? 화신은 혼란스러워서 한 발짝도 움직일 수 없었다.

그리고 유하와 다른 부분을 찾으려는 것처럼, 제하를 뚫어지게 바라보며 말했다.

"혹시 신유하라고 아세요? 친척이라던가, 그게 아니라면 형제 사이는 아니시죠? 제 말이 이상하게 들리실 건 알아요. 근데 어떻게, 고등학생 때의 유하와 그토록 닮은 거죠?"

"그게 중요한 겁니까?"

"네?"

심드렁한 태도에 당황한 화신이 할 말을 찾지 못해 입만 뻐끔거렸다.

"지금 당신이 물어봐야 할 것은 이곳에 대한 정보입니다. 델리고 마을은 스스로 이승을 떠난 자들이 방문하는 영혼들의 마을이니까요. 특히나, 붉은 달의 정원은 솔라키움으로 통하는 대기 장소입니다. 살아있는 당신이, 저와 대화를 나누는 것 자체가 문제란 말입니다."

말하지 않아도 될 이야기까지 해버린 제하는 지금 속이 부글거리는 경험을 하고 있었다. 아마도 화가 난 것 같은데, 이유를 알 수 없었다. 이상하게 화신을 보고 있으면, 가슴이 술렁거렸다.

-괜찮아?

-아무렇지 않습니다.

나유에게는 태연한 척 대꾸했으나, 제하는 자신의 상태가 평소와 다르다는 것을 인지했다. 화신을 만나러 가기로 결정했을 때부터, 유하라는 이름이 거론될 것을 예상했음에도 불구하고……. 답지 않게 동요하고 말았다. 어차피 보호해야 할 영혼도 아닌데, 굳이 정원까지 데리고 와서 설명할 필요가 있었을까. 그냥 대충 얼버무리고, 마을 밖으로 쫓아냈다면 뒤탈도 없고 편했을 텐데 말이다.

머리로는 알고 있는데, 몸이 원하는 대로 움직여지지 않았다. 생각과 행동이 일치하지 않게 되자, 제하의 평정심에 금이 가기 시작했다. 그리고 자신의 안위를 위해, 납득할 수 있는 선에서 타협했다.

'불청객이긴 하지만, 솔라키움에 방문한 건 맞으니까. 규칙대로 설명한 것뿐이야.'

제하는 자신의 행동을 특별하지 않다고 합리화했다.

"질문하면 대답해 주실 건가요?"

"규정에 어긋나는 내용이 아니라면 알려드리겠습니다."

얼버무리려 하지 않는 제하의 태도와 침착한 말투에, 화신은 들끓었던 마음이 식는 것을 느꼈다. 그리고 상황을 냉정히 바라볼 수 있게 되었다. 영혼의 마을이라니……. 일단은 제하의 조언처럼 여기가 어떤 곳인지 알아야 했다. 무엇보다 마을에는 동생도 있었기 때문이다.

"살아있는 사람이 마을에서 다치게 되면, 실제로도 영향을 미치나요?"

"경우에 따라 다르지만, 허용되지 않는 공간에서의 위해는 철저히 금지되고 있습니다. 특히 마을 내부에서 일어나는 모든 일들을 파악하고 감독하는 것이 사자의 업무 중 하나이기에, 여기서 당신이 다칠 일은 없을 겁니다."

자세한 대답에, 화신은 혼자 호텔에 남아 있는 시은에 대한 걱정을 한 스푼 덜어놓을 수 있었다.

"사자라는 건 당신을 말하는 거겠네요. 만약 여기가 영혼의 마을이라면, 혹시 유하도 이곳에 있나요? 제가 만날 수 있을까요?"

물을 먹지 못해 말라가고 있던 식물처럼, 생기 없던 화신의 얼굴에 희망의 빛이 깃들며 밝아졌다. 기대하지 않겠다고 다짐해 놓고, 화신은 긴장 어린 표정으로 제하의 입을 간절하게 바라보았다.

"제 이름은 제하, 삼사자 중 두 번째 사자입니다. 우리의 몸은 수많은 영혼으로 이루어져 있기에, 분명 제 안에는 유하의 영혼도 있을 겁니다. 그 이상의 정보는 지켜야 할 규칙이 있으므로 곤란함을 이해해 주십시오."

호텔 손님을 대하는 것처럼 단정하면서도 단호한 대답이었다. 저 말이 전부 사실인 걸까. 어느 정도 믿어야 하는 걸까. 화신은 어디서부터 질문을 해야 할지 난감했다.

'저 얼굴로 말하니까. 안 믿을 수도 없잖아.'

눈 색이 푸르다는 것을 제외하면, 제하는 일란성 쌍둥이처럼 유하와 똑같았다. 하지만 지금 화신이 할 수 있는 건 받아들이는 것뿐이었다. 8년 전과 똑같은 모습으로 제 눈앞에 서 있는 유하를 설명할 다른 방법이 없었으니까.

"당신에게 거짓말을 해서 제가 얻는 이익은 없습니다."

쐐기를 박듯이 제하가 말했다.

"제가 의심하지 않고 믿는다면, 유하를 만나게 해 줄 수 있나요?"

"불가합니다."

"어째서요?"

화신이 불만스럽게 제하를 올려다보았다.

"만나지 않는 게 나을 겁니다. 그보단 위험하니, 원래 있던 곳으로 돌아가십시오."

"선택은 제가 해요. 혹시 유하가, 절 만나기 싫다고 하나요?"

제하는 대답하지 않았다. 그래서 화신은 상처받았고, 화가 났다. 갑자기 나타나서 애써 평온하게 만든 삶을 들쑤셔놓은 사람은 윤정과 유하인데, 둘 다 만남을 거부하고 있었기 때문이다.

"아까 제가 문제라고 말씀하셨는데, 저도 제가 여기 있는 이유를 모르겠거든요. 유하가 뭔가를 한 건 아닌가요? 솔직히 8년 동안 연락도 없다가 동시에 나타난 이유가 있을 거라고 생각하거든요. 만약 마음의 준비가 안 돼서 피하는 거라면, 저는 기다릴 수 있어요."

이대로 포기할 수 없어서 화신은 분노를 꾹 누른 채, 말을 빠르게 쏟아냈다.

"이상하군요."

"그렇죠?!"

자신의 말에 동의한 거라고 생각한 화신이 투덜대는 소리를 들어주던 제하의 눈빛이 순간적으로 흐려졌다가 돌아왔다.

'뭘 숨기고 있는 겁니까.'

제하는 뭔가를 꾹 참고 있는 것처럼 요동치다가 다시 내부 깊숙한 곳으로 숨는 유하의 영혼을 느낄 수 있었다. 놀라운 일이었다. 유하는 지금껏 아무것도 하지 않는 영혼이었으니까. 다른 이들처럼 분노하지도, 슬퍼하지도 않았다. 그래서 약간의 흥미가 생겼다. 화신의 출현이 꼭꼭 숨어있는 유하를 어떻게 수면 밖으로 끌어올릴 것인지 말이다.

'당신을 움직이려면, 이 영혼을 이용해야겠군요.'

실제로 눈물을 참고 있는 화신을, 사자의 눈을 통해 본 유하가 반응을 보이는 게 느껴졌다. 제하는 자격이 없는 화신이 솔라키움에 들어올 수 있었던 이유를 알 것만 같았다. 사람들이 흔히 저승사자라고 알고 있는 영혼 인도자는, 자신이 맡은 영혼을 진심으로 아끼고 사랑했으니까.

게다가 스스로 믿고 있는 것과 진실 사이의 괴리감이 있는 유하의 경우에는 시간이 많지 않았다. 그의 인도자는 아무것도 하지 않으려는 유하를 위해서 게임에 손을 대기로 한 것이다. 그것도 아슬아슬하게 규칙을 벗어나지 않는 선에서 말이다.

조작해서 만들어진 유일한 기회를 성공시키려면, 이 지독한 인연의 중심에 서있는 화신을 게임판 위에 등장시킬 수밖에 없었을 것이다.

"당신이 여기에 온 이유를 알 것 같습니다."

"역시 유하가 절 부른 거죠?"

"그랬다면 제가 알았을 겁니다."

"하지만!"

"유하는 당신을 만나길 거부하고 있습니다. 아마도 끝까지 도망칠 겁니다."

화신은 제 귀를 의심했다. 그럴 리가 없었으니까. 나이가 어리다고 사랑을 모르는 건 아니었다. 화신은 유하를 사랑했고, 그건 유하도 마찬가지였다.

'계속 피할 수는 없을걸.'

흔들리던 화신의 눈빛이 단단해졌다. 순식간에 벌어진 거리를 좁히고, 제하의 멱살을 쥐고 아래로 끌어내렸다. 버틸 수 있음에도 따라 내려오는 제하의 행동에 화신의 미간이 못마땅하게 구겨졌다.

"왜 도망치는 건데? 날 두고 떠난 거 가지고, 내가 욕이라도 할까 봐? 아니면, 내가!"

널 힘들게 한 사람이랑 사귀어서 그래? 차마 그 말까지는 할 수 없었다. 화신은 자기가 화낼 입장이 아니라는 것을 알고 있었으나, 자신을 피하는 유하에게 서운한 마음이 드는 것은 어쩔 수 없었다. 여전히 사랑했기에, 만나서 이야기를 나누고 싶었으니까.

"죽은 후에도 이승을 보는 게 가능한지는 모르겠는데, 나는 널 못 잊었어. 매년 네 기일에 꽃 들고 찾아가고, 널 생각했다고."

대답이 없는 유하가 미웠다.

"하지만 넌 다를 수도 있겠다. 나는 네가 무슨 일을 겪고 있는지 전혀 모르고 있었잖아. 혹시 그 일로 네가 나를 원망한다고 해도……."

울고 싶지 않아서, 울 자격이 없다는 걸 알아서 화신은 눈에 힘을 줬다. 자신은 이기적인 사람이었다. 고3이라서, 수능 준비를 해야 하니까. 자주 만나지 못하는 게 당연하다고 생각했다. 같이 공부를 할 때도, 유하의 배려를 너무 당연하게 생각했다. 유하가 감췄어도, 관심을 기울였다면 알아챘을지도 모르는데.

그렇게 8년 동안, 왜 그랬을까를 곱씹다 보니 온갖 생각이 다 들었다. 왜 하필 그날이었을까. 높은 곳을 무서워하는 네가, 어떻게 옥상에서 뛰어내릴 생각을 했을까. 학교 옥상은 잠겨 있었다던데, 너는 어떻게 열고 들어간 걸까.

'묻고 싶은 것들이 너무 많아.'

아무리 고민하고 해답을 찾아보려고 해도, 대답해 줄 유하는 곁에 없어서 납골당에서 울며 따진 적도 많았다.

"그래도 내가 포기하지 않고 기다리면, 언젠가 네 마음도 바뀔까?"

"무슨 말을 하든 간에, 나오지 않을 겁니다."

어쩐지 도와줄 마음이 없어 보이는 제하를 홱 째려본 화신이 승부수를 띄웠다.

"너, 내가 지금 누구를 만나고 있는지 알고 있어?"

분명히 반응을 보일 거라고 확신했다. 화신이 막 강준의 이름을 꺼내려는 순간, 제하의 커다란 손에 의해 입이 막혔다.

"당신의 각오는 잘 알았습니다. 하지만 그 이름은 좀 위험한 느낌이 드는군요."

"읍! 우읍!"

경고를 했음에도 포기하지 않는 화신의 반항적인 눈빛에, 태어나서 처음으로 제하는 한숨이라는 것을 내쉬었다. 내내 옆에 숨어있던 나유가 신기한 것을 본 사람처럼 쳐다보고 있는 것이 느껴졌다.

"좋습니다. 당신을 납득시키려면, 대화가 우선이겠군요.

동의하십니까?"

고개를 끄덕이는 것을 확인한 뒤에야, 제하는 천천히 화신의 입에서 손을 떼었다.

'흥분하지 말걸.'

카페로 향하는 제하를 뒤따르며, 화신은 자신답지 않은 행동을 한 것에 대해 부끄러움을 느꼈다. 자신만 생각한 것 같아 창피했다.

'난 한 번 유하를 놓았잖아. 그러니까 날 보고 싶어 하지 않더라도 화내지 말았어야 했어.'

스스로에게 혐오감이 인 화신이 무의식적으로 입술을 깨물며 잘근잘근 씹어댔다.

"당신은 손이 많이 가는 사람이군요."

아무 짓도 하지 않았던 화신이 의미를 파악하지 못하자, 제하가 못마땅하게 다시 말했다.

"델리고 마을에선 누구도 다치거나 해를 입어선 안 됩니다. 스스로에 대한 것도 마찬가지이니, 자해 또한 하지 마십시오. 그럼, 시간이 얼마 없으니 얌전히 따라와 주시길 바랍니다."

그러고는 덥석 손이 잡혔다. 화신이 얼빠진 표정으로 바라봤으나, 제하는 눈치채지 못한 것처럼 그 상태로 걸어가기 시작했다.

-이건 좀 위험한데. 어떻게 하려고 그래?

나유가 안절부절못하며 말을 걸어왔지만 제하는 무시했다. 오히려 빨리 일터로 복귀하라는 말을 머릿속으로 전달할 뿐이었다.

-에라, 모르겠다.

정식 참가자도 아닌 화신이 얼마나 알게 될지 불안했던 나유는 차마 떠나지 못하고 제하를 따라 카페로 들어갔다. 누가 형제 아니랄까 봐, 제하 역시 종잡을 수 없는 행동을 아주 가끔씩 하곤 했기 때문이다.

낮에는 성스러워 보이던 카페 '자비로운 여신'은 저녁이 되자, 정반대의 분위기를 풍겼다. 문 앞에 장식된 아기천사들은 죄인을 바라보듯이 험악한 표정이었고, 여신 석상의 명칭은 복수의 여신 '에리니스(Erinys)'로 바뀌어 있었다.

마치 귀신이라도 나올 분위기에 화신은 흠칫했다.

'내가 드디어 미친 건 아닐까?'

유하를 만난 탓에 잠시 일을 쉬고 있던 상식이 돌아오자, 화신은 정신 상태를 가장 먼저 의심했다. 그게 아니라면 전부 꿈일지도 모른다. 고등학교 졸업과 동시에 소식이 끊긴 윤정을 본 것도, 제 눈으로 죽음을 확인했던 유하가 그때와 똑같은 모습으로 앞에 서 있는 상황도, 그리고 변해버린 정원의 모습까지 전부 비현실적이었으니까.

자기 뺨을 꼬집어 본 화신은 아픔을 느꼈다. 꿈이 아니라면 미친 게 분명하다. 한 번 더 꼬집어 보려던 화신은 언짢은 표정으로 자신을 쳐다보고 있는 제하와 시선이 마주쳤다. 민망해서 하던 행동을 멈추고 안으로 들어가자, 형광등이 일제히 켜지며 따뜻한 주홍빛이 내부를 감쌌다.

"여기 앉아서 잠시 기다리십시오."

화신이 자리에 앉는 것을 확인한 제하가 진정 효과가 있는 캐모마일을 준비하러 카운터로 들어갔다. 곧이어 카페에 퍼지는 허브 냄새에 화신은 두근거리던 심장이 차분해지는 걸느꼈다.

얼마 뒤, 제하가 따뜻한 찻물이 담긴 다기와 찻잔, 그리고 낮에 서비스라며 주었던 딸기 쇼트케이크를 쟁반에 담아 왔다. 그리고 케이크가 담긴 접시를 화신의 앞에 내려놓았다.

"왜 하필 이 케이크에요?"

"별다른 이유는 없습니다."

화신은 힐끗 제하를 확인하고는 다시 케이크를 바라보았다. 우연일까. 딸기는 화신이 제일 좋아하는 과일이었다. 하지만 제하는 자신이 하는 행동의 이유를 조금도 모르는 눈치였다. 유하가 그에게 영향을 주고 있는 걸까? 화신은 그제

73   2. 결심

야 제하가 말한 '영혼들'이라는 말이 신경 쓰이기 시작했다.

"아까 영혼들이라고 하셨는데, 그게 무슨 뜻인지 설명해 주실 수 있나요?"

"일단 드십시오. 충격에 대비하려면 배가 든든한 편이 나을 겁니다."

권유 아닌 권유에 화신은 모락모락 김이 나는 차와 딸기가 듬뿍 올라간 케이크를 조용히 응시했다. 영혼이라는 단어와 이승을 떠난 자들이 오는 곳이라는 말에, 지옥과 석류가 떠올랐기 때문이다.

"델리고 마을은 이승과 저승 사이에 만들어진 특별한 장소입니다. 물론 그것과는 별개로, 여기서 음식을 먹는 행동이 현실로 돌아가지 못하는 사유가 되는 건 아니니 걱정하지 않아도 될 겁니다."

속마음을 읽혔다는 것에 화신은 뜨끔했으나, 이내 아무렇지 않은 얼굴로 케이크를 떠먹었다. 입안에 퍼지는 생크림의 부드러움과 달콤한 딸기의 과즙에 날카롭게 곤두서있던 신경이 한결 느슨해졌다. 일부러 이걸 노린 걸까? 먹으면서도 의심의 눈초리를 지우지 않는 화신에게 제하가 물었다.

"영혼 인도자라는 단어를 들어본 적이 있습니까?"

"추측에 가까운 이야기라면 들어본 적이 있어요. 영혼을 돌봐주는 수호신이기도 하고, 우리들이 정해진 수명을 다했을 때 사후세계로 인도해 주는 저승신을 의미하기도 한다고요."

"비슷합니다. 추가적인 설명은 넘어가도 될 것 같군요."

-형! 관계자가 아닌 사람에게 알려주면 어떡해? 어휴, 시말서 확정이네.

말썽꾸러기 아이를 키우는 엄마처럼 나유가 한숨을 내쉬었다. 하지만 제하는 계속해서 설명을 이어나갔다.

"생을 마감한 인간들 중에는 분노, 미련 등의 이유로 이승을 떠나지 못하기도 합니다. 그대로 두게 되면 산 사람에게도, 죽은 사람에게도 위협이 될 수 있기 때문에 인도자의 판단하에 델리고 마을로 보내집니다."

"그러면 마을에 있는 사람들이 전부⋯⋯?"

"예외적으로 당신처럼 우연이나, 누군가의 초대로 오는 경우도 있습니다."

받아들일 수 있는 정보의 허용범위를 훌쩍 넘어가고 있어서, 화신은 전부를 알기보다는 가장 궁금한 부분만 들어야겠다고 계획을 바꾸었다.

"유하를 포함해서 마을에 있는 영혼들이 전부, 그러니까 당신의 몸속에 있는 건가요?"

"사자의 몸은 열쇠가 달린 상자와 같습니다. 그렇기에 통제나, 감시가 필요한 영혼을 담아두는 역할도 하죠."

-휴. 나 심장 떨려서 안 되겠어. 그냥 저 여자를 기절시켜서, 원래 있던 자리로 데려다 놓자. 응? 제발~.

기도하는 자세로 양손을 가지런히 모은 나유가 애원했다. 그러자 생각에 잠긴 화신을 주시하고 있던 제하가 눈동자만 굴려 나유를 바라보았다. 어린아이 모습이 영향을 주는 건지, 몇백 년을 산 나유는 여전히 마음이 심약했다. 이대로 두었다가는 졸도할 것만 같은 표정에, 제하가 보낼 수 없는 이유를 설명해 주었다.

-전산에 입력된 2박 3일을 보내기 전까지는 마을에서 퇴출할 수 없습니다.

-아! 그랬지. 잊고 있었어. 그래도 여기에 두는 건 반대야. 설명도 그만해!

-애초에 선택권은 우리에게 없습니다. 결정도, 그에 따른 결과도 손님의 몫이니까요.

델리고 마을에서 강제할 수 있는 것은 아무것도 없었다. 권유 정도는 괜찮지만, 모든 선택은 머무는 이들의 몫이었기 때문이다. 마을 자체의 걸린 규칙이었기에, 사자는 절대 어길 수 없었다.

"저는 죽은 사람은 천국이나 지옥을 간다고 생각했어요. 그런데 어째서 유하는 여기에 있는 건가요?"

"이곳에서의 시간은 바깥과 다르게 흘러가고, 원한다면 얼마든지 묵을 수 있습니다. 하지만 유하의 영혼은……"

갑자기 목구멍이 꽉 닫힌 것처럼 제하는 말을 이어나갈 수 없었다. 강력한 감정이 역으로 제하를 통제하고 있었기 때문이다.

'알려주고 싶지 않은 겁니까.'

많은 영혼이 모여 만들어진 사자라는 존재는, 거대한 영혼 창고나 다름없었다. 그들 각자의 기억과 감정은 사자의 안에서 생생하게 살아있었으니까. 그래서 때때로, 잔잔한 호수에 돌을 집어 던지면 파문이 일듯이 강한 감정이 전달되기도 했다.

그리고 마을에 찾아오는 영혼을 위해 사자는 되도록, 그들이 원하는 방향으로 일을 처리해야 했다. 그렇기에 제하는 원래 하려던 말이 아니라, 다른 대답을 생각해야 했다.

"영혼은? 그 뒤는 뭔가요?"

"잠들어 있습니다."

"제하 씨는 거짓말이 서투시네요."

그런 점까지 유하와 닮았다. 얼버무리는 것도 서툴렀던 유하가 1년 반 동안 홀로 힘들어했다는 게, 화신을 더욱 슬프게 했다.

"사실 여기 오기 전까지, 저는 계속 과거를 외면할 생각이었어요."

자조적으로 웃으며 화신이 말했다.

"줄곧 타인을 신경 쓰면서 살았거든요. 미움받고 싶지 않아서, 감당하기 무서워서 진실을 묻어두려고 했어요. 어쩌면 그런 제 선택 때문에, 유하가 만남을 피하는 걸지도 모른다는 생각이 드네요."

그래서 화신은 자신이 변해야 한다고 생각했다. 제하를 만나 대화를 나누면서 언제까지 모른 척할 수 없다는 것을 깨달았으니까.

"유하와 만나고 싶다고 한 말은 진심이에요. 하지만 제가 두려워하면, 영영 나타나지 않을 것 같네요. 그러니까 이제 그만하려고요. 이것저것 핑계를 대는 것도, 외면하는 것도요. 어차피 윤정이를 만나게 되면, 진실을 알게 될 테니까."

여전히 화신은 자신의 무력함에 지쳐 있었고, 무거운 짐을 내려놓고 쉬고 싶었다. 하지만 유하를 다시 만날 수 있다면, 조금만 더 노력해 보는 것도 좋지 않을까. 지금껏 잊기 위해 과거를 밀어내기만 했던 화신은, 고통스러운 길이 될지라도 걸어가 보기로 결심했다.

"부탁드릴게요. 유하와 만날 수 있게 도와주세요."

고개를 숙이고 있던 화신은 보지 못했다. 제하의 눈빛이 갈색으로 돌아오면서 괴로운 표정을 지었다는 것을 말이다. 하지만 복잡한 감정을 가라앉히기 위해 천천히 호흡하던 화신이 고개를 들었을 때는 이미 딱딱하고 차가운 표정으로 돌아온 뒤였다. 단, 유하의 감정은 남아 있었다.

"괜찮으세요?"

무표정으로 눈물을 흘리는 제하를 본 화신이 놀라 물었다.

"저도 모르겠군요."

손에 묻은 눈물을 낯설게 바라보며 제하가 말했다. 이상하게 가슴이 답답하고, 속에서 울컥 치미는 기분이 들었다. 이 감정의 이름을 알 수 없어서 제하는 유하를 확인했다. 하지만 영혼들의 틈 속에 숨어버린 유하는 몸을 웅크린 채 고요히 침묵하고 있을 뿐이었다.

어떤 말도 듣지 않겠다는 듯이, 매미처럼 벽에 들러붙어 움직일 생각도 없어 보였다. 조금 전까지 강렬했던 감정이 거짓말인 것처럼 말이다.

"뭐라도 해 보고 싶은데, 방법이 없을까요?"

"당신이 진실을 찾는 것을 원하지 않을 겁니다."

"상관없어요. 그렇게 해서라도 절 만나러 온다면, 저는 할 거예요."

"상처만 받고 끝날 수도 있습니다."

"각오했어요. 무리한 부탁인 건 알지만 안 될까요?"

"꼭 진실을 당사자에게 들을 필요는 없습니다."

제하가 의미심장하게 말했다. 유하가 자신을 드러냄으로

써 기억을 짧게나마 엿볼 수 있었기 때문이다. 곧 시작할 게임 참가자들 중, 익숙한 얼굴들이 유하의 기억 속에서 살아 있었다.

-지금 내가 생각하는 그 방법은 아니지? 조금 전에 보인 반응은 분명 부정적이었어!

사자들끼리는 영혼이 연결되어 있기에, 당연히 나유도 느꼈을 것이다. 슬픔과 함께 유하가 강렬히 원했던 것은 숨기고 싶다는 마음이었으니까. 그래서 제하의 결정은 반대로 굳혀졌다.

"방법은 있습니다. 당신이 솔라키움에 참가하는 겁니다."

"네?"

"진실의 키를 쥐고 있는 사람, 최윤정과 임강준이 참가자 명단에 있습니다."

-악! 제하 형! 명단을 유출하는 출제자가 어디 있어, 이 바보야!

성난 나유가 방방 뛰며 소리쳤으나, 제하는 그저 귀가 따갑다고 생각할 뿐이었다.

달그락. 잔이 소서에 부딪혀 소음을 냈다. 잔잔하던 물이 일렁이며, 화신의 얼굴을 일그러뜨렸다. 작은 충격에도 쉽게 흔들리는 수면이 다시 잔잔해질 때까지, 화신은 제하가 했던 말을 곱씹었다.

'마치 일부러 모아놓은 것 같네.'

8년 전 사건과 관련이 있는 사람들이 전부 이곳에 있었다. 각자가 어떤 비밀을 품에 안은 채로 말이다. 또다시 화신에 겐 두 가지 길이 나타났다. 처음 결정한 대로 결말에 끌려가는 것과 유하를 만나기 위해 가시밭길에 스스로 뛰어드는 것 말이다.

'가끔은 생각이 아닌, 이끌리는 대로 행동해 보는 것도 나쁘지 않아.'

중학교 2학년 때, 유하에게 들었던 말이 떠올랐다. 그래서 화신은 오늘만큼은 마음이 원하는 선택을 해보기로 했다. 솔직히 이제 사이비든, 꿈이든, 망상이든 상관없었으니까. 그러니 너무 늦기 전에, 작은 용기를 꽉 끌어안고 앞으로 나아가 보려 했다.

"거절해도 괜찮습니다. 당신은 정식 참가자가 아니라 위험성이 적지만, 호텔로 돌아가 정해진 기간이 끝나길 기다리는 쪽이 훨씬 안전하니까요."

"제하 씨는 제가 참가하길 원하는 건가요. 아니면, 원하지 않는 건가요?"

화신이 어리둥절한 얼굴로 물었다. 많은 영혼으로 이뤄져 있다고 했으니, 혹시 다중인격인 걸까. 조금 무례한 생각을 하고 있을 때였다.

"반드시 안내해야 할 내용이기에 말했을 뿐입니다. 신중하십시오. 당신이 예상한 것보다 더 지독한 광경을 보게 될 겁니다."

제하가 경고했다. 솔라키움에서 행해지는 게임은 일반적이지 않았으니까. 만약 은화에 화신의 이름이 적혀 있었다면, 게임의 속박에서 결코 벗어날 수 없었을 것이다. 도망치려고 해도, 정해진 시간이 되면 무조건 소환되어 참가하는 구조였기 때문이다.

-땡땡! 지금 대진표가 정해졌지롱~! 이제 불가능하다고 말하고, 빨리 보내자. 응?

"저와 함께 게임에 들어가겠습니까?"

-이씨, 정말 이럴 거야?!

나유가 버럭 소리쳤다.

"죄송한데요. 누구신지 모르겠지만 생각에 방해되니까 좀 조용히 해 주시겠어요?"

-헉! 내 목소리가 들리나 봐!

당황하면서도 나유는 이왕 이렇게 된 거 제하가 아니라 화신의 마음을 돌리자고 생각했다.

-이것도 어찌 보면 널 위해서야! 거기가 어떤 곳인 줄 알아!?

"나유 군, 게임 준비가 미흡하면 곤란하니 이만 가 보십시오. 이후 일은 제가 알아서 해결하겠습니다."

-난 분명 말렸어. 나중에 도와달라고 해도 안 도와줄 거야!

자신을 배제하는 말에 서운함을 느낀 나유가 토라지며 떠났으나, 깊은 생각에 잠겨 있던 제하는 알면서도 붙잡지 않았다. 유하가 원하던 것을 들어주지 못한 것도, 화신을 걱정하는 마음이 무척이나 큰 것도 신경이 쓰였기 때문이다. 게다가 나유가 말했던 것처럼, 솔라키움은 위험한 곳이었으니까. 만약 화신이 다치거나, 해를 입는다면 유하가 매우 슬퍼할 것이다.

"참가할게요."

"충분히 고민하신 게 맞습니까? 명단에 이름이 적히면 되돌아갈 수 없습니다. 또한, 당신과 관계없는 엉뚱한 곳으로 떨어질 수도 있습니다. 만약 그곳에서 파수꾼의 눈에 띄게 된다면, 즉시 추방될 겁니다."

"그러면 어떻게 되는데요?"

"다시는, 우연이라도 델리고 마을에 들어올 수 없게 됩니다. 혹은 원하지 않는 운명에 휩쓸리거나, 강준과 이어진 인연의 실이 풀어내기 어려울 정도로 얽혀버릴 수도 있습니다."

몇 주 전이면 몰라도 지금의 화신에겐 가장 효과적인 경고였다.

"쉽지 않겠네요. 시간이 얼마나 걸릴까요?"

"게임 순서만 안다면, 오래 걸리지 않을 겁니다. 그런데 두렵지는 않습니까?"

품고 있는 영혼을 통해서만 인간의 감정을 경험할 수 있는 제하에게, 화신은 미지의 존재였다. 고통을 겪는 일은 누구나 무서워하고 피하려고 하는데, 위험한 곳이라는 걸 들었으면서도 덤덤해 보였기 때문이다. 그래서 화신의 생각이 듣고 싶었다. 순수하게 진실을 알기 위해서라고 해도, 인간이 가진 본능적인 두려움을 이겨내기란 쉬운 게 아니었기 때문이다. 제하는 한 번도 그런 것을 본 적이 없었다.

"제게 두려움은 친구 같은 존재거든요."

잔 아래에 붙어있는 꽃잎을 응시하던 화신이 나지막하게 말했다. 처음에는 칭찬받는 것이 기뻐서 열심히 공부했던 것 같다. 시은이 태어났을 때는 바쁜 부모님을 위해 혼자서도 잘하는 좋은 딸이자 언니가 되어야 했다. 그렇게 나이가 들수록, 잘해야 한다는 부담감이 커져만 갔다.

그러다 친구와 노는 기쁨을 알게 되었을 때, 처음으로 80점대의 점수를 받게 되었다. 부모님의 얼굴에 드리운 실망을, 화신은 아직도 잊을 수 없었다. 그때부터였다. 실패할 수 없다, 실망시키고 싶지 않다는 두려움이 화신의 손을 잡고 놓지 않은 것은……

'아, 영영 풀 수 없겠구나.'

한 문제라도 틀리면, 세상이 무너질 것 같은 절망 속에서 화신은 생각했다. 하루에 커피 3잔을 마시고, 새벽 3시가 넘어서야 잠들었다. 그만두고 싶고, 다른 아이들처럼 놀고 싶은 마음을 꾹 눌러 참았다.

유하를 만나고 나서야, 숨통이 트이는 기분이 들었다. 하지만 행복은 짧았고, 화신은 다시 외톨이가 되었다. 그래도 주저앉을 수 없었다. 과거가 담긴 상자가 도착하기 전까지, 화신은 잘 버티고 있다고 생각했다.

'하지만 이제 그만하고 싶어.'

수없이 노력하고 고민을 해봐도 답이 없었다. 그렇게 끝내기로 결심했을 때서야 화신은 세상이 조금은 편하게 느껴지기 시작했다. 전부 포기하고 자신을 버리는 결정을 내리기까지의 과정이 너무나 고통스러웠기에, 그 순간보다 화신을 두렵게 하는 것은 없었다. 그래서 두려움이 더는 두렵게 느껴지지 않는 걸지도 몰랐다.

"당신은 조금 더 자기주장을 할 필요가 있어 보입니다."

"네?"

"친구라고 해서 옳은 말만 하는 건 아닙니다. 당신이 아니라고 생각하면 아닌 거고, 부리한 일을 시키면 거절하십시오. 그 선을 잘 지키다 보면 괜찮아질 겁니다."

"그러게요. 개가 뭐라고 하든 간에 반드시 들어줄 필요는 없었네요. 이제라도 마음이 시키는 대로 해봐야겠어요."

감정을 사람처럼 대한 것이 도움이 된 것인지, 살짝 웃는 화신의 미소는 조금 홀가분해 보였다.

"그럼, 이제 출발하도록 하죠."

자연스럽게 테이블을 정리하며 제하가 말했다. 그러면서 속으로는 자신답지 않다고 생각했다. 쓸쓸해 보이는 얼굴이 보고 싶지 않아서 위로 같지도 않은 위로를 해버렸으니까. 그것뿐만이 아니다. 굳이 도와주지 않아도 되는 일에 도와주기로 해버렸다. 이건 공평성을 해하는 일이었다.

아마 온이 이 사실을 알게 된다면, 제하의 변화를 알아내려 이것저것 실험을 할지도 모른다. 거기까지 생각이 미치자, 벌써부터 머리가 지끈거리는 것 같았다. 그래서 제하는 언제나처럼 정의할 수 없는 자신의 감정을 모른 척하기로 했다.

"따라오십시오."

뒤도 돌아보지 않고 액자 쪽으로 걸어간 제하가 화장실 문을 벌컥 열었다. 빨간색 문을 열자마자 보인 것은 어둠 속에 전시되어 있는 성인의 키만큼 크고 넓적한 비석이었다.

"묘비는 아니죠?"

조금 무서워진 화신이 문밖에서 물었다. 그러다 고작 비석에 머뭇거리는 모습을 제하가 어떻게 생각할지 걱정이 되었다.

'이건 아무것도 아니야. 그냥 돌일 수도 있잖아.'

억지로 이유를 붙여가며, 화신은 비석에 가까이 다가갔다. 세로로 그어진 줄을 두고서, 이름들이 서로 대치되듯이 양쪽에 쓰여 있었다.

'게임이라며, 왜 비석 같은 데다가 이름을 적어 놓는 건데.'

게다가 이름 가운데가 검게 칠해져 있었다. 화신은 일단, 자신이 아는 이름을 찾았다. 왼쪽에서 '강준'으로 추정되는 이름을, 오른쪽에선 '윤정'으로 추정되는 이름을 발견할 수 있었다.

"게임이 끝나면, 자동으로 지워질 겁니다."

"그래도 비석이라니, 노트나 태블릿PC도 있을 텐데 특이하네요."

서둘러 비석에서 떨어진 화신이 말했다.

"시스템에 등록되어 있지 않기 때문에, 당신은 스스로 이름을 적어 넣어야 합니다."

"설마 피로 써야 한다거나……. 아니에요. 어떻게 쓰면 되는데요?"

화신은 참가 등록을 하는 것도 기괴하거나 무서운 방식일까 봐 긴장했다. 게임 방식에 대해서도 경고를 받았으나, 제하의 얼굴이 아는 사람이라 어쩐지 안심이 되었다.

"정말로 후회하지 않겠습니까? 선택이란 언제나 책임을 동반하고, 말을 꺼내는 순간 돌이킬 수 없게 될 겁니다."

감정을 알기 어려운 눈빛으로 화신을 응시하던 제하가 대뜸 말했다. 선택. 인간은 삶을 살아가면서 언제나 결정의 순간에 놓이게 된다. 그 결과는 오로지 선택한 사람의 몫이며, 누군가 대신해 줄 수 없었다. 특히나 제하와 온이 고심해서 주관하는 게임, 솔라키움에서는 신중해야 했다. 끔찍한 악몽 속에 떨어지지 않으려면 말이다.

"때론 후회할 걸 알면서도 해야 할 때가 있잖아요."

"인간이 내리는 결정은 이해할 수 없는 것투성입니다."

"저도 그렇게 생각해요. 그래서 후회를 하는 거겠죠. 물론, 전 게임에 무조건 참가할 거예요."

화신은 결정을 무르지 않았다. 자신의 삶이 타인에 의해 휘둘러지는 일은 이제 그만하고 싶었으니까. 그게 설사 기억 속에 있는 '너'라고 해도 말이다. 후회한다면 그것 또한 스스로 선택한 결과에 의한 거였다.

여전히 꿈을 꾸고 있는 건지 헷갈렸다. 하지만 현실에선 못한 일들이 여기라면 가능할지도 모른다는 희망에, 화신은 앞으로 나아갈 수 있었다.

"눈에 띄는 행동만 하지 않는다면, 게임이 종료될 때까지
버틸 수 있을 겁니다."

화신이 묻지 않은 경고가 제하의 입에서 툭 튀어나왔다.
조금씩이지만 마을의 규칙을 자신이 깨고 있다는 것을 제
하는 인지하고 있었다. 조종당하는 건 아니었다. 그저 충분
히 위험성을 고지해야 한다고 생각했고, 화신에게 말해줘야
한다고 느꼈을 뿐이다. 사실 화신의 존재 자체가 이 세계에
서는 오류였으니, 이 정도의 발설은 크게 문제가 없을 것도
같았다.

너무 자연스럽게 전해지는 생각과 느낌은 제하로 하여금
자신의 것이라고 믿게 만들고 있었다. 나유가 떠나지 않았더
라면, 제하가 평소와 다르다는 것을 의심했을 것이다. 하지
만 현재 나유는 제하를 욕하면서도 게임 준비에 한창이었다.

"가능한 없는 사람처럼 구십시오. 당신의 정체를 누군가에
게 발설해서도 안 됩니다."

"그냥 참가하는 척만 하라는 거죠? 어차피 우승할 생각도
없으니 어렵지 않겠네요."

"저를 포함한 사람들을 믿지 마십시오. 솔라키움에 들어
가면 곁에 누가 있더라도, 판단은 당신의 생각으로만 내려야
합니다."

제하가 거듭 경고했다. 스스로가 어떤 사람인지 잘 알고 있었으니까. 화신을 도와준다고 말한 것은 변덕이었고, 기준에 맞지 않는 행동을 한다면 가차 없이 도움의 손길을 거둘 게 분명했다. 그러니 경고해 준 것이다. 자신이 손을 놓더라도 알아서 피해 가라고.

✺

서서히 내부가 어두워지면서, 두 사람이 들어왔던 문만 남기고 공간이 줄어들기 시작했다. 빨려 들어가는 느낌에 어지러움을 느낀 화신이 잠시 휘청거렸으나, 금방 다리에 힘을 주고 버텼다. 문과의 거리는 점점 멀어지기 시작했고, 그 사이를 어둠이 채워나갔다.

"받으십시오."

제하는 자신을 피하는 어둠을 의식하지 않으면서 허공에서 양장 노트와 펜을 꺼내어 화신에게 내밀었다.

"아, 네."

얼결에 가죽 질감의 녹색 노트를 받아 든 화신은 비장한 표정으로 종이를 넘겼다. 각 장마다 적게는 6명에서 많게는 20명까지의 이름이 적혀 있었다. 그리고 맨 마지막 장에는 비석의 오른쪽에서 봤던 7명의 이름이, 여전히 가운데가 '■'

표시되어 적혀 있었다.

"노트가 나뉘어 있나 보네요."

"초대받은 사람과 초대한 사람을 구분해야 하니까요."

노트를 돌려받은 제하가 대답했다. 종이 맨 아래에 정자체로 쓰인 화신의 이름을 확인한 후, 노트를 소멸시키자 묘비에 이름이 추가로 새겨졌다.

"문을 열고 들어간 뒤에는, 제가 갈 때까지 움직이지 말고 기다리십시오. 뭔가 들리고, 보여도 무시해야 합니다."

"같이 들어가는 게 아니었어요?"

들려오는 대답이 없어 뒤를 돌아보자, 제하는 이미 사라진 뒤였다. 고요함 속에 남겨진 화신은 긴장감으로 조금씩 몸이 떨려왔지만, 천천히 문 쪽으로 걸어갔다.

"괜찮아. 할 수 있을 거야."

각오를 끝낸 화신이 문을 열자, 또 다른 철문이 있었다. 손잡이가 없는 평평한 문을 어떻게 열어야 할지, 고민하고 있을 때였다.

제323회 가상현실 게임에 입장하시겠습니까?

검은 바탕 위로, 안내 문구가 나타났다. 문 뒤에는 뭐가 기다리고 있을까. 화신이 잠깐 망설였다. 그러자 때를 놓치지 않고, 두려움이 후회하지 않겠냐고 속삭여왔다. 빠르게 박동하는 심장 소리가 어느새 익숙해진 화신이 오랜 친구에게 대꾸했다.

'그만 좀 물어봐. 이미 결정한 일이잖아. 그리고 후회 좀 하면 어때?'

지겹게 해온 게 후회였고, 겨우 찾은 희망이었다. 어느 쪽을 고르라고 한다면, 이제 시도해 보고 후회하는 쪽을 택할 것이다. 화신이 "네." 하고 대답하자 내용이 바뀌었다.

> 신청이 완료되었습니다.
> 원활한 게임 진행을 위해 장비를 착용해 주세요.

철문에 하얀색 선이 생기며, 네모가 그려졌다. 그리고 찰칵 소리와 함께 손잡이가 생겨나더니, 마치 열어보라는 듯이 살짝 열렸다. 화신은 떨리는 마음을 가다듬으며 손잡이를 잡아당겼다. 그리고 서랍 안에 들어있는 일체형 슈트를 발견하고는 미간을 찌푸렸다.

화신이 슈트를 꺼내 들자, 가면이 무게로 인해 고개를 앞으로 푹 수그렸다.

"어떻게 입는 거지?"

슈트를 살펴보던 화신은 왼쪽 손목에서 반짝거리는 은화를 발견했다. 과거에 유하가 주었던 은화와 비슷했으나, 전갈자리가 각인된 것을 보고는 우연이라고 넘겼다. 세상에 비슷한 동전은 많을 테니까.

그것보다도 전체적으로 검은색에, 옆 라인만 노란색으로 되어 있는 슈트를 입어야 한다는 게 화신을 망설이게 했다. 전혀 취향이 아니었으니까.

"그래도 입어야 하는 거겠지?"

한숨을 푹 내쉬며 화신이 갈아입기로 마음을 먹자, 주위로 벽이 생기며 탈의실이 만들어졌다. 타이트한 슈트를 낑낑대가며 착용하고 보니, 숨이 막히지도 않고 생각보다 가벼웠다.

손으로 몸이나 얼굴을 더듬어보며 점검하던 화신의 귓가로 <착용이 확인되었습니다. 즐거운 여행 되십시오.> 라는 안내 멘트가 흘러나오면서 두꺼운 철문이 열리기 시작했다.

빛이 새어 들어오는 문 쪽으로 무거운 걸음을 내딛던 화신은 신기하게도 얼굴 위에 쓴 가면의 존재가 점점 희미해지는 것을 느낄 수 있었다. 일할 때만 쓰던 안경보다도 편안한 느낌에 감탄이 절로 나올 정도였다.

"여긴 공원 입구 같은데?"

눈앞에 펼쳐진 풍경에 화신이 당황스러운 신음을 내뱉었다. 심지어 핼러윈 장식도 그대로였다. 다른 점이라면 겨울이 온 것처럼 잎이 무성하던 나무들이 벌거벗은 것도 모자라, 수분이 부족한 것처럼 메말라 보였다는 것이다. 그리고 벤치에 앉아 천을 둘러쓴 마네킹의 고개가 화신을 따라 미세하게 움직이고 있었다.

만약 이번 게임에 정해진 테마가 있다면, 귀신의 집이지 않을까?

"세상에 귀신이 어디 있어. 귀신보단 사람이 더 무섭지."

호기롭게 외치며 화신이 공원 안쪽으로 들어갔다. 그러다 발에 턱하고 감겨오는 손에 비명을 터져 나올 것 같아, 급히 손으로 입을 틀어막았다. 게임에 참가하기 전, 제하가 했던 말이 떠올랐기 때문이다.

'뭔가 들리고, 보여도 무시해야 합니다.'

그 뭔가가 혹시 귀신을 말한 거였을까? 확실한 것은 당장이라도 뭔가 나올 것만 같은 공원의 분위기는 정말 최악이라는 거였다. 특히나, 확 튀어나오는 것을 정말 싫어하는 화신은 주먹을 꽉 쥐었다.

"정신만 똑바로 차리자."

호랑이에게 물려가도 정신만 차리면 살 수 있다고 했다. 게다가 단순히 겁먹게 하려는 의도일 수도 있었다. 마음을 굳게 다잡았으나, 솔직히 이런 거라고 미리 이야기를 해줬으면 좋았을 거라는 불만이 살짝 들었다. 화신이 속으로 꿍얼거리고 있을 때였다.

-또 왔네?

익숙한 음성이 들려왔다. 화신은 잘 돌아가지 않는 목을 움직여 가까이 있는 나무를 주의 깊게 바라보았다. 가지가 떨어져 나간 자작나무처럼, 그것들의 나무 기둥에는 사람의 눈처럼 보이는 것들이 만들어져 있었다. 오싹한 기분에 고개를 돌리던 화신이 실수로 그만, 그것들 중 하나와 눈이 마주치고 말았다.

-날 보고 있어! 그래 나한테로 와! 어서!

-아니야! 내가 더 잘 먹어 줄 수 있어! 아프지 않게 먹어 줄 테니까, 이쪽으로 와줘!

화신은 귀를 막는 대신에 눈을 질끈 감았다. 그때 그 소리들이 허구가 아니었구나. 목덜미에 소름이 돋으며, 긴장으로 몸이 굳어졌다. 화신은 뻐근해진 목을 주무르다가, 슈트를 착용하면서 귀에 꽂았던 이어폰을 만지작거렸다.

"소리는 어떻게 줄여야 하나요?"

제하가 대답해 주든, 게임의 시스템이 말해 주든 간에 알려 주길 바랐다.

-근데 쟤는 왜 여기 있어? 보통 게임장으로 바로 이동되잖아.

-설마 미아인가?

-미아라고?!

웅성거리는 소리가 줄어들기 시작하다가 뚝 끊겼다. 화신은 상황이 자신에게 불리하게 흘러가고 있다고 확신했다. 만약 미아라고 인식된다면, 표적이 되어 공격받을 것만 같았다.

'팸플릿을 찾아야 해!'

식당 주인에게서 받은 팸플릿을 떠올린 화신이 슈트를 입고 있다는 사실도 잊고 바지 주머니를 확인했다. 다행히 철문을 통과한 후, 화신의 옷차림은 평범하게 돌아와 있었다.

야시장에서부터 입고 있던 후드, 그 위에 걸친 야상 잠바, 그리고 청바지에 운동화까지 그대로였다. 덕분에 주머니에서 팸플릿을 찾아 꺼낸 화신이 들으라는 듯이 대놓고 중얼거렸다.

"아, 이쪽 길로 가면 되는구나."

팸플릿에는 도착 장소가 표기되어 있지 않으나 상관없었다. 화신의 목적은, 목적지가 있다는 것을 귀신같은 놈들에게 알려주는 거였으니까. 다행히 빛으로 만들어진 길이 길잡이처럼 안쪽까지 이어져 있었기 때문에 길을 잃지 않을 자신도 있었다.

-으음, 미아가 아닌가?

-잘 가고 있네. 쯧, 오랜만에 시원하게 목 좀 축이나 했는데 아쉽구먼.

나무마다 자아가 있는 것처럼, 그들은 화신이 지나가는 내내 쑥덕쑥덕 대화를 나누었다. 화신은 그때마다 떨리는 심장을 달래며, 아무렇지 않은 척하려고 애썼다. 하지만 시스템에 의해 로봇처럼 몸이 멈췄을 때는, 하마터면 서서 기절할 뻔했다.

'뭐, 뭐야?'

보이지 않는 줄이 몸을 칭칭 감고 있는 것처럼 화신은 손가락 하나도 움직일 수가 없었다. 그런데 갑자기 바닥에서부터 진흙이 겹겹이 쌓이더니, 짧은 시간에 161cm인 화신과 똑같은 키와 형태를 가진 인간형이 완성되었다. 무슨 일이 벌어질지 몰라서 당황한 화신의 앞에 안내창이 나타난 것은 그때였다.

> **<파트너를 선택하세요.>**
> ⋯ 눈을 감고, 원하는 파트너의 형상을 떠올려 주십시오.

안내에 따라 눈을 감는 화신을 보호하듯이, 제하가 위험한 기운을 뿜어내고 있었다. 사실 줄곧 곁에 있었으나, 아직은 모습을 드러낼 수가 없었다. 자신이 본모습으로 나타났을 경우에 발생할 여러 문제들 때문이었다. 사자는 각 게임이 끝날 무렵에만 최종 보스처럼 솔라키움에 등장하도록 설정되어 있었으니까.

그러니 자유롭게 움직이기 위해서는 '저것'이 완성되기를 기다려야 했다.

-형!

그때, 사자 통신을 통해 나유의 긴급한 외침이 들려왔다.

-나유 군도 알다시피 화신이 솔라키움에 참가하는 것은 예정된 일이었습니다.

-그건 나중에 다시 이야기하고, 지금은 다른 이유에서 연락한 거야! 아니, 영혼 하나가 막무가내로 굴면서 내 말을 완전히 무시하고 있다니까?!

나유가 흥분한 어조로 말했다.

-암시가 풀린 겁니까?

-아마도. 저번에 방문한 기억이 애매하게 남아있었나 봐. 어쩌지? 온 누나에게는 연락 못 하겠어. 형이 좀 와줘.

-바로 가겠습니다.

그들이 기를 쓰고 노력한다고 해도, 첫 번째 문조차 열 수 없을 것이다. 과연 언제쯤 포기하나 지켜보는 것도 나쁘지 않겠지만 암시에 관해서는 확인이 필요했다. 결정을 내리자, 제하의 신체가 먼지처럼 흩어지기 시작했다. 조금씩 형체를 잡아가는 진흙 인형과 눈을 감고 집중하고 있는 화신을 바라보며 제하는 생각했다.

'온, 당신은 대체 무슨 생각인 겁니까.'

영혼 인도자가 벌인 일치고는 선을 아슬아슬하게 넘나들고 있었다. 그뿐만 아니라, 하나의 사건과 관련된 인연들이 같은 차수에 모인다는 것은 절대 우연일 수 없었다. 그래서 제하는 이번 일에 온이 관련되어 있다고 확신했다. 실타래처럼 엉켜 까다로워진 문제를, 화신을 이용해 풀려고 하는지도 몰랐다.

하지만 실이 전부 풀렸을 때, 어떤 결과가 나올지는 알 수 없었다. 분명한 건 누군가에겐 파멸의 길이, 누군가에겐 다시없을 기회가 될 거라는 점이다. 그 대가가 무엇이든 화신은 받아들일 준비가 되어 있을까?

-길의 끝에서 당신은 어떤 선택을 내릴지 궁금하군요.

진실을 찾기 시작한 화신과 밝히고 싶지 않은 기억을 품고 있는 유하. 두 사람 사이에 무슨 일이 있었던 간에 온의 목적만큼은 명확했다. 숨어있는 것을 포기하고, 유하가 스스로 밖에 나오게끔 만들 계획일 것이다. 결국, 화신은 위험에 빠질 수밖에 없을 터였다.

거기까지 생각했을 때, 제하는 나유를 꼭 도우러 가야 하는 건지 고민했다. 왠지 화신만 두고 떠나는 것이 못마땅하게 느껴졌다. 그리고 깨달았다. 아무래도 유하가 가진 감정에 영향을 받기 시작한 것 같았다.

-내가 어떻게 하기를 바랍니까.

제하는 모습을 드러내지 않는 유하를 향해 물었다. 수많은 영혼의 입을 통해 유하에게 말을 전달하고 있던 제하의 형체가 그대로 분해되어 공원에서 완전히 사라졌다.

3.

속임수

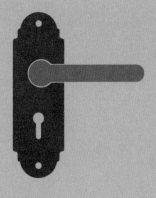

시간이 꽤 흘렀음에도 나오지 않는 안내 멘트를 기다리던 화신이 슬쩍 눈을 떴다. 진흙을 뭉쳐 놓은 인형은 그리스 로마 신화에 나오는 판도라처럼 사람의 형태를 띠고 있었다. 그것도 조정 중이라는 것을 믿기 어려울 정도로, 화신의 눈에는 완벽하게 느껴졌다.

"유하야."

잔뜩 갈라진 목소리로 부른 이름에는 많은 감정이 담겨 있었다. 행복했던 기억만 떠올렸기 때문일까. 유하의 분위기는 중학교 3학년 가을의 어느 날을 닮아 있었다.

다정한 눈빛으로, 살짝 입술을 떨며 사귀자고 했을 때, 나무 아래 벤치에 앉아서 시시콜콜한 대화를 나누며 떠들던 날, 그리고 장난치듯이 건네는 유하의 사랑한다는 문장에 설레어 했던 순간 등. 기억 속에 있던 유하가 그대로 튀어나온 것만 같았다.

"저승의 기술이 진짜 좋구나. 비록 껍데기만 닮은 거지만

……, 네가 진짜 유하였다면 좋았을 텐데."

당연하게도 인형은 말이 없었다. 그래서 말을 꺼내는 게 쉬웠는지도 모른다.

"나한테 매번 하고 싶은 대로 살아도 된다고 말했으면서, 너는 왜 아무런 말도 안 했어? 아팠을 텐데, 누구라도 알아주길 바랐을 텐데……. 내가 밉지는 않았어?"

다른 이들에게 차마 터놓을 수 없었던 말들이, 유하의 모습을 흉내 낸 진흙 인형한테는 서슴없이 튀어나왔다.

"네 몸에 난 상처들을 보고 당연히 부검을 의뢰했어. 갑자기 생긴 상처라면 이유가 있었을 테니까. 그러다 우연히 학교 폭력이 있었다는 걸 알게 되었고, 너희 부모님을 설득해 수사를 의뢰했어. 넌 날 두고 가지 않을 거라고, 진짜 이유가 있을 거라고 믿었으니까."

하지만 명확한 증거가 나타나기는커녕, 학급 친구의 증언으로 인해 유하의 사건은 번갯불에 콩 볶아 먹듯 급하게 종결되었다. 그리고 세월이 흐르면서 유하를 아끼고 사랑했던 사람들을 제외하고는 '유하의 자살'은 점차 잊혀졌다.

하지만 화신은 잊고 싶지 않았다. 친구들은 이제 그만 보내주라고, 네 인생을 살라고 설득했지만, 도저히 그럴 수가 없었다. 그래서 유하의 탓을 하며 우시는 부모님을 보고도, 화신은 멀쩡해진 것처럼 보이려고 노력하는 걸 택했다. 그런데 계속하다 보니, 정말로 괜찮아지는 것 같았다. 시간이 더 흐른 뒤에는 뉴스 기사에 적혀 있던 대로, 수능 스트레스로 인해 유하가 그런 결정을 내렸다고 믿으며 살게 되었으니까.

"웃지 마. 나 버리고 가놓고, 웃지 말라고!"

화를 낼 대상이 틀렸다는 것을 알면서도 화신은 인형을 향해 소리칠 수밖에 없었다. 공무원 시험에 합격하고, 소개팅으로 만난 강준과 연인이 되면서 정말로 다 잊었다고 생각했었다. 그런데 제하를 본 순간, 화신은 감정이 터질 듯 부풀어 오르며 주저앉아 울고 싶어졌다.

그래서 분노는 곧 서러움으로 바뀌었다. 한참을 울던 화신이 코를 훌쩍이며 고개를 들었을 때였다. 인형이 눈물을 흘리고 있었다.

"지금, 내 말을 듣고 있는 거지? 그런 거지?!"

그 순간만큼은 정말 유하의 영혼이 찾아온 것은 아닌가, 그런 착각이 들었다. 만질 수 없는 상태인데도 유하가 흘린 눈물이 바닥을 적시는 이상 현상에, 화신은 허탈한 웃음을 터뜨렸다.

"진짜 가지가지 한다, 박화신. 모습만 똑같은 인형한테 뭘 바라는 거야. 제발 정신 좀 차리자!"

유독 유하와 관련된 일에는 이성적으로 굴지를 못했다. 그런 자신이 바보 같아서 화신은 한숨을 거하게 내쉬고는 인형

에게서 등을 돌렸다. 계속 바라보고 있다간, 제하한테 꼴사
나운 모습을 보일 것 같았으니까.

-미쳤나 본데?

-에이……. 상한 거 먹으면 탈 나는데.

실망하는 나무들을 무시하며, 화신은 나타나지 않는 제하
로 인해 고민에 빠졌다.

"이제 어떻게 하지?"

추가 설명이 나와 주기를 기다렸지만 감감무소식이었다.

"저기요~! 이제 어떻게 하면 되나요?!"

이대로는 쓸데없는 생각에 사로잡힐 것만 같아서 화신은
허공을 향해 소리쳤다.

-저것 봐~!

-그냥 포기할까?

그 뒤를 이어서 허귀 나무가 아쉬워하는 소리가 이어졌다.

"뭐야. 가만히 기다리라더니, 나타나지도 않고."

꿍얼거리던 화신이 한 발짝 걸음을 옮기자마자, <설정이 진
행 중입니다. 자리를 이탈하지 마십시오.> 라는 경고 문구가 나
타났다.

"여기서 계속 기다릴 수는 없어."

화신은 주변만 둘러볼 생각으로 걷기 시작했다. 경고 문구
는 시야를 가릴 정도로 계속 생성되고 있었다. 그리고 쫓아

오지 않기를 바랐던 진흙 인형은, 그림 같은 미소를 지은 채 따라오고 있었다. 총체적 난국이었다. 화신은 연거푸 한숨을 내쉬며, 부디 제하가 나타나 어색한 이 상황을 해결해 주었으면 하고 바랐다.

-푸하하. 유령이 유령을 끌고 다녀!

-저건 버림받은 거야! 아싸, 낙오자다!

나무들이 지나가는 화신을 향해 불쾌한 소리를 내뱉었다. 마치 도발하려고 억지로 시비를 거는 느낌이었다. 그래서 들리지 않는 척 고집스럽게 땅만 응시했다. 하지만 빽빽하게 심어져 있는 나무들은 계속해서 화신을 놀려댔고, 유령은 발소리가 없었다.

그 미묘한 환경은 혼자 있다는 생각이 들지 않게 했고, 아이러니하게도 화신의 두려움을 희석해 주었다. 그러다 갑자기 처음 듣는 음성이 겹치기 시작했다.

-여기야. 나 여기 있어.

가녀린 음성이 연기처럼 흐릿하게 화신의 귓속을 파고들었다. 나무들이 자신을 유혹하기 위해 다른 방법을 찾은 거라고 여긴 화신은 깔끔하게 무시하려고 했다.

-화신아…….

그런데 너무도 익숙한 목소리에, 화신은 반사적으로 뒤를 돌아볼 뻔했다. 하필이면 만나고 싶은 사람 TOP3에 드는 인물의 음성이라, 화신은 홀리지 않으려 주먹을 꽉 쥐었다.

"그만해. 게임 중인 윤정이가 여기에 있을 리가 없잖아."

－유하도 같이 있구나. 난 항상 생각해. 우리 셋일 때가 좋았는데⋯⋯. 왜 난 ■■■을 선택한 걸까?

"네가 윤정이 목소리를 흉내 낸다고 해도 난 안 믿어. 그러니까 그만해."

－20XX년 12월 14일. 기억나? 난 유하가 왜 그랬는지 알아. 너도 그게 궁금해서 날 쫓아온 거 아니었어?

"⋯⋯."

짝퉁 윤정은 화신의 망설임을 눈치채고는 더욱 몰아붙이기 시작했다.

－안전을 위해 평소 잠가 두던 옥상 문이 그날은 왜 열려 있었을까? 혹시 열쇠를 복사한 아이가 있었던 건 아닐까?

화신은 결국 뒤를 돌아보고 말았다. 휘이잉. 갑자기 강한 바람이 불어닥쳤다. 팔로 얼굴을 가린 화신은 바람이 잠잠해진 후에야 눈을 뜰 수 있었다. 변한 것은 없었으나, 지나치게 조용했다. 아무리 귀를 기울여 봐도, 허귀 나무의 목소리조차 들리지 않았다.

"너 어디 있는 거야? 우리 대화 좀 해!"

－난 여기에 있어. 조금만 더 안으로 들어와.

고민하던 화신은 결국 목소리가 들리는 쪽으로 걸어가기

시작했다.

-얼른. 시간이 없어.

윤정이 아닐 것이다. 하지만 속임수라는 것을 알고 있음에도 불구하고, 확인하고 싶었다. 제하가 해 준 경고를 듣지 않은 게 되어 버렸지만 멈출 수 없었다. 어딘가에서 들려오는 윤정의 목소리를 이정표 삼아 걷던 화신이 갈라진 길목에서 멈춰 섰다.

-오른쪽이야. 이쪽으로 들어오면 돼.

윤정과 닮았다고 생각한 목소리가 허공을 웅웅- 울리며 점점 변해갔다. 완전히 다른 목소리가 되어 버렸다는 것을 알아채지 못한 채, 화신은 오른쪽 길로 의심 없이 들어갔다. 뭔가에 홀린 사람처럼 도망쳐야 한다는 생각도 들지 않았다. 그저 윤정을 만나서 무슨 일이 있었는지, 알고 있는 게 뭔지 들어야 한다는 생각뿐이었다.

어두운 길을 밝혀주던 등불들이, 주황색에서 파란색으로 바뀌었다. 화신의 눈동자 속에도 불빛이 들어와 일렁거렸다.

"어디야? 어디로 가면 돼?"

마치 대답처럼, 길 끝에 노란색 문이 나타났다.

-여기로 들어와. 네가 원하던 걸 보게 될 거야.

그렇게 문고리를 잡고 돌리려던 화신이 멈칫했다. 윤정의 목소리라고 굳게 믿고 있던 것이 흔들리면서, 의문이 슬금슬금 자리를 잡기 시작했다.

"네가 스스로 윤정이라고 말한 적이 있었나?"

암시가 깨지려고 할 때였다. 화신의 팔을 타고 하얗고 가느다란 손이 올라와, 문고리를 잡고 있던 손등에 안착했다. 화신의 눈동자가 공포로 떨렸다. 누군가 목을 잡고 있기라도 한 것처럼 뒤를 돌아볼 수가 없었고, 소름이 발끝을 타고 올라와 머리카락이 쭈뼛하고 섰다.

그리고 익숙하면서도 거부감이 드는 음성의 여자가 화신의 귓가에 대고 말했다.

"되돌아가기엔 이미 늦었어. 진실을 알고 싶다면, 망설이지 말고 들어가렴."

끼리릭, 소리를 내며 문고리가 천천히 돌아갔다. 화신이 잡혀있는 손을 빼내려고 했으나, 굳어버린 몸은 잘 움직여지지 않았다. 결국, 문이 활짝 열리고 말았다. 화신은 의문의 손에 의해 안으로 떠밀려 떨어졌다.

"기왕 참가했으니, 즐겨줘. 이 게임은 널 위한 것이기도 하니까."

그 말을 끝으로 문이 탕! 닫혔다. 화신은 끝없이 아래로 떨어지면서도 무섭다는 생각이 들지 않았다. 통로에 맴도는 부드러운 공기가 마치 해치지 않는다고 말하는 것 같았다. 사실 자신을 떠민 사람에 대해 생각하느라, 주변 상황을 신경 쓰지 못했다는 게 맞을 것이다.

"날 알고 있는 듯한 말투였어."

처음부터 화신이 원하는 것을 알고 있었기에, 다른 누구도 아닌 윤정의 목소리를 빌린 것 같았다. 대체 누구일까, 화신은 옆에서 같이 떨어지고 있는 인형을 보고는 짜증인지 안도인지 애매한 표정을 지었다.

"파트너라……."

무조건 같이 움직여야 하는 게, 게임 규칙인 모양이었다.

"그런데 온다는 사람이 오지를 않네. 무슨 일이 생긴 건가."

"늦었습니다."

한탄처럼 내뱉은 말인데, 대답이 들려올 줄은 몰랐다. 토끼눈을 한 화신이 그린 듯한 미소를 짓고 있던 유하 인형을 바라보았다.

"제하 씨?"

긴가민가한 얼굴로 화신이 물었다.

"당신이 이 모습을 선택할 줄은 몰랐습니다."

"그렇게 됐어요. 그런데……. 그냥 인형인 거죠?"

문득, 인형이 눈물을 흘리던 것이 떠올랐다. 사람 헷갈리게 거기서 그런 반응을 보일 게 뭐냐고, 화신이 속으로 의미 없이 투덜거렸다.

"그건."

제하는 잠시 망설였다. 무엇이 그리도 필사적인지, 유하의 영혼은 그릇 밖으로 나가지 않으려 날뛰다 기운이 빠져 다시 숨어버린 상태였다. 사실을 말해주는 것이 좋을까. 때론 진실이 더 아픈 법이었지만 영원한 비밀은 없었으니까. 게임 속에 들어온 이상, 언젠가 화신도 알게 될 것이다.

"그건 불러들인 영혼의 일부를 담아두는 그릇의 역할을 합니다."

"제가 본 게 정말로 유하였다는 건가요?"

"확언하기는 어렵습니다. 제가 왔을 때는 안이 텅 비어 있었으니까요."

당연했다. 다른 영혼들을 붙잡아가면서까지 유하는 밖으로 나가는 것을 완곡히 거부했으니까. 무엇 때문에 흔들렸는지 티끌보다도 작은 영혼 조각이 잠시 담겼던 것 같으나, 너무 작은 크기의 조각이기에 금방 본체로 돌아갔을 것이다.

"그가 뭐라고 했습니까?"

"아니요. 아무런 말도 하지 않았어요."

바보같이 웃고 있는 얼굴로, 눈물을 흘리기만 했을 뿐이다. 화신의 기억 속에서 흐릿하게 남아있는 유하와 똑같이 말이다. 그때 무슨 말을 한 것 같은데 언제 겪은 일인지, 왜 유하가 울었는지는 기억이 나지 않았다.

'이상하게 그 기억을 떠올리려고만 하면 머리가 아파.'

방어기제인지는 모르겠으나, 점점 심해지는 두통에 화신은 생각을 이어갈 수 없었다. 짜증스러운 한숨을 내쉰 화신은 포기하고 현재를 생각했다. 지금은 이쪽이 더 급한 문제였으니까.

"여기서 벗어나는 건 무리겠죠?"

당초 계획과 다르게, 게임의 시작부터 참가해 버린 화신이 어색하게 웃었다. 게임은 토너먼트로 진행되는데, 기껏 제하가 배려해 준다고 한 것을 스스로 걷어차 버린 꼴이라 미안했다.

"우선, 시간을 좀 벌어야겠습니다."

어조의 변화 없이 제하가 말했다. 이미 벌어진 일의 잘잘못을 따지는 것보단 미래를 생각하는 게 낫다고 판단했기 때문이다. 무엇보다 화신에게 이번 게임에 대해 알려줄 시간이 필요했다. 아직 튜토리얼 진행이 끝나지 않은 것을 확인한 제하는 그걸 이용하기로 했다.

잠시 후, 떨어지던 속도가 점점 느려지기 시작했다. 어두 컴컴했던 공간이 안개가 긴 것처럼 뿌옇게 변하더니, 다시 또렷해졌다. 타닥타닥. 모닥불 타는 소리가 제일 먼저 들려왔다.

훈훈한 온기가 감도는 그곳은 통나무로 지어진 작은 별장이었다. 화신이 정신을 차렸을 때는 푹신한 방석이 깔린 의자에 앉아, 마시멜로가 둥둥 떠 있는 핫초코가 든 머그컵을 손에 쥐고 있었다.

'이게 어떻게 된 일이지?'

화신이 눈을 깜박이며 생각하고 있을 때였다.

"시작하기 전에 말해줄 것이 있습니다. 마시면서 들어주십시오."

맞은편에 앉은 제하가 태평스러운 얼굴로 권유했다. 그래서 화신은 내용물을 후후 식힌 후, 한 모금 마셨다. 달달한 핫초코는 혀를 감동시키고, 쌓여 있던 스트레스를 내리눌러주었다.

타는 장작 냄새와 몸을 포근하게 감싸주는 온기가 시은과 함께 놀러 왔으면 딱 좋겠다 싶은 곳이었다. 자신도 모르게 노곤해지던 화신은 반쯤 감기려던 눈에 힘을 주며 말했다.

"조심하라고 언질도 주셨는데 죄송해요. 원래 제가 참가하려던 게임은 아니겠죠?"

"네, 다른 곳입니다."

단호하리만큼 딱 잘라서 제하가 말했다. 하지만 시무룩한 화신을 보자, 입이 제멋대로 움직이며 말을 덧붙였다.

"자책할 필요는 없습니다. 이번 게임은 난이도가 쉽고, 당신이 다칠 일도 없을 테니까요. 오히려 이번 기회에 솔라키움이 어떤 식으로 진행되는지, 직접 체험해 보는 것도 나쁘지 않을 겁니다."

"알겠어요. 눈에 띄지 않는 선에서 잘 살펴볼게요."

"그럼, 지금부터 게임 규칙을 설명하겠습니다."

제하가 설명해 주는 말은 전부 문자화되어 화신의 앞에 보기 쉽게 나열되었다.

<게임 규칙>

1. 게임의 참가자는 2인 1조로 팀을 구성합니다.
2. 각 스테이지에서 수행하는 게임 종목은 중복되지 않습니다.
3. 높은 점수를 받은 팀이, 다음 스테이지에 참가 자격을 얻습니다.

※ 주의 : 반칙이 확인되었을 경우, 그에 따른 페널티는 선택할 수 없습니다.

참가자에게 적용되는 규칙을 꼼꼼히 읽어보던 화신은 마지막 경고 문구에서 멈칫했다.

"페널티를 선택할 수 없다는 건, 불합리한 거라도 무조건 따라야 한다는 건가요?"

"게임의 진행은 언제나 선택입니다. 페널티를 받는다는 걸 알면서도 한 행동이라면, 그에 따른 결과도 받아들여야 한다고 생각합니다."

델리고 마을의 절대적인 규칙을 솔라키움이라고 해서 벗

어날 수 있는 건 아니었다. 모든 것은 영혼의 선택에 따라 이루어지며, 그에 대한 책임 역시 스스로 져야 했다.

"하지만 허용 범위는 시스템이 정하는 거잖아요. 이곳의 시스템은 공정한가요?"

유전무죄 무전유죄라는 말도 있듯이, 세상에는 불합리한 일이 많았다. 같은 범죄라도 판사에 따라 처벌이 다르고, 권력에 의해 죄가 없던 일이 되기도 하니까.

"게임을 하다 보면, 자연스레 깨닫게 될 겁니다."

"알겠어요. 제가 알아야 할 내용이 더 있을까요?"

한발 물러서긴 했으나, 화신의 목소리에는 불만이 가득했다. 명색이 게임을 관리하는 저승의 사자인데, 제하를 무서워하거나 어려워하는 기색은 조금도 없었다. 화신은 익숙한 얼굴의 제하를 경계하지 않고 편하게 느꼈고, 제하는 무의식적으로 화신에게 무르게 굴었기에 가능한 일이었다. 그로 인해, 제하는 본인도 모르게 화신을 편애하는 중이었다.

"여기서 당신의 위치는 머그컵과 같습니다. 분명 게임 속에 존재하지만, 그렇다고 뭔가를 바꿀 힘은 없죠. 그러니 지금 포기하지 않으면, 당신은 몇 번이고 상관도 없는 타인의 게임을 강제로 경험하게 될 겁니다."

제하가 무뚝뚝한 얼굴을 하고선 경고인지, 걱정인지 모를 말을 꺼냈다. 그리고 화신은 그 말들을 들으면서 참 알다가도 모를 남자라고 생각했다. 도와주는 것처럼 굴다가도, 도망치길 바라는 것처럼 무서운 말을 하니까 말이다. 하지만 화신의 결정은 단호했다.

"눈에 띄지 않게 조심할게요."

그 마음을 시스템이 알아챈 것처럼 제하의 무뚝뚝한 설명 대신, 경쾌한 음과 함께 메시지 창이 나타났다.

<STAGE 1 : 최후의 만찬>

⋯→ 제한 시간 : 1시간
⋯→ 참가자들을 위해 정성스레 만들어진 음식을 '맛있게' 먹어주십시오.
⋯→ 시간 내에 가장 많이 먹은 팀에게 다음 게임 참가 자격이 주어집니다.

※ 스테이지 클리어 시 특별한 보상이 주어집니다.
※ 반칙은 허용되지 않으며, 발각될 시 페널티가 부과됩니다.

그리고 바로 아래에는 참가 여부를 묻는 동그란 버튼 두 개가 요란하게 반짝이고 있었다.

4.

최후의
만찬

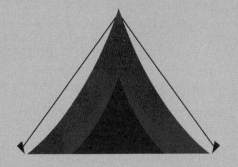

화신은 몸이 가벼워짐을 느꼈다. 입고 있던 옷이 마음대로 바뀌어 있었기 때문이다. 달라진 옷을 확인한 화신이 눈썹을 찡그렸다. 무난한 베이지색의 조거팬츠는 괜찮았다. 그런데 상의가 화신이 절대 입지 않을 디자인이었다. 몸에 딱 달라붙는 검은색 크롭티 위에는 'happy'라는 문구가 크게 프린팅이 되어 있었다.

　"혹시 이번 게임에 드레스 코드가 있나요?"

　웃으며 말했으나, 화신은 날카롭게 제하의 옷차림을 훑어내렸다. 원래 검은색 티와 바지 위로 편안한 느낌에 계량 두루마기를 걸치고 있던 제하는, 흰색 저고리 셔츠와 검은색 슬랙스를 입고 있었다.

　"옷도 시스템이 정해주는 건가요?"

　화신의 목소리는 싸늘했다.

　"검색 시스템이 오작동을 일으킨 것 같습니다."

　미리 준비하고 있었던 것처럼 제하가 바로 대답했다. 마을과 솔라키움의 세부적인 배경은 대체로 이승의 인터넷을 통해 정해졌는데, 최근 나유가 아이돌에 빠져 있었기 때문이다.

-나유 군, 다음부턴 아이돌은 참고하지 마십시오.

딱딱한 어조로 메시지를 보낸 제하는, 어째서인지 불퉁한 표정을 짓고 있는 화신을 똑바로 바라볼 수 없었다.

"영혼은 감기에 걸리지 않으나, 밤은 쌀쌀하니 이거라도 걸치십시오."

제하가 아무것도 없는 허공에 손을 휘젓는 순간, 검은 두루마기가 들려 있었다.

"그냥 옷을 바꿀 수는 없는 건가요?"

"담당자가 자리를 잠시 비운 모양입니다."

"그러면, 게임 끝나기 전까지만 감사히 입을게요."

부드러운 감촉에 구름처럼 가벼운 두루마기를 입은 화신은 어설픈 솜씨로 저고리를 잘 여몄다. 덕분에 신경 쓰이던 배를 가릴 수 있어서 표정이 누그러졌다.

"근데 게임이 벌써 시작된 건가요?"

"밖에 준비가 되어 있을 겁니다."

별장 문을 열고 나온 화신은 탁 트인 게임 장소를 바라보았다. 현실이었으면 8시쯤 되었을까. 어둑해진 밤하늘 위로 안개가 얇게 깔려 있었고, 잔디가 심어진 널따란 공터에는 야외 테이블이 마련되어 있었다.

하얀 천막과 지지대에는 아담한 조명들이 이어져 로맨틱한 분위기를 내었고, 땅에 설치된 불빛은 야외를 대낮처럼 환하게 밝혀주고 있었다.

'이번 게임의 테마는 캠핑장인가 보네.'

화신이 생각했다. 별장 외에도 띄엄띄엄 텐트가 설치되어 있었으니까. 게다가 테이블과 조금 떨어진 장소에는 캠프파이어를 위한 장작도 쌓여 있었다. 완연한 밤이 되고 별이 반짝일 때 피워 올린다면, 에세이 표지로 장식해도 될 정도로 아름다운 장면이 펼쳐질 것만 같았다. 부디 무사히 게임이 끝나기를 바라며, 화신은 삐걱대는 계단을 내려갔다.

공터 입구에서 어슬렁거리는 두 명의 남자가 보였다. 모르는 사람과의 식사라니 거북했으나, 겨우 그 정도로 포기하고 싶지는 않았다. 그래도 제하가 있어서 다행이라고 생각하며, 화신은 회사용 마스크를 얼굴에 장착했다.

'그런데 이건 무슨 상황이지?'

옅은 미소를 띠고 있던 화신은 남자들의 머리 위에서 반짝이는 이름을 확인하고는 멈칫했다. 이틀은 야근한 듯 피곤해 보이긴 했지만 이름이 하나뿐인 송재와 달리, 선한 얼굴에 안경을 쓴 형진의 머리 위에는 '이쁜한세상'이라는 닉네임이 하나 더 있었기 때문이다. 게다가 닉네임일 때의 형진은 외형도 달라졌다. 피부는 매끈하고 키는 커졌으며, 무엇보다 날씬했다.

'캐릭터를 설정할 수 있는 거였어?'

제하에게 듣지 못한 부분이기에 화신은 당황했다. 나는 어떻게 보이는 거지? 당연히 캐릭터를 만든 적이 없는 화신은 화가 났다. 제하에게 한마디 하려고 입술을 달싹일 때였다.

-티 내지 마십시오.

머릿속에 들려오는 음성에 화신의 눈동자가 왕방울만 해졌다. 일부러 다른 곳을 바라보고 있는 제하를 힐끔거리던 화신이 설마, 하는 마음으로 머뭇머뭇 생각했다.

-제 말 들리세요? 조금 전에 티를 내지 말라고 한 사람이 제하 씨인가요?

-다른 방법이 없었습니다.

-아, 그럴 수 있죠. 그런데 혹시, 제가 속으로 중얼거리는 말들도 다 들으셨나요?

침착한 어조였으나, 말 속에는 가시가 돋아 있었다. 그러자 제하의 어깨가 당황이라도 한 듯이 움찔하는 게 보였다.

-들었네, 들은 거 맞죠?

-그건.

-변명하지 않으셔도 돼요. 오히려 몰래 이야기할 수도 있고 좋네요.

-사적인 내용은 듣지 않았습니다. 이건 변명이 아니라 사실입니다.

-알았어요. 그보다 이것 좀 설명해 주시겠어요?

전혀 알겠다는 얼굴이 아니었다. 제하는 애지중지하던 해바라기에 물을 주는 것을 깜박했는데, 그걸 아주 나중에야 기억했던 때처럼 마음이 불편해졌다. 인간의 불평불만 따위는 무시하면 되는데, 이상하게 그게 어려웠다.

입은 미소 짓고 있으나, 화신의 눈매는 분명 굳어 있었다. 제하는 앞으로 게임 준비 시간을 단축해서 원인제공을 없애야겠다는, 다소 황당한 생각을 하다가 화신의 질문에 대답했다.

-초대자의 요청에 따라 파트너의 세부 사항을 블라인드할지, 공개할지 설정할 수 있습니다.

-그래도 초상권 침해 같은데, 허락은 받은 건가요? 설마 제 얼굴도…….

-당신은 해당되지 않습니다. 정확히는 우리 얼굴을 제대로 인식하지 못할 겁니다. 물론, 이상한 점을 찾지도 못할 테고요.

-그건 제가 혜택을 받았다는 건가요?

화신이 껄끄러운 어조로 물었다.

-네 사람 중에 한 명만 다를 뿐이니, 혜택이라고 보긴 어렵

겠군요.

제하의 말을 이해하기 위해 화신은 생각에 잠겼다. 형진만 특이 케이스인 이유가 뭘까?

-차차 알게 될 겁니다.

-쉽게 알려줄 수 없다는 거죠? 알겠어요. 더는 묻지 않을게요. 그런데 좀 어지러운데, 이거 고정할 수는 없나요?

제하의 설명대로, 화신은 설정을 변경했다. 그러자 잘생기게 설정되어 있던 형진의 모습이 36세의 평범한 얼굴로 고정되며, 닉네임이었던 '이쁜한세상'도 사라졌다.

> 게임에 참가하신 여러분, 자리에 앉아 주시길 바랍니다.

허공에 안내 문구가 나타난 것과 동시에, 의자에 각자의 이름이 새겨졌다.

"자리가 정해져 있었네요. 우리도 앉을까요?"

화신이 살짝 웃으며 말했다. 6인석임에도 마주 보도록 앉게 된 상황에, 직장 회식이라 여기는 중이었다. 그나마 1시간만 버티면 된다는 게 다행이었다.

"반가워. 이렇게 같이 게임한 것도 인연인데, 잘 부탁해."

먼저 살갑게 말을 건 것은 형진이었다.

"안녕하세요."

직장 상사라 생각하며, 화신도 마주 인사를 건넸다.

"야, 너도 인사해야지."

"알았으니까 밀지 좀 마. 안녕하세요."

어깨를 툭툭 미는 형진에게 한 소리 한 송재가 피곤한 얼굴로 인사했다.

"그런데 둘은 연인? 게임에 같이 참가하다니 부럽네."

"네, 색다른 추억을 쌓아보려고요."

"색다른 추억이라, 두 사람 꽤 오래 사귀었나 보다. 아니면 남친이 연하라 그런가? 솔직히 나이대가 비슷해야 통하는 것도 많고 그렇잖아."

무례한 사람을 상대할 필요가 없다고 판단한 화신은 대꾸하지 않았다. 지금 여기서 개인정보가 훤히 공개된 사람은 형진뿐이었으니까.

'근데 연하라는 점은 왜 그대로 둔 거지?'

거짓 정보라고 해도, 굳이? 라는 생각이 들었다. 하지만 계속되는 형진의 헛소리 때문에 생각은 길게 이어지지 못했다.

"제하는 일하고 있지? 연하라고 무조건 의지하면 안 돼. 나도 연하랑 사귀어 봤거든? 그런데 뭐 할 때마다 내가 돈을 더 내는 게 당연해지더니, 정작 돌아오는 건 별로 없더라고."

형진의 입은 모터라도 달린 듯 멈추지 않았고, 심지어 필터 기능도 없었다.

"야, 그만해. 남의 연애에 이래라저래라 하는 거 아니야."

"내가 뭐라 했냐? 그냥 내 경험을 말한 건데 왜 네가 오버하고 그러냐. 아~ 너도 연하랑 사귄 적이 있었지?"

"그런 적 없어. 그러니까. 쓸데없는 소리 좀 하지 마."

제3자인 화신이 봐도 말하기 싫다는 뉘앙스가 풀풀 풍겼으나, 형진은 전혀 모르는 눈치였다.

"너 오늘따라 왜 이렇게 예민하냐? 그리고 대화하면서 먹어야 소화돼. 아무리 쉬운 게임이라고 해도 최선을 다해야지. 안 그래?"

언제 봤다고 친한 척일까. 화신은 형진에게 한 마디 하고 싶었으나, 어차피 잠깐 볼 사이인데 길게 말을 섞고 싶지 않았다. 하지만 화신이 짓는 영업용 미소를 어떻게 받아들인 건지, 형진이 본격적으로 말을 붙이기 시작했다.

"근데 두 사람한테는 게임이 좀 어렵겠다. 솔직히 여자보다는 남자가 더 잘 먹잖아. 차라리 노래방 점수 내기나 좀비 죽이기 같은 게 승산이 더 있었을 텐데 아쉽겠어."

"성별로 먹는 양이 정해진다는 건 처음 알았네요. 저는 개인적인 차이라고 생각했거든요."

"에이~ 보통 남자가 더 잘 먹지. 그리고 남자친구랑 같이 있으면 어차피 많이 못 먹지 않아? 보기에 좀 그렇잖아."

"개인적인 생각을 일반화하지 않으셨으면 합니다."

가만히 앉아 있기에, 진짜 인형이라도 된 줄 알았던 제하가 감정 없이 무뚝뚝하게 말했다. 워낙 어조가 담담해서 기분이 상해 반박했다기보다는, 사실을 말한다는 느낌이 강했다.

"화신이 먹는 거 좋아하는구나? 옷이 펑퍼짐하긴 해도 얼굴이 작아서 당연히 말랐을 거라 생각했지. 그래도 얼굴에 살이 너무 없는데, 혹시 시술 같은 거 받아?"

혼자서 북 치고 장구 치는 형진의 표정이 너무 맑아서 고의라고 생각하긴 어려웠지만, 듣기가 거북한 건 어쩔 수 없었다. 빨리 게임이나 시작했으면 좋겠다고 생각하며, 화신은 오지랖 넓은 과장님의 제안을 사양할 때처럼 정중히 대답했다.

"정말 궁금해서 물어보신 건 아닐 테니, 대답하지 않을게요."

"이런, 내가 콤플렉스를 자극했구나. 그래도 돈으로 해결하는 것보다 먹는 양을 좀 줄여봐. 인생 선배로서 도움을 주고 싶어서 하는 말이니까, 기분 나빠하지는 말고."

"개소리니까, 한 귀로 듣고 한 귀로 흘려요."

"야, 난 정말 생각해서 한 말이야. 게임은 다음에 또 하면 되는 건데, 불리한 걸 알면서도 무리하게 먹는 건 좋지 않잖아?"

송재가 짜증스럽게 한숨을 내쉬었다.

-우승하면 얼마나 위험해질까요?

겉으로는 웃고 있으나, 마찬가지로 짜증이 난 화신이 제하에게 물었다. 대놓고 무시를 하는데, 참을 사람이 몇이나 있을까. 그런데 바로 안 된다고 대답할 제하가 웬일인지 조용했다. 혹시 안 들린 걸까, 싶어서 제하를 돌아본 화신은 깜짝 놀랐다.

바른 자세로 앉아 있는 제하의 눈빛이 살벌하게 빛나고 있었다. 심지어 테이블 아래로 주먹을 쥐었다 폈다 하는 행동이 유하가 화났을 때를 떠올리게 했다. 착각일 수도 있겠지만 제하의 주위로 검은 연기가 스멀스멀 피어오르는 듯해, 화신이 다급히 그의 이름을 불렀다.

-제하 씨! 제가 좀 물어보고 싶은 게 생겼는데, 안 들리세요?

그럼에도 대꾸가 없자, 화신은 팔을 뻗어 제하의 손을 잡았다. 사자라고 하기에 차가울 줄 알았던 손은 의외로 따뜻했다. 그렇게 몇 초 뒤, 제하를 감싸고 있던 검은 연기가 사라지면서 긴장된 공기도 흩어지는 걸 느낄 수 있었다.

-죄송합니다. 실수할 뻔했습니다.

제하가 순순히 자신의 실수를 인정했다. 하마터면 유하의 감정에 동조할 뻔했으니까. 영혼에 휩쓸리는 행동은 사자에게 금기시되고 있었다. 특히나 분노에 몸을 맡기는 건 위험했다. 복수를 이뤄도, 영혼은 더 큰 고통을 받기 때문이다.

-저도 순간 욱했어요. 솔직히 두루마기를 벗고 몸매 자랑이라도 할까 했거든요? 그런데 또 수술이니, 시술이니 할 것 같아서 그냥 무시하려고요. 제하 씨도 너무 걱정하지 마세요. 잘 알지도 못하는 사람이 하는 말에는 그다지 상처받지 않거든요.

가까운 사람이 주는 상처가 아니라면, 이제는 그냥저냥 흘려들을 수 있었다. 아프지 않은 건 아니었지만, 견디지 못할 정도도 아니었으니까.

-근데 여긴 게임 속이잖아요. 평소보다 잘 먹겠죠?

분위기를 환기하려고 꺼낸 말이었으나, 우승하지 못하더라도 본때를 보여주고 싶은 사심이 살짝 들어가 있었다.

-물론입니다. 게임 속에선 한계가 없으니까요.

-그건 마음에 드네요.

게임에 이점이 뭐겠는가. 체격이나 성별에 상관없이 장비와 노하우만 있으면 장땡이었다. 게다가 화신의 옆에는 게임을 관리하는, 이 공간의 최강자가 있었다.

게임을 시작합니다. 제한 시간은 1시간입니다.

드디어 최후의 만찬이 시작되었다. 음식들이 테이블 위로 마법처럼 나타났다. 떡볶이처럼 익숙한 것부터 라따뚜이와 같이 처음 먹어보는 메뉴까지 다양했다. 그리고 레드 와인으로 보이는 액체가 담긴 글라스와 접시의 하얀 부분이 더 많은 스테이크가 각자의 앞에 놓였다.

술을 잘 못하는 화신은 와인의 향을 맡아보고는, 포도주스라는 것에 안심하고 목을 축였다. 부드럽게 썰리는 스테이크를 한입 크기로 잘라 입에 넣자, 그대로 녹아 없어졌다. 화신은 솔직히 감탄했다.

"씹을 때 육즙이 퍼지는 게, 여기 셰프가 고기 구울 줄 아시네. 다들 그거 알아? 마이바르 반응이라고 해서 고기의 표면이 구워지면서 육즙을 가두는 현상을 말하는데, 스테이크를 구울 때는 먼저 센 불로 겉을 익힌 후, 육즙이 퍼지라고 레스팅을 해야 해."

먹을 때조차도 형진은 수다를 멈추지 않았다. 테이블에 있는 음식을 전부 먹어보기라도 한 것처럼, 어떤 음식을 먹든 간에 꼭 아는 척을 했다. 화신은 음식 때문이 아니라, 형진의 잘난 척 때문에 체할 것 같았다. 스테이크를 다 먹고 구운 빵과 푸아그라 스프레드가 나오자, 형진은 달달 외워 온 것처럼 이번엔 푸아그라에 관해 설명하기 시작했다.

"푸아그라는 세계 3대 진미에 해당하는데, 흔히 거위나 오리 간으로 만드는 거야. 이 스프레드도 말이지."

주절주절 설명하는 형진의 옆에서 묵묵히 제 몫을 먹고 있던 송재가 포크를 내려놓았다.

"형진아 궁금한 게 있는데."

"우리 사이에 그냥 물어보면 되지, 무게를 잡고 그러냐?"

"그래. 그럼 물어볼게. 너는 이 게임에서 우승하고 싶어?"

"당연하지, 인마! 마지막까지 우승하면 상금이 무려 10억이야. 10억!"

"그러니까. 이제 말은 그만하고 먹기나 해. 우승하고 싶다며."

"에이~. 당연히 우리가 이기지. 너희 도발하는 거 아니고, 사실을 말한 거다. 오해하지 마."

자신만만하게 말하던 형진의 시선이 잠깐이지만 허공을 향하더니, 이내 먹는데 집중하기 시작했다.

'지금 우리가 23점 앞서고 있어서 저러는 거야?'

살짝 어이가 없었으나, 그래도 조용해진 식사에 화신은 한결 먹기가 편해졌다. 우승할 마음은 없지만, 음식이 하나같이 맛있어서 다양하게 먹어보고 싶었다. 그러다 이렇게 먹기만 해도 되는 건지, 불안해져서 제하에게 물었다.

-1시간 동안 정말 먹기만 하면 되는 거예요?

-당신이 신경 쓰지 않아도 되는 게임입니다.

맞는 말인데, 벽을 치는 것 같아서 화신은 조금 섭섭했다. 순두부가 들어간 토마토 스튜를 먹는데, 맛이 느껴지지가 않았다. 또 거부당할까 봐, 말을 붙이지 못하고 먹고만 있을 때였다. 형진이 다시 지옥의 주둥이를 열었다.

"두 사람은 어때?"

질문을 이해하지 못한 화신이 대답하지 못하자, 형진이 덧붙였다.

"요새 2-30대들이 전세사기를 많이 당한다며, 애도 깡통전세 때문에 엄청 고생하고 있거든. 어떻게 사기를 칠게 없어서 집을 가지고 그러냐. 몇 년 동안 힘들게 번 돈으로 구한 건데. 나쁜 놈들."

화신은 친구가 당한 부조리한 일에 분노하는 형진의 모습이 연기처럼 느껴졌다. 설사 진심으로 걱정해서 한 말이라고 해도, 밝히고 싶지 않은 개인적인 사정을 이렇듯 공개적으로 말한다는 게 좋은 의도로 보이지 않았다.

"집을 계약할 때는 등기부등본을 꼼꼼하게 보고, 확정일자도 바로 받는 게 중요해. 전세보증금반환보증에도 가입하고 말이야. 뭐, 운이 나쁘면 그렇게 해도 해결이 안 될 수도 있지만."

"자세히 알고 계시네요. 옆에서 많이 도와주셨나 봐요?"

"도와주고 싶었는데, 나도 이래저래 사정이 많아서 그저 들어주는 것밖에는 못 했어."

"내 이야기를 들어주는 것만으로도 충분히 힘이 됐어."

어느새 와인이 아닌, 소주를 단숨에 들이켜며 송재가 말했다.

"그때 정말 힘들었는데, 형진이 같이 욕해줘서 그나마 버틸 수 있었던 것 같아요. 관련 뉴스를 보셨을지는 모르겠지만, 저같이 사기당한 사람들이 참 많았거든요. 그런데 정부가 내놓은 대책은 임시방편이고, 그나마도 도움을 못 받은 사람들이 많았어요."

"내가 잘 알지. 어휴, 사람 숨 좀 트여줄 것이지. 야, 마셔, 마셔. 너 말술이라 어차피 취하지도 않잖아. 이런 고급 요리들을 언제 또 술이랑 같이 먹어보겠냐?"

감정 이입이 된 형진이 코를 훌쩍이며, 비어있는 송재의 잔에 소주를 가득 따라주었다.

"사실 소액임차인 최우선변제권이라고 있었는데, 얘가 정말 아쉽게 백만 원 정도 차이가 나서 해당이 되지 않았거든. 내 집 로망 때문에 다들 무리해서 전세 가는데, 너희는 그러지 마라. 차라리 마음 편하게 월세로 사는 게 나아."

"그러는 너는 전세잖아. 그리고 속이려고 작정한 사람들을 우리가 어떻게 알겠냐. 처벌이 강해서 같은 죄를 안 짓는 것도 아니고, 눈에 범죄 이력이 보이는 것도 아닌데."

4. 최후의 만찬

헛웃음을 지으며 송재가 말했다.

"그러니까 네가 더욱 조심했어야지."

"그 논리는 좀 아닌 것 같은데요."

대화에 적극적으로 끼기보다는, 대충 맞장구만 치던 화신의 눈빛이 싸늘하게 식었다.

"사기를 친 사람을 탓해야지, 왜 피해를 본 사람한테 책임을 전가하세요? 그리고 우리나라 법이 약한 건 맞죠. 비슷한 피해가 계속 발생하는데, 시간이 지나도 달라지는 게 없잖아요. 오히려 해결을 요구하는 목소리조차 피로하게 생각하는 사람도 많고요."

화신은 참지 못하고 말을 쏟아냈다. 과거에 유하의 사건을 두고, 피해자 잘못도 있을 거라 헛소리하던 댓글이 생각났기 때문이다. 엄한 사람에게 화풀이를 한 건 아닌가, 하는 생각은 조금도 들지 않았다. 형진도 그들과 같은 생각을 갖고 있었으니까.

'생각보다 시원하네.'

그동안 용기가 없어서 못 했지만, 내내 하고 싶었던 말이었다. 그래서 형진이 반박할 가능성에도 두렵기보다는 가슴이 뻥 뚫린 기분이었다. 이상했다. 마음만 먹으면, 이토록 쉽게 성격을 바꿀 수 있는 거였을까? 어쩌면 꿈이라는 걸 알기 때문에 가능한 걸지도 몰랐다.

'그래도 괜찮은 기분이야.'

어쩐지 현실에서도 달라질 수 있을 것 같은 자신감이 솟았다. 화신은 형진을 똑바로 바라보았다. 마치 하고 싶은 말이 있으면 해보라는 듯이.

"내 말뜻은 그게 아니라. 당연히 가해자가 나쁜 놈이지! 근데 말투를 보아하니, 너도 힘든 일을 겪었나 보네. 그래도 엄한 마음은 먹지 말고, 살아야 뭐든 할 수 있지 않겠어?"

화신의 태도에 머쓱해진 형진이 말했다.

"야, 쉽게 말하지 마. 겪어보지 않으면 모르는 거야. 살아있다는 것만으로 뭘 해결할 수 있는데? 당장 몸을 뉠 곳도 없고, 하고 싶은 거 다 포기하고 모은 전 재산은 허공에 사라져버렸는데! 너 같으면 버틸 수 있겠냐?"

"야, 너는 무슨 말을 그렇게 하냐. 취했냐?"

기분이 상한 듯 형진의 얼굴이 굳어졌다. 하지만 이어질 대화가 짐작이 가는지, 착잡한 표정으로 별말 없이 술을 마셨다.

"진짜. 내가 진짜 재촉하고 싶지 않았는데, 이대로는 미칠 것 같아서 물어볼게. 내가 빌려준 돈, 지금 돌려주면 안 되겠냐?"

송재는 차마 형진을 똑바로 쳐다볼 수 없었다. 형진과는 고향 친구였고, 서울로 올라와 자리를 잡을 때도 도움을 많

4. 최후의 만찬

이 받았기 때문이다. 그런데 더는 미룰 수가 없었다. 살던 집에서 한 푼도 받지 못하고 쫓겨난 송재는 월 35만 원 하는 고시원 월세도 내지 못하는 상황이었으니까. 그래서 절실히 그 돈이 필요했다.

"미안하다, 송재야. 너 힘든 거 내가 잘 알고, 당장 갚아야 한다는 것도 아는데…… 너도 알다시피 지금 회사가 어려워서 돈이 없어. 그래도 내가 주변 친구들한테 어떻게든 빌려서 최대한 빨리 갚을게."

"그렇구나."

어쩐지 쓸쓸하고 외로운 대답이었다.

-여기는 현실이 아니라고 하셨죠. 그럼 우승해도 10억을 받지는 못하겠네요.

송재의 상황이 안타까웠던 화신이 조심스레 제하에게 물었다.

-두 사람이 처한 상황이 딱하다고 생각하십니까?

-네. 그래서 궁금해졌어요. 이 게임은 무얼 위해 존재하는 거죠?

대답을 듣지 않아도 짐작이 가능했다. 그리고 제하는 이번에도 게임하다 보면 자연스럽게 알게 될 거라고 말했다.

그렇게 침묵 속에서 10분이 흘렀다. 형진은 우승해서 그 돈으로 집을 사자고 애써 밝게 말했지만, 송재는 말없이 손과 입만 움직일 뿐이었다. 계속 말을 걸기가 애매했던 형진이 시무룩하게 음식을 먹기 시작할 때였다.

"욱, 이게 뭐야!"

로제 파스타 국물에 이베리코 꽃목살을 푹 찍어 씹던 형진이 오만상을 찡그리며 휴지에 먹던 것을 뱉어냈다.

"왜 그러세요?"

"비릿한 냄새가 나고, 맛이 이상해. 음식이 상한 것 같지 않아?"

"무슨 소리야. 멀쩡한데."

아무렇지 않게 파스타를 먹으며, 송재가 어쩐지 무심하게 대꾸했다.

"아니야! 진짜 맛이 이상하다니까?"

아무도 믿어주지 않자, 형진은 자기가 잘못 느꼈다고 생각할 수밖에 없었다. 할 수 없이 도로 앉았지만 상했다는 인식이 박힌 음식을 먹는 건 도저히 무리였다. 파스타 그릇을 옆으로 밀어두고 단호박 수프를 가져온 형진이 한 숟갈 떴다가 기겁했다. 큰 소리와 함께 의자가 뒤로 와당탕 넘어졌다.

"씨발, 여기 셰프 나오라고 해! 음식에 버, 벌레가 있잖아!"

"제가 잠시 살펴봐도 될까요?"

죽은 벌레는 덜 무서운 화신이 수저로 수프를 휘저으며 확인하다가, 이상하다는 듯이 고개를 갸우뚱했다.

"여기엔 파슬리밖에 안 들어있는데요."

조심스럽게 꺼낸 말에 형진은 답답하다는 듯이 가슴을 주먹으로 퍽퍽 때렸다. 자신만 보고, 느끼는 사태에 미칠 것 같았다.

"여기 있잖아. 이게 안 보여? 야, 너도 파슬리밖에 안 보이냐?"

"대체 왜 그래. 창피하니까 그만하고 얼른 앉아."

믿었던 송재의 눈에도 보이지 않는다는 걸 알게 된 형진은 반드시 찾아내겠다는 일념으로 다른 음식들까지 뒤적이기 시작했다. 하얗고 파란 곰팡이가 피어 있거나 도저히 씹기 힘들 정도로 딱딱해진 음식 등, 불과 몇 분 전까지 멀쩡했던 음식들이 전부 맛이 가 있었다.

"야, 네 것 좀 먹어보자."

송재가 먹고 있던 피자를 뺏어 입에 넣은 형진이 몇 번 씹지도 못하고 도로 뱉었다. 상했는데, 다들 왜 아무렇지 않은 거지? 이해할 수 없는 상황에 형진은 패닉에 빠졌다. 그리고 이제는 양해도 구하지 않고서, 화신과 제하가 먹던 음식까지 뺏어 먹어보곤 인상을 찌푸렸다.

"인마, 너 지금 뭐 하는 거야! 남에 걸 왜 먹어?!"

"다들 미쳤어? 꿈틀거리고 있는 개미 새끼들이 안 보이냐고! 맛도 다 쉬었는데, 대체 뭐가 맛있다는 거야!?"

"너야말로 무섭게 왜 그래. 안 되겠다. 우리 그만두자."

식기를 내려놓은 송재가 굳은 표정으로 말했다.

"하, 진짜 미치고 돌아버리겠네. 아니야, 먹을게. 먹는다고! 우리 우승해야지."

아예 보지 않으려는 것처럼 눈을 질끈 감은 형진이 벌벌 떨며 수프를 입에 밀어 넣었다.

'형진 씨는 여기가 꿈이라는 걸 모르고 있는 거야.'

억지로 음식을 먹는 형진의 표정이나 행동이 연기처럼 보이지 않았다. 그런데 왜 하필 형진만 이상 현상을 겪고 있는 걸까? 송재의 반응을 확인하려고 고개를 튼 화신은 깜짝 놀랐다. 괴로워하는 친구를 지켜보는 송재의 눈빛이 차갑게 식어 있었기 때문이다.

'왜 저런 눈으로 보고 있는 거지?'

화신과 눈이 마주치고서도 송재는 딱히 들켜도 상관없다는 듯이, 오히려 쓰게 웃을 뿐이었다. 그게 무엇을 의미인지 화신은 알 수 없었다.

"야, 너라도 빨리 먹어! 넌 멀쩡하다며!"

"알았어."

화신은 아무렇지 않게 대꾸하는 송재가 어쩐지 꺼림칙하게 느껴졌다. 자신이 뭔가 놓치고 있다는 생각이 들었다. 그리고 제하에게 들었던 이야기를 순서대로 떠올려 보고서야 어렴풋이 알 것 같았다.

 -저번에, 팀은 초대자와 파트너로 이루어져 있다고 했었죠. 그리고 우리 중에서 형진 씨만 닉네임이 있었고요. 혹시 이 게임, 송재 씨가 주도하고 있는 건가요?

 -아직은 말해줄 수 없습니다. 왜 그렇게 타인에게 관심을 갖는 겁니까.

 -누구라도 이상하게 여길 상황 아닌가요?

 -글쎄요. 당신은 그저 지켜보기만 하면 됩니다.

 -어째서요?

화신이 발끈했다.

 -타인에 대해 아는 게, 당신이 어떤 결정을 내리는 데 영향을 줍니까? 아니면, 고작 말 몇 마디 나누었다고 동정심이라도 생긴 겁니까.

 -저야말로 묻고 싶네요. 타인에 대해 궁금해하면 안 되나요? 때론 누군가의 관심이 도움이 될 수도 있잖아요. 대체 왜 그렇게 숨기고, 반대만 하세요?

답답함을 참지 못하고 화신이 물었다. 따지려는 건 아니었으나, 말하다 보니 감정이 북받쳤다. 속 시원하게 말해주면 안 되는 걸까. 원래 없던 명단을 고쳐가며 게임에 넣어주고 파트너가 되어준 걸로 봐선, 제하도 자신이 여기에 있기를 바라는 걸 텐데 말이다.

-관심 하나로 뭔가를 바꿀 수 있다고 생각하십니까?

-네! 그러면 안 되나요? 솔직히 제하 씨도 관심이 있어서 절 도와주신 거잖아요.

짧은 침묵이 지나갔다.

-인간은, 과거로 돌아가면 다른 선택을 했을 거라고 말합니다. 당신은 어떻습니까? 달라질 수 있다고 생각하십니까?

갑자기 무거운 주제가 던져지자, 화신은 욱하려던 것도 잊고 생각에 잠겼다. 시간을 되돌릴 수 있다면, 그동안 후회했던 일들을 바꿀 수 있을지 말이다.

-쉽지는 않지만, 달라지는 부분도 있을 거예요. 하지만 그것만으로는 부족하다는 생각이 들어요. 나 하나만 바뀌면 모든 게 해결되는 걸까요?

대답하는 화신은 슬퍼 보였다. 줄곧 유하의 곁에 있어 주지 못한 것을 후회했으니까. 책이 아닌 사람을 봤어야 했고, 웃으며 괜찮다고 한 말에도 안심하지 말았어야 했다. 미국에 있는 윤정을 찾아가 설득하거나 혼자서라도 진실을 찾았어야 했다. 그랬다면 어땠을까.

하지만 결국, 진실의 여부는 중요하지 않았다. 대화의 소재로 소비되는 것은 잠깐이었고, 어떤 이들은 죽은 자의 잘못으로 돌리기도 했으니까. 그런 말들이 들릴 때마다, 화신의 가슴에 난 푸른 멍들은 다시 짙어지곤 했다.

'바뀌지 않았을 거야.'

약한 처벌, 반복되는 범죄, 피해자에게 행해지는 2차 가해까지……. 유하와 닮은 사람들은 어디에나 있었다. 그러니 크게 달라지지 않을 것이다. 대비하지 못한 상태에서 닥친 불운을 피하는 건 어렵고, 그 불운은 언제든 누군가의 앞에 다시 나타날 테니까.

-전 사람이 변한다는 말을 믿지 않아요. 오죽하면, 사람이 변하면 죽을 날이 된 거라고 말하겠어요.

담담하지만 날카로운 대답에 제하는 가슴 언저리가 꽉 틀어 막힌 것처럼 답답해졌다. 분명 원하던 대답이었다. 그런데 누군가 커다란 손으로 심장을 옥죄는 것처럼 고통스러웠다. 그렇지 않다는 대답을 해주고 싶어서 벌어지는 입술을 황급히 다물며, 제하는 손톱이 파고들 정도로 주먹을 꽉 쥐었다. 그렇지 않아도 하얀 얼굴이 더 하얘져 있었다.

자신답지 않은 상황에 동요하던 제하는 동면 중인 곰처럼 얌전한 유하의 상태를 확인했음에도 안도할 수 없었다. 영혼의 감정에 동조한 게 아니라면, 자신의 반응을 납득하기 어려웠으니까. 그때, 다행히 제하의 신경을 돌려줄 새로운 일이 발생했다.

"왜 점수가 안 오르지?"

헛구역질까지 해가며 음식을 먹던 형진이 허공을 바라보

며 중얼거렸다. 점수가 소소하게 오르기는 했으나, 그건 송재가 접시를 비울 때뿐이었다.

"그렇게 우승이 하고 싶냐?"

허망한 표정을 짓고 있는 형진을 보지도 않은 채 송재가 다시 물었다.

"돈이 필요하니까. 너도 그렇잖아."

"그랬지. 근데 너는 돈이 왜 필요한데?"

"회사가 어렵다고 했잖아. 게다가 월급은 동결됐는데 들어가야 할 돈은 많고, 아이들은 아직 초등학생이라 나갈 데가 많거든. 그래서 너한테 빌린 2300만 원도 못 갚는 거고."

막힘없이 술술 나오는 형진의 개인적인 사정을 듣고 나서도 송재의 표정은 굳어 있었다.

"나 봤어. 지난달에 프랑스 레스토랑에서 가족들이랑 식사하는 거."

"야, 내가 그럴 돈이 어디 있냐? 아, 혹시 그땐가? 친구가 레스토랑을 오픈해서 초대받은 적이 있었거든."

"네가 계산했어. 그때."

송재가 메마른 음성으로 반박했다.

"민준이가 그러던데, 이사도 간다며?"

"어? 어 그렇지. 부모님이 시골로 내려가시면서 돈을 좀 보태주셨어."

"너희 부모님, 시골에서 올라오신 적 없잖아. 2년 전에 인사드리러 간 적이 있어서 알아. 우리 같은 동네에 살았던 거 잊었어?"

묵직한 한방에 형진의 입이 닫혔다. 변명할 말이 생각나지 않는 모양이었다. 도망갈 길이 없다는 것을 깨달은 형진이 한숨을 푹 내쉬더니, 와인을 단숨에 들이켰다.

"속이려고 그런 건 아니야. 진짜 돈이 들어갈 곳이 많아서 그래. 조만간 갚을게. 그게 아니더라도 여기서 우승하면 7대 3으로, 너한테 더 챙겨 줄 생각이었어."

"사람이 왜 자살이란 무거운 선택을 하는지 알아?"

"무섭게 왜 그래. 갚는다니까?"

당황한 형진이 안절부절못하며 말했다.

"결국 손도 써보지 못하고 집이 경매로 넘어갔을 때도, 나는 어떻게든 버텨보려고 했어. 내 잘못도 아니었고, 살고 싶었으니까. 그런데 숨을 쉴 구멍이 다 막혔더라. 전세금을 돌려받을 방법은 없지, 대출은 못 해준다고 하지. 그래서 마지막으로 생각나는 게, 그 돈이었어. 그것만 받아도, 나 진짜 숨이 좀 트일 것 같았는데……. 넌 외면했잖아. 야, 세상에 내가 있을 곳이 없다는 걸 깨닫게 되면 어떨 것 같냐? 한순간에 발밑이 무너지면서 살기가 싫어지더라."

"송재야."

146

"씨발! 그래도 난, 네가 솔직하게 털어놓기를 바랐어!"

울부짖듯이 송재가 소리쳤다. 이제 담담해졌다고 생각했는데, 또다시 배신당했다는 생각에 눈물이 멈추지 않았다.

"아직도 우승하면, 우리가 10억을 받을 수 있을 거라 생각하냐? 고작 먹는 거로, 진짜로 그렇게 생각해?"

송재가 잠긴 목소리로 물었다.

"그거야! 그게……."

그제야 형진은 기억을 더듬어보기 시작했다. 3일 전에 도착한 빨간색 봉투에는 솔라키움이라는 인장이 찍힌 초대장이 들어있었다. 처음 보는 곳이었음에도 형진은 아무런 의심을 하지 않았고, 2박 3일로 공짜 여행을 떠나게 되었다며 이것저것 물건들을 구매했었다. 문구도 똑똑히 떠올릴 수 있었다.

빨간색 종이의 맨 위에는 '제323회 가상현실 게임 베타테스터로 초대합니다.'라고 적혀 있었다. 'solácĭum'이라는 글씨 아래에는 '3일 뒤, 당신을 데리러 가겠습니다.'라는 내용 외에 상금 같은 건 적혀 있지도 않았다.

'어? 나는 왜 있다고 생각했지?'

기억 속에서 이상함을 감지한 형진은 깨질 듯한 두통에 이마를 짚었다. 그리고 제하가 걸어두었던 암시가 풀리자, 눈동자에 두려움과 경악이 깃들었다.

"어떻게 이런 일이 가능하지?"

"왜, 죽은 놈이 살아있어서 놀랍냐? 이 이기적인 새끼야. 네가 나한테 갚아야 할 돈으로 허세부리며 부자 남편, 아빠 노릇을 하는 동안! 난 절망 속에 갇혀 살았어."

"아니야, 오해야! 네 돈을 안 갚으려고 한 게 아니었어. 근데 나도 내 입장이라는 게 있잖아. 원래 쓰던 돈이 있는데, 갑자기 사정이 안 좋아지니까! 힉!"

고개를 든 송재의 얼굴을 본 형진이 기겁하며 뒤로 물러났다. 흰자까지 검게 물든 송재의 눈에선 피눈물이 흘러내리고 있었다. 분노가 점점 이성을 잠식하며, 악령으로 변해가는 송재의 얼굴 또한 검게 물들어가고 있었다.

―말려야 하는 거 아니에요?

―그래선 해결되지 않습니다. 게임 안에서 뭔가를 깨닫고, 알아내는 것은 각자의 몫이니까요.

처음으로 화신은 눈앞의 존재가 사람이 아니라는 것을 깨달은 기분이 들었다. 그동안 규칙을 운운하면서도 도와줬기에. 제하를 유하의 모습을 한 다른 '사람'이라고 착각하고 있었다.

5.

속닥
벌레

송재의 모습은 시시각각 변해가며, 불길한 검은 기운이 그의 주위로 피어올랐다. 검은 기운에 닿은 음식은 빠르게 썩어갔고, 송재의 몸에서 떨어진 질척한 액체는 독처럼 주변을 죽여가고 있었다.

푸릇푸릇했던 잔디가 검게 타버리고, 촉촉했던 땅은 퍼석퍼석하게 변해버려 식물이 살 수 없는 공간으로 바뀌어 갔다. 주변을 파괴하는 송재의 변화는, 그 자신에게도 위험해 보였다.

'이렇게 보고만 있어도 되는 걸까?'

이 사태를 해결할 수 있는 제하는 요지부동이었다. 화신은 어떻게 하면 송재가 다시 이성을 되찾을 수 있을지 생각했다. 형진이 진심 어린 사과를 한다면 돌아오지 않을까 싶었으나, 이미 겁을 집어먹은 그는 땅에 주저앉아 사시나무 떨듯이 떨고 있을 뿐이었다.

"으아악! 저리가, 다가오지 마! 아악!"

손으로 바닥을 짚으며 도망가던 형진의 발목에 검은 액체가 튀었다. 살을 태우는 끔찍한 냄새가 났다. 비명을 지른 형진이 살이 녹아내린 오른 다리를 부여잡고 떠는 모습을 자리에서 일어나 바라보던 화신은, 방법을 생각하다가 제하가 했던 말을 떠올렸다.

'델리고 마을에선 누구도 다치거나 해를 입어선 안 됩니다.'

마을의 규칙은 곧 솔라키움의 규칙이라고 했다. 만약 이번 스테이지가 송재를 위해 만들어진 거라면, 시스템은 어디까지 허용해 줄까. 영혼에 해를 입히는 것을 '선택'이라는 이유로, 시스템이 순순히 넘어가 줄지 화신은 의구심이 들었다.

'만약 결과에 따라, 송재 씨의 처우도 달라진다면?'

불길한 예감이 들었다. 송재를 설득하고 싶었지만, 어떻게 말해야 할지 자신이 없었다. 위로와 관련된 책이라도 좀 읽어둘 것을 그랬다는 후회가 들었다. 송재를 자극하지 않으면서 설득할 방법을 고민하던 화신은 문득, 눈이 마주쳤을 때 쓸쓸하게 웃던 그의 미소가 생각났다.

'어쩌면.'

크게 심호흡한 화신이 조심스럽게 말을 꺼냈다.

"원래는 용서해 주려고 하셨던 거죠?"

"……"

섣부르게 나선 것은 아닐까, 걱정되었지만 시간이 없었다. 어느새 넓게 퍼진 검은 액체가 형진의 주위를 포위하며 마그마처럼 부글부글 끓고 있었기 때문이다. 송재의 상태도 무시무시하게 변해 있었다. 형형히 빛나고 있는 붉은 눈동자를 제외하고, 송재의 몸은 흘러내리는 검은 액체에 파묻혀 있었다. 그 모습은 마치 지옥에서 튀어나온 괴물처럼 보였다.

"그래서 몇 번이고, 형진 씨한테 물어본 거라고 생각했어요. 자기 잘못을 말해줬으면 해서, 사실을 말하면 용서해 주고 싶어서 계속 힌트를 주셨던 거죠?"

금방이라도 무슨 일이 벌어질 것처럼 고요하던 공기가 파삭하는 소리와 함께 깨져 나갔다. 어둠이 물러간 후에도, 침식당한 땅은 원래의 색으로 돌아오지 않았다. 하지만 피처럼 붉던 송재의 눈이 정상으로 돌아온 것만으로도 화신은 안도했다.

"장례식장에서 울면서 후회했으니까. 미안하다고 말했으니까."

"그건 진심이었어! 하필이면 이사 갈 전세 자금이 부족해서 네 돈을 갚지 못했지만, 몇 달 안으로 해결이 될 상황이었어. 정말이야!"

"제발, 그 입 좀 닥쳐! 이유 갖지도 않은 이유를, 내가 이해해 줘야 해? 네가 말하는 거 전부! 급한 일 아니었잖아. 너한테는 사기당해서 죽어가는 친구보다 집 사고, 비싼 밥 먹으며 사치 부리는 게 더 중요한 거였잖아. 나는 진짜……. 네가 힘들게 사는 줄 알았어. 넌 먹여 살려야 할 가족이 있었으니까. 그래서 차마 돈 갚으라고 재촉도 못 했다고!"

이성을 잃지 않으려 노력하며 송재가 눈치 없이 변명하는 형진에게 소리쳤다. 기껏 갈색으로 돌아오던 눈동자가 다시 핏빛으로 물들어 가기 시작했다.

"그러면, 이번엔 송재 씨를 위한 선택을 하면 안 되나요?"

송재의 주위를 자신에게 돌리기 위해 화신이 큰 목소리로 질문을 던졌다.

"이건 날 위한 선택이기도 해."

"어째서요?"

순수한 의도로 화신이 물었다. 현실 세계도 아닌데, 벌을 준다고 달라지는 게 있을까? 여전히 사람들은 송재의 억울함에 큰 관심이 없을 테고, 형진은 가족과 새로운 집에서 화목하게 살아갈 것이다. 그렇다면 이번 일로 송재가 얻는 것은 무엇일까.

"솔리카움에 의뢰를 넣은 건, 마음에 남은 찜찜함을 해결하고 싶어서였어. 내가 죽은 뒤에 어떻게 됐는지 궁금하기도 했고, 마지막으로 본 형진의 얼굴이 괴롭게 일그러져 있어서 걱정이 되었거든. 하지만 괜한 짓이었어."

진실을 알고 나선 저딴 놈 때문에 삶을 포기한 게 억울했고, 복수하고 싶었다. 그러다가도 막상 만나면 마음이 약해져서, 기회를 주고 말았다. 하지만 언제까지 기대하고 실망해야 할까. 게임의 마지막에서 항상 변명만 하는 형진의 모습을, 송재는 더는 보고 싶지 않았다. 너무 지치고 힘들어서 이제 전부 끝내고 싶었다.

하지만 화신과의 대화를 통해, 송재는 자신이 할 수 있는 선택을 다시 생각해 볼 수 있었다.

"시간이 흐르면 후회하고 있을 줄 알았는데……. 기대를 한 내가 멍청이였어."

허탈하게 문장을 내뱉던 송재가 지친 미소를 지었다. 검었던 피부가 조금씩 연해지기 시작했다.

"하지만 덕분에 상황을 제대로 보게 된 것 같아. 고마워."

"복수하실 건가요?"

"사기당한 후로, 나는 매일 지옥 속에 사는 기분이었어. 근데 복수를 너무 빨리 끝내면, 사이다가 아니잖아."

"미안하다, 송재야. 내가 어리석어서 잘못된 선택을 한 것 같아. 제발, 용서해 주라."

주저앉아 떨고 있던 형진이 다급히 무릎을 꿇고는 손을 싹싹 비비며 빌기 시작했다.

"정말 나한테 용서받고 싶어?"

송재의 질문에 형진이 재빠르게 고개를 끄덕였다.

"그래. 정말 미안하다면, 살면서 속죄해. 그럼, 언젠가는 용서해 줄게."

얄팍한 우정에 다시는 속지 않을 것이다. 오랫동안 망설이고 기다렸던 마침표를 찍는 순간이 오자, 송재는 홀가분한 기분이 들었다.

"너도, 스스로에게 후회할 선택은 하지 않길 바라."

그림자에 져서 잘 보이지 않았던 송재의 얼굴은 조금 후련해 보이기도 하고, 반대로 슬퍼 보이기도 했다. 그리고 화신은 어둠이 걷히며 드러난 송재의 목을 보곤 경악했다. 양쪽으로 5개의 점들이 길어지면서 이윽고 하나로 이어진 그것은, 화신의 목에 있는 것과 똑같이 목을 조르고 있는 형상을 띠고 있었기 때문이다.

'저게 왜 송재 씨 목에도 있는 거지?'

충격에 빠진 화신은 아무런 말도 할 수 없었다.

"송재야, 잠깐만! 잠깐 기다려 봐!"

이대로 보내면 안 된다는 것을 본능적으로 느낀 형진이 절뚝거리며 송재에게 다가가려고 했다.

"더는 할 말 없어."

이미 결정을 내린 송재가 단호히 잘라냈다.

"이제라도 사과하고 싶어. 우리 대화 좀 하자. 응?"

"잘 있어. 이야기는 나중에, 지옥에서 마저 나누자."

흉한 멍들이 사라진 송재의 목은 다시 깨끗해져 있었다. 살짝 미소까지 지은 송재가 마지막을 고하자, 빛의 무리가 그를 감싸기 시작했다. 그리고 반대로 검은빛이 형진을 감싸며 둘은 동시에 사라졌다. 아니, 형진이 있던 자리에는 껍질만 남은 진흙 인형이 서 있었다.

"제하 씨?"

빠르게 진행되는 상황을 따라가지 못하고 있던 화신은 옆에서 움직이는 기척에 고개를 돌렸다. 자리에서 일어난 제하의 무표정한 얼굴이 어쩐지 달라 보여서 소름이 돋았다. 지금의 제하에게선 유하의 느낌이 조금도 나지 않았다.

"보고 싶다면 말리진 않겠습니다만, 추천하고 싶진 않습니다."

그러나 딱딱한 말투 속에서 배려가 느껴졌다. 화신은 잠시 망설이다가, 제하를 따라 흙 인형이 있는 곳으로 걸어갔다. 제하가 인형을 향해 손을 뻗자, 파삭하는 소리와 함께 인형의 형체가 아래로 스러지며 투명한 유리구슬이 나타났다.

화신이 뭐냐고 물어보기도 전에, 그것을 집은 제하가 냅다 삼켜 버렸다.

"아니, 그걸 왜 삼켜요?! 누가 봐도 찜찜해 보이던데!"

"정확히 봤습니다. 이 구슬은 저주 인형으로 사용되는 짚

인형과 같으니까요. 물론 실제 영혼 조각이 들어있기에, 효과는 그것과 비교할 수 없을 정도로 좋습니다."

"저주 인형이요? 설마 송재 씨가, 형진 씨의 죽음을 바란 건가요?"

"글쎄요. 불행한 일이 겹치겠지만, 어떻게 헤쳐 나갈지는 본인에게 달려있습니다. 비록 끝이 정해져 있다고 하더라도, 살아가는 과정에 따라 운명은 달라질 수 있으니까요."

덤덤하게 설명을 이어가는 제하의 말이 어쩐지 자신에게 하는 듯해 화신은 심장이 철렁했다. 그러다 송재의 목에 스며들듯이 나타났던 점들이 기억났다.

"제하 씨! 조금 전에!"

"저도 묻고 싶은 게 있습니다. 송재의 목에서 혹, 뭔가를 보셨습니까?"

화신의 생각을 읽은 것처럼, 제하는 몸을 틀어 시선을 마주하고는 물었다. 마치 화신이 보면 안 될 것을 봤다는 듯이 얼굴이 굳어 있었다.

게임 내내 안개가 끼어있던 밤하늘에는 어느새 반짝이는 별빛들이 수놓아졌다. 활활 타오르는 캠프파이어 앞에서 불빛을 바라보고 있던 제하는 옆에 서 있는 화신의 목 부근을 자기도 모르게 힐끗 확인하며 물었다.

"속닥 벌레의 독을 정말 보셨습니까?"

"제가 봤다는 게 중요한가요?"

"중요합니다. 그건, 스스로를 포기하려고 할 때만 생겨나니까요."

화신은 입을 뗄 수가 없었다. 공포심을 조장하기 위한 것과는 차원이 다른, 몸을 내리누르는 무거운 기운에 본능적으로 몸이 떨리기 시작했다. 불 앞에 있으면서도 화신은 추위를 느꼈다.

"언제부터 보이기 시작했습니까."

그런 화신의 상태를 눈치챈 제하가 격해진 감정을 다스리며 물었다.

"8년 정도 된 것 같아요."

"당신이 본 건 누구였습니까."

화신의 눈동자가 정처 없이 이곳저곳을 향하는 것을 본 제하의 미간이 구겨졌다.

"설마 본인인 겁니까?"

"아니에요. 유하였어요."

몇 년이 지나도 유하의 소식을 전하는 것은 끔찍이도 괴로운 일이었다. 말을 마친 화신은 유하의 영혼을 찾기라도 하는 것처럼, 제하의 시선을 집요하게 응시했다.

'혹시 내가 착각한 건 아니었을까?'

유하의 죽음에 정신이 없었던 화신은 자신이 본 것을 확신하기가 어려웠다. 그때는 속닥 벌레라는 것도 몰랐고, 잠깐 스치듯이 본 게 다였기 때문이다.

"속닥 벌레라는 게 정확히 뭘 말하는 건가요? 뭐, 기생충 같은……. 그런 건가요?"

"악한 마음에서 파생된 독을 주식으로 삼는 속닥 벌레는 약해진 영혼에 기생합니다. 그리곤 끊임없이 머릿속에, 귀에, 심장에 대고 속삭이죠. 세상에 대해 좋지 않은 이야기들, 영혼의 불안감을 자극하는 문장들, 그리고 가슴을 아프게 할 만한 말들을 심기 시작합니다. 숙주가 더욱 불안해지도록 말입니다."

경각심을 심어주려는 것치고는 무시무시한 내용에 화신은 마른침을 삼켰다. 심장이 따끔거리고 머리가 아팠다. 유하를 생각하지 않을 수 없었고, 연쇄작용처럼 그를 구하지 못한 죄책감에 자기 파괴적인 생각이 들 것만 같았다.

"해독할 수 있는 방법은 없나요?"

몰려오는 감정에 눈을 질끈 감았다 뜬 화신이 물었다.

"한 가지 묻겠습니다. 만약 당신이 아끼고 사랑하는 것을 죽여야 한다면, 할 수 있겠습니까? 제 질문이 어렵다면 당신의 동생을 예로 들죠. 당신은 동생을 죽일 수 있습니까?"

대답 대신에 제하가 질문했다.

"전혀요. 제가 시은이를 어떻게 죽이겠어요? 절대 못 해요. 오히려 무슨 짓을 해서라도, 동생이 아프지 않도록 지켜줄 거예요."

"최선을 다해서 말입니까? 옆에서 그게 더 편해질 수 있다고 부추긴다고 해도?"

"네, 이 마을에 온 것도 동생을 도와주고 싶어서였어요. 그런데 갑자기 왜 이런 질문을 하시는 거죠?"

"그러면 당신은요?"

"……."

"당신은 스스로를 아끼고 사랑하고 있습니까? 죽음을 피하기 위해서라면 무슨 짓이든 할 정도로?"

제하가 어떤 의미로 꺼낸 말인지 어렴풋이 알 것 같았으나, 본드가 발라져 있기라도 한 것처럼 화신은 입을 열 수가 없었다. 생각해 본 적이 없는 질문이었기에, 평생 부모님의 기대에 맞춰 살려고 노력하던 자신의 모습만 떠올랐다.

화신은 지금껏 스스로를 우선순위로 둔 적이 없었다. 유하와 함께 있을 때만큼은 달랐던 것도 같지만……. 이제 와서 그게 다 무슨 소용일까.

"전……."

자신을 아끼고 있다는 말이 도저히 나올 것 같지 않았다. 화신은 깜깜한 동굴 속에서 길을 잃은 아이처럼 막막함을 느껐다. 따듯하게 몸을 녹여주는 눈앞의 불이라도 없었더라면, 보이지 않는 축축하고 서늘한 어둠을 체감한 사람처럼 몸을 떨고 있었을 것이다.

"모르겠어요."

"천천히 생각해도 됩니다. 나중에라도 답을 알게 되면, 그 때 저에게 말해주십시오."

울컥하고 치밀어 오르는 감정에, 화신은 울지 않으려 재빨리 다른 질문을 꺼냈다.

"형진 씨는 여기서 겪은 일을 기억할까요?"

"끔찍한 음식을 먹은 악몽으로 치부될 겁니다. 솔라키움에서 벌어진 일은 살아있는 자에겐 꿈일 뿐이니까요. 그래서 설명이 불가능하고 앞뒤가 맞지 않는 일이라고 해도, 게임이 진행되는 동안 의심을 하지 못하는 겁니다."

그래서 허구의 우승에 눈이 멀어, 썩고 벌레가 나오는 음식을 먹은 것이다. 꿈을 꾸면 해몽을 찾아볼 정도로 믿는 형진이니, 한동안은 좋지 않은 일이 생기면 꿈 탓을 할 터였다.

"저도 꿈에서 깨면, 기억하고 있겠네요."

"잊고 싶은 겁니까?"

"반대에요. 마을에서 보낸 시간이 꽤 좋았거든요."

짧은 시간이었지만, 화신은 델리고 마을이 무척이나 마음에 들었다. 최근 들어 마음이 가장 평온했던 하루였으니까.

잊고 살았던 감정이 자연스럽게 찾아오고, 죄책감이나 거부감 없이 순수하게 여행을 즐길 수 있었으니까.

아늑한 분위기와 꽃이 주는 포근함이 좋았고, 야시장에서 느낀 사람들의 순수한 열기는 살아있다는 생동감이 들게 했다. 무엇보다 시은과 함께한 첫 여행을 잊고 싶지 않았다.

"그래서 끝이 어떻든 간에, 기억할 수 있다면 좋을 것 같아요."

"그렇습니까."

카페의 창문이 아닌 바로 옆에서, 화신이 진심으로 웃는 모습을 보게 된 제하는 자신이 프로세스 오작동을 일으킨 로봇이 된 기분이 들었다. 규칙에 위반되는 말을 하지 못하도록 입을 틀어막고 싶으면서도 동시에, 이것저것 알려주고 싶은 기분을 지울 수가 없었다. 속닥 벌레를 유하에게서 봤다는 말이 거짓은 아니겠지만, 왠지 모르게 불안했다.

"이 게임의 의도가 궁금하다고 하셨습니까."

불타오르는 장작을 응시하며 제하가 말했다.

"당신은 사람들이 언제 후회한다고 생각하십니까."

평소라면 쓸데없는 대화는 하지 않았을 것이다. 하지만 화신이 포기하지 않도록, 희망을 품기를 유하가 바라고 있다고 제하는 생각했다. 그래서 영혼이 원하는 대로 움직였다.

"일이 어그러지고 삶이 힘들어질 때면, 사람들은 신이 계획한 시련이라고 말합니다. 혹은 감당할 수 없음에 신을 원망하기도 하죠. 하지만 선택의 기회는 스스로에게 있으며, 신은 언제나 옳은 길로 되돌아갈 기회를 줍니다."

그걸 알아채고 수정하느냐, 아니면 뒤를 돌아보지 않고 계속 걸어가느냐는 본인의 선택에 달려 있었다. 그런 의미에서 형진은 후자였다. 이곳에 올 때마다 똑같은 행동을 했고, 마지막까지 바뀌지 않았으니까.

"그러기 위한 솔라키움입니다. 초대자가 원하는 대로 게임을 진행하지만, 결국은 모든 영혼을 위해서 만들어진 장소이기도 합니다."

"어렵네요. 송재 씨는 용서를 통해 위로를 받으셨을까요?"

화신의 입장에서 송재가 한 선택은 용서였다. 지옥에서 보자고 말했지만, 제하는 앞으로 형진이 취할 태도에 따라 달라질 수 있다고 말했으니까. 빛무리에 둘러싸여 홀가분하게 떠났던 송재를 떠올린 화신은 속삭이듯이 "분명 받으셨을 거예요."하고 덧붙였다.

'또.'

그리고 심장이 없는 제하는 가슴의 두근거림을 간접적으로 체험하고 있었다. 보통은 격한 분노 때문에 내부의 장기가 흔들리는 느낌이라면, 화신이 나타난 이후로는 자신에게 진짜 심장이 있는 건 아닐까 싶을 정도로 종종 따뜻함이 느껴지곤 했다. 그 감정이 자신의 것처럼 인식될수록 위험하다는 것을 알고 있었다.

하지만 유하가 보인 반응이 애틋함과 사랑이라는 플러스적인 감정이었기에, 제하는 조금더 지켜보자고 생각했다. 어쩌면 누군가를 사랑하는 마음을 조금 더 느끼고 싶었는지도 모른다.

상대적으로 전달력이 약하게 작용하고 있을 온이라면 휘둘리지 않을 테지만, 제하는 자리를 넘겨주고 싶지는 않았다. 분명한 것은 유하가 보내는 파장이 점점 커지고 있다는 것이다.

그로 인해 같은 영혼을 담고 있는 나유 또한 영향을 받고 있었다. 게임이 종료되었을 때부터 곁에 있었으면서 화신을 쫓아내지도, 규칙에 대해 잔소리하지도 않았기 때문이다.

-대체 저 모습이 어디가 좋다는 거야.

"어? 이 목소리는."

-아차.

화신이 제 목소리를 들을 수 있다는 것을 떠올린 나유가 난처한 얼굴로 제하를 바라보았다. 제하는 자신과의 대화에 집중하도록 화신이 한 질문에 대답했다.

"알 수 없습니다. 설사 안다고 해도 말해주긴 어렵습니다."

"규칙이란 말이죠?"

5. 속닥 벌레

"그렇습니다. 이곳이 어떤 곳인지는 시간이 지나면 자연스럽게 알게 될 겁니다."

그리고 타이밍에 맞춰 나유가 손짓하자, 화신의 앞에는 <다음 스테이지로 이동하시겠습니까?>라는 선택 창이 나타났다. 아래에서 반짝이는 두 개의 버튼을 바라보며, 아직도 질문하고 싶은 것이 많았던 화신은 누르기를 망설였다.

그런데 그때, 멋대로 다가온 손이 마음대로 'YES' 버튼을 눌렀다.

"나한테 뜨는 안내창도 볼 수 있는 거였어요? 만질 수도 있고요?"

기가 찬 화신이 물었다.

"게임이 끝났으니, 여기에 있을 수만은 없습니다."

제하가 고저 없이 말했다. 그리고 얼마 지나지 않아 하얀 눈처럼 작은 빛의 무리들이 화신과 제하를 감싸기 시작했다. 강렬한 빛에 화신이 휘청거리자, 어깨에 닿는 손길이 느껴졌다.

"정말, 손이 많이 가는 타입이군요."

들려오는 음성에 화신은 편안히 몸을 기대며, 빛이 사라질 때까지 눈을 감았다.

6.

Time In A Bottle

낙엽이 화려하게 물드는 가을이었다. 6학년 소풍으로 가게 된 놀이공원에서 화신은 남에게 절대 보여주고 싶지 않았던 모습을 유하에게 들키고 말았다.

"너, 봤구나?"

골목을 나오던 화신은 잠시 놀랐으나, 금방 침착함을 되찾고 말했다.

"별일 아니니까, 아무한테도 말하지 마."

유하의 시선이 어깨 너머로 향하는 것을 알았으나, 화신은 변명할 이유가 없었기에 굳이 피하지 않았다. 자신은 가난한 친구들에게 기부한 것뿐이었으니까.

"언제부터 이런 거야? 선생님께 말하기 어려운 거면, 내가."

"그러지 마!"

화신이 버럭 소리쳤다. 차갑게 굳은 눈동자 속에는 얼핏 초조함이 엿보였다.

"보복이 두려워서 그래?"

"아니. 돈을 주는 것쯤이야, 그냥 적선했다고 치면 돼."

"나중에 재들이 더 많은 것을 바라면? 위험해질 거야."

"알아. 그래서 증거를 모아뒀어. 그렇게 걱정되면, 나중에 네가 증인이라도 서주던가."

화신이 귀찮은 투로 대꾸했다. 그러더니 주머니에서 녹음 중인 스마트폰을 꺼내 유하에게 보여주었다.

"증거도 있으면서 왜 돈을 준 거야?"

"일을 키울 생각이 없으니까. 이건 만약을 위해서야."

"그러니까, 왜?"

"피해자로 낙인찍히고 싶지 않아."

"하지만 넌 잘못한 게 없잖아. 지금 네 모습을 보면 부모님이 슬퍼하실 거야."

"그래서야."

처음 만난 아이에게 구구절절 설명하고 싶지 않았던 화신은, 그 한마디를 남기고서 친구들이 있는 곳으로 가버렸다.

'설마 말하진 않겠지?'

집에 연락이 가는 건 사양이었다. 화신은 불안했으나, 애써 좋게 생각하려고 노력했다. 반도 달랐고, 솔직히 유하와 대화를 나눈 건 이번이 처음이었으니까. 그래서 그쪽도 금방 잊을 거라고 생각했다. 다행히, 그 생각을 뒷받침해 주듯이 유하는 복도나 운동장에서 우연히 마주쳐도 화신을 모르는 척했다.

그래서 안심하고 있었는데, 중학교에 입학하고 다시 본 유하는 미친 것 같았다. 어느 날 갑자기 반에 찾아와서는, 대뜸 화신과 친구가 되고 싶다고 소리쳤기 때문이다. 혼란스럽고, 이유를 몰라 당황한 화신은 당연히 거절했다. 하지만 유하는 보기보다 끈질겼다.

갑자기 적극적으로 부딪혀 오는 유하의 태도에, 혹시 그때 일 가지고 돈을 뜯어내려는 건가 의심하기도 했다. 또, 쉬는 시간마다 찾아와 친구가 되어 달라고 떼를 쓰는 통에 부끄러웠다. 그렇게 유하의 존재는 종이에 스며드는 물처럼, 느리지만 확실히 화신에게 각인되었다.

유하가 친구 요청을 요구한지 21일째가 되던 날, 화신은 결국 두 손 두 발을 다 들었다.

"알았어! 친구 해 줄 테니까, 이제 그만 좀 말해!"

사람들의 시선이 몰리는 것에 극도로 스트레스를 받은 화신이 참다못해 허락해 준 것을 시작으로 두 사람은 친구가 되었다. 물론, 그 뒤로도 유하는 꼬박꼬박 쉬는 시간과 점심 시간에 화신의 반을 찾았다. 친화력이 워낙 좋았던 유하는 윤정과도 금방 친해졌고, 1학기가 끝날 무렵에는 죽마고우처럼 사이가 돈독해져 있었다.

그런데 친구 이상을 생각해 본 적이 없는 화신이 유하에게 그 이상의 감정을 느끼게 된 것은……. 햇볕이 뜨거울 정도로 강렬했던 15세 여름, 다 같이 놀러 간 환상의 나라에서였다. 기말시험이 끝난 직후였음에도 오답 노트를 만들고 공부하느라, 화신은 며칠 무리를 한 상태였다. 그래서 피로회복제를 먹고 나왔지만, 몸의 상태는 여전히 좋지 않았다.

하지만 친구들과 함께 있는 것이 즐거웠던 나머지, 화신은 평소처럼 웃고 떠들며 윤정과 함께 스릴 있는 놀이기구들만 골라 탔다. 같은 취향인 윤정과 다르게, 유하는 높은 곳에서 떨어지는 놀이기구를 별로 좋아하지 않았다.

그나마 괜찮다고 해서 바이킹을 탄 거였는데, 막상 내릴 때 유하의 얼굴은 창백하게 질려 있었다. 화신과 윤정은 황급히 그늘이 있는 벤치에 유하를 앉혔다.

"으이그. 넌 보기보다 약골이더라?"

"조용히 해. 너희가 이상한 거야."

"쯧쯧. 내가 시원한 음료라도 사 올게. 화신아, 넌 이 비실이 좀 보고 있어."

걱정스러운 얼굴로 유하를 살피던 윤정이 가게를 찾아 떠나고, 옆자리에 앉아 안색을 살피던 화신이 물었다.

"괜찮아?"

"아니, 죽을 것 같아."

"아까까지는 괜찮아 보이더니. 눈 좀 감고 있어. 아니면, 좀 누울래?"

"사양하진 않을게."

"열사병인가."

자신의 다리를 베고 누운 유하의 귀가 붉어져 있었다. 화신이 손을 들어 유하의 이마와 자기 이마에 손을 얹고는 열을 재보았다. 미열인지, 아닌지 아리송해서 손을 떼지 못하던 중에 유하가 말했다.

"시험도 끝났는데 좀 쉴 것이지. 어제 또 공부했지?"

"그냥 오답 노트를 좀 만든 것뿐이야."

"사람이 쉴 줄도 알아야지. 너 그러다 몸 상해."

"잔소리는, 너야말로 체력 좀 길러. 몇 개 타지도 않았는데 벌써 뻗으면 어떡해?"

"아니. 장난이 아니라, 나는 네가 진짜 걱정된다고."

"어?"

"넌 힘들다고 말을 안 하니까. 자꾸만 신경이 쓰인단 말이야."

화신의 손으로 제 눈을 가린 유하가 작게 투덜거렸다.

"야……. 그거 내 손이거든?"

왠지 모르게 얼굴이 달아오른 화신이 한참 만에 대답했다. 윤정이 도착하기 전까지 그렇게 손을 빼앗긴 채로 앉아있던 화신은, 유하와 비슷해진 체온에 열사병이 저에게도 찾아온 것만 같았다.

❀

"놀이공원이라니 그립네."

추억에 젖은 음성으로 화신이 낮게 읊조렸다. 시간만 때우면 된다고 해서 바로 이동하게 된 다음 게임 장소는 커다란 궁전과 관람차가 있는 놀이공원이었다. 지나치게 평화로운 이곳에는 누군가의 기억을 토대로 만들어진 사람들이 즐겁게 재잘거리며, 식사하거나 놀이기구를 타고 있었다. 꽤 디테일하게도 인기 있는 기구 앞에는 1시간은 기다려야 탈 수 있을 것 같은 기다란 줄이 만들어져 있었다.

"아까와는 다른 느낌이네요."

"의뢰자마다 원하는 상황이 다르기 때문입니다. 이번 참가자들은 최악으로 남았던 날을 즐겁고 행복한 날로 바꾸기를 원했습니다."

델리고 마을은 영혼을 위한 곳이다. 마을의 관리자인 제하는 영혼이 가진 마이너스적인 감정을 훌훌 털어버리고, 무사히 인도자와 함께 사후세계로 떠나는 것을 최우선으로 삼았다. 비록, 그들이 가는 길이 심판을 받는 지옥일지라도.

"정말 저도 즐겨도 되나요?"

화신의 목소리가 살짝 높아졌다. 가상이라는 것을 알고 있어도, 놀이공원은 좋은 추억으로 가득했기 때문이다. 이렇게 사람들로 북적이는 곳을 가본 적이 얼마 만인지, 까마득하게 먼 일처럼 느껴졌다.

"게임이 끝나기 전까지는 시간이 있습니다."

제하는 한결 밝아진 화신을 보며, 이번에는 참가자가 아닌 관람객으로 명단을 변경하길 잘했다는 생각이 들었다. 더불어, 스트레스를 풀 시간을 주기 위해 일부러 일찍 게임 속에 들어오기까지 했다. 그렇게 하면, 화신이 스릴 있는 기구를 타러 갈 거라고 생각했으니까.

하지만 화신은 다른 것을 요구했다.

"그러면 우리 대화나 할까요? 마침 바로 옆에 카페도 있네요."

왠지 거부할 수 없는 기운에 제하가 고개를 끄덕이자, 화신은 만족스러운 얼굴로 카페로 향했다. 앉을 자리를 찾아 두리번거리던 화신은, 눈 깜짝할 새에 사라져 버린 사람들을 보곤 제하를 돌아봤다.

"시끄러운 곳은 좋아하지 않습니다."

"그래도 다행히 직원분은 남겨 두셨네요."

그랬더니 직원도 사라졌다. 이게 무슨 상황이지? 어리둥절해 있는데, 제하도 자리에 없었다. 솔직히 그때, 화신은 민감한 질문을 피하려고 제하가 도망쳤다고 생각했다. 물론, 오해였다.

"아메리카노면 됩니까?"

해바라기 로고가 그려진 앞치마를 맨 제하가 어느새 주방 안에 들어가 있었다. 혼자 심각한 상황에 빠졌다는 것을 깨달은 화신은 민망하면서도, 제하의 엉뚱함에 웃음이 터질 것만 같아서 입안을 살짝 깨물었다.

"혹시 직업병이에요?"

"비슷합니다. 그래서 커피로 하실 겁니까?"

"머리를 깨울 필요는 있겠네요. 따듯한 아메리카노로 부탁 드려요. 돈은 필요 없는 거죠?"

"허구니까요. 자리에 앉아 계십시오."

화신은 원두를 내리는 제하를 보며 어쩔 수 없이 유하를 떠올릴 수밖에 없었다. 디저트 카페를 여는 게 유하의 꿈이었으니까. 미래에 뭐가 되고 싶으냐고 물으면, 항상 같은 대답을 했다.

'그다지 바람직한 이유는 아니었지만.'

그리운 기억에, 입매가 호선을 그렸다. 화신이 스트레스를 받고 힘들어할 때마다, 커피와 함께 달콤한 디저트로 풀어주고 싶다는 게 이유였으니까.

"그런 날도 있었지."

발을 잡아채는 질척한 갯벌만 남아있던 곳에, 지독히도 오랜만에 추억이란 밀물이 들어왔다. 아마도 유하와 함께한 좋은 기억이 너무 많아서, 그리고 여러모로 인상이 깊었던 놀이공원에 온 덕분인 것 같았다.

"이번엔 딸기 타르트네요."

알고서 하는 행동일까. 아니면 무의식의 산물인 걸까. 화신은 감색 접시 위에 딸기가 듬뿍 올라간 타르트를 복잡한 눈빛으로 바라보았다.

"딸기가 제철이라, 관련 디저트가 많을 뿐입니다."

아무 의미도 없다는 듯이 제하가 무심한 어조로 말했다.

"네, 잘 먹을게요."

접시 위에는 포크가 하나뿐이었다. 화신은 당신은 먹지 않느냐는 질문을 하려다가 말았다. 어쩐지 대답을 알 것 같아서다.

상큼하면서도 달달한 딸기는 바삭한 타르트지 부분과 꾸덕꾸덕한 크림이 함께 어우러져 무척이나 맛있었다. 적당한 크기로 잘라 먹던 화신은 넓은 창문으로 쏟아져 들어오는 따스한 햇살에 창밖을 바라보았다.

사람들은 즐겁고 행복해 보였다. 목마가 태워진 아이는 함박웃음을 짓고 있었고, 똑같은 하트 머리띠를 한 연인은 다정하게 서로에게 음식을 먹여주고 있었다. 오랜 기다림에도 화를 내는 사람 한 명 없는 이상적인 풍경에, 화신은 문득 동화 같다는 생각이 들었다.

"누군지는 모르겠지만 그 사람이 바라보는 세상은 평화롭네요."

"놀이공원에 도착했을 때, 당신의 모습도 그랬습니다. 좋은 추억이라도 있었습니까?"

"네. 제일 친한 친구와 이제 막 풋풋한 감정이 든 친구랑 함께 왔었거든요."

꿈같은 시간이었다. 그 순간을 사진과 동영상으로 남겼다고 해도, 그때 느꼈던 감정들을 온전히 담을 수는 없었을 것이다. 그래서 신기했다. 11년이 지나도 또렷한 기억들은, 아프지 않게 떠올라 화신을 언제나 미소 짓게 만들었으니까.

하지만 지금은 과거의 실마리를 얻을 수 있는 중요한 순간이었다. 쌉쌀하고 산미가 느껴지는 커피를 한 모금 마셔 달달함을 씻어버린 화신이 물었다.

"속닥 벌레는 숙주가 죽고 나면 어떻게 되나요?"

"그것들은 집요하고 욕심이 많습니다. 죽은 후에도 숙주를 놓으려 하지 않기 때문에, 숙주의 목에는 낙인처럼 속닥 벌레의 독이 남게 됩니다."

"나중에 사라지는 경우도 있을까요?"

제하가 의심하지 못하도록 화신이 말을 덧붙였다.

"송재 씨는 독이 없어지는 것처럼 보여서요."

"원래부터 가진 것이 없는 영혼은 사후세계로 떠날 때도, 이승에 있던 것을 전부 두고 가야 합니다. 속닥 벌레 또한 이승의 산물로, 당신이 본 것은 진짜가 아닙니다. 그건 감정에 들러붙어 있던 찌꺼기일 뿐이니까요. 그러니 문제가 되는 감정을 버리자, 흔적도 사라진 겁니다."

"그러면 시체에는 속닥 벌레의 독이 계속 남아 있을 수밖에 없겠네요."

"그렇습니다. 죽음으로써 미래가 고정되었으니까요."

그 말을 끝으로 화신은 잠시 침묵했다. 이상하게 햇살은 따듯한데, 한기가 느껴졌다. 온기를 주고 있던 머그잔도 같이 떨릴까 봐, 화신은 잔에서 손을 떼고 테이블 아래로 숨겼다. 티를 내지 않으려고 노력했지만 잘되지 않았다.

가장 중요한 사실을 너무 늦게 알아버렸다. 화신은 깨달음으로 인한 충격을 견디기 위해 눈을 감고 속으로 되뇌었다.

'괜찮아. 괜찮아질 거야.'

화신은 자신의 가설이 맞는지 제하에게 확인하고 싶었다. 하지만 의심조차 없이, 자신을 떠난 유하를 원망만 했던 것이 미안해서 입을 뗄 수가 없었다.

그때였다. 갑자기 의자가 드르륵 밀려나더니, 제하가 물었다.

"뭘 알아낸 겁니까."

덤덤히 말하려고 노력한 듯했으나, 두려워하는 마음 때문에 끝이 잘게 떨리고 있었다. 유하의 모습을 한 제하는, 지금이 순간만큼은 그가 되어 있었다. 사자가 가장 주의해야 하는 일 중에 하나인 동조였다.

"제가 모르는 진실이 있다는 거요. 그리고 8년 전에, 그건 유하가 선택한 결말이 아닐 수도 있다는 거요."

제하의 말이 결정적이었다. 그의 말대로라면, 죽은 후에 독이 퍼지는 건 일어날 수 없는 경우였으니까. 물기 젖은 음성으로 대답하던 화신은 겨우 쌓아두었던 둑이 와르르 무너져 내리는 것을 느꼈다.

'난 정말 아무것도 모르고 있었구나.'

같이 있는 시간 동안 자신은 유하의 뭘 보고 있었던 걸까. 제하에게 우는 모습을 보여주고 싶지 않았는데, 참을 수 없는 감정에 화신은 두 손에 얼굴을 묻고서 펑펑 울고 말았다. 유하는 누군가에게 살해당했다. 폭력을 겪으면서도 살아가려고 했던 유하를 누군가 죽인 거다.

'넌 내게 말해주고 싶었던 거지?'

그동안 밖으로 나오지 못하게 꾹 눌러두고 있었던 8년 전의 일을, 화신은 깊숙한 상자 속에서 꺼냈다. 충격이 너무 컸던 탓인지, 오히려 기억이 선명했다. 그래서 알았다. 유하의 부모님과 함께 영안실에 시신을 확인하러 들어갔을 때, 유하의 목에는 아무런 흔적도 없었다.

하지만 장례식 두 번째 날에 유하를 확인했을 땐, 속닥 벌레의 독이 나타났다가 사라지길 반복하고 있었다. 그러다 어느 순간, 고정되었다.

"제 눈에만 보여서, 그래서 헛것을 본 거라 생각했어요. 그런데 만약 알아달라는 거였으면 어쩌죠? 진실을 밝혀달라고 한 거면요?"

손이 벌벌 떨렸다. 화신은 얼음장처럼 차가워진 손을 맞잡았다. 그때는, 주변을 둘러볼 정신이 없었다. 홀로 슬픔을 감당하다가, 어느 순간부터는 유하에 대해 생각하지 않으려고 미친 사람처럼 공부에 몰두하기 시작했다.

좋은 성적으로 대학을 졸업한 뒤에는, 공무원 시험 준비로 바빴다. 하루도 마음 편히 놀지 않았고, 마치 구명줄처럼 공부만 붙잡았다.

'알잖아. 다 변명인 거.'

유하를 소중하게 생각했으면서……. 왜 끝까지 매달리지 않고 놓아버렸던 걸까. 화신은 말뿐인 스스로가 역겨웠다. 자기 연민에 빠진 채, 아무것도 하지 않았으니까. 그 이유 또한, 알고 있었다.

"어쩌면 편해지고 싶었나 봐요. 이미 끝난 일이니까. 가슴 속에 묻어두고, 보지 않으려고 한 거죠. 날 힘들게 한 악몽에 마침표를 찍고 싶었던 거예요."

몰랐다는 말로 용서받을 수 있을까. 나 혼자 살자고 너의 아픔을 외면해 버렸는데, 넌 나를 용서할 수 있을까. 눈물을 흘리면서도 화신은 자신이 너무 바보 같아서 웃음이 나왔다. 만약 유하를 죽인 사람이 강준이라면…… 이거야말로 코미디가 따로 없을 것이다. 아무것도 모르고 강준에게 마음을 열어가던 자신을 보면서 유하는 어떤 심정이었을까.

"그래도 만나고 싶다고 생각하는 건 이기적일까요?"

고개를 푹 숙인 화신이 힘없이 물었다. 대답을 기다리는 1분 1초가 영겁의 시간처럼 느껴졌다. 화신은 안절부절못하며, 컵만 만지작거렸다. 무서워서 제하를 바라볼 수가 없었다.

"누구나 오해할 만한 상황이었다면, 그 누구의 잘못도 아닌 겁니다."

"그 애도 그렇게 생각해 줄까요?"

시야가 다시 흐릿해졌다. 소매로 눈가를 닦으려던 화신의 앞에 녹색 손수건이 내밀어졌다. 그 손수건을 따라 화신은 용기를 내어 고개를 들었다. 그리고 햇빛을 받을 때면, 색이 연해지던 유하의 눈이 걱정스럽게 자신을 응시하고 있다는 것을 알게 되었다. 매달려 있던 눈물이 볼을 타고 흘러내렸다.

"끝까지 너를 보지 못하고 가는 줄 알았어. 너한테 묻고 싶은 말이 참 많아. 왜 내게 아무런 말도 하지 않았는지, 혹시 내가 미덥지 못했던 건지."

건네받은 수건으로 눈물을 닦으며 화신이 말했다. 유하를 만나면 심장이 터지지 않을까 걱정했던 것과 다르게, 이상하리만치 마음이 차분해졌다.

"아니, 그런 거 아니야. 그냥 치기 어린 마음이었어. 네 앞에서는 약한 모습을 보이고 싶지 않았으니까."

"그래. 네가 내 탓을 할 리가 없지. 그래도 이젠 말해줬으면 좋겠어. 나한테 숨기고 있는 게 뭐야? 그날 대체 너한테 무슨 일이 있었던 거야?"

"네가 알고 있는 게 전부야. 다른 진실은 없어. 그냥 내가 나약해서, 더는 버티지 못했던 거야."

"무슨 말이 그래. 왜 네 탓을 해? 폭력을 가한 쪽이 잘못한 거잖아."

다른 누구도 아닌, 피해자인 유하가 스스로를 탓하는 상황에 화신은 속상하고 화가 났다. 질이 나쁜 애들에게 돈을 뺏기는 화신을 보고, 네 잘못이 아니라고 말하던 유하였으니까.

'혹시 들어본 적이 있는 말인 걸까? 설마하니, 학교에서 그런 헛소리를 한 건 아니겠지.'

여러 가설이 떠올랐고, 그때마다 화신의 속은 부글부글 끓었다. 솔직히 진실을 듣고 싶었지만, 몰아붙이다가 유하가 사라질까 두려웠다. 화신은 다른 방법으로 진실을 찾기로 했다.

"알았어. 더는 캐묻지 않을게. 말해주지 않아도 괜찮아. 하지만 네가 약하다거나, 뭔가를 잘못해서 그 모든 일들이 일어났다곤 생각하지 말아줘."

목이 멘 화신은 잠시 말을 멈출 수밖에 없었다. 숨을 고르고, 터질 것만 같은 감정을 진정시킨 후에야 다시 목소리를 낼 수 있었다.

"내가 용기가 없어서……. 너무 늦어서 미안해. 미안해, 유하야."

"나는 너 원망한 적 없어. 그러니까 화신아, 여기서 멈추면 안 될까?"

화신은 대답하지 않았다.

"세상에는 몰라도 되는 진실도 있어. 나는 널 아프게 하고 싶지 않아."

슬픈 음성으로 유하가 간절히 말했다. 물러날 수 없는 이유가 화신에게도 있듯이, 유하에게도 진실을 밝힐 수 없는 이유가 있는 게 분명했다.

"알아. 그런데 나는 아무것도 모르고 있던 시간이 훨씬 더 아팠어. 그래서 너에 대한 것도, 나에 대한 것도 알아야 할 것 같아. 유하야, 나는 진실을 찾고 싶어."

화신의 마음은 흔들림 없이 견고했다. 오히려 유하가 물러날수록, 알고 싶다는 생각은 확고해졌다.

"그러지 마, 화신아. 넌 내게 언제나 강한 사람이었지만, 이번만큼은 아니야. 내 실수로 널 또 잃고 싶지는 않아."

"또, 라고?"

"여기에 너무 오래 있지는 마. 알았지? 너만 힘들어질 거야."

계속해서 눈을 마주치고 있던 화신은 유하가 떠나려고 한다는 것을 깨달을 수 있었다. 낙엽을 닮은 눈동자에 푸른색이 섞이고 있었기 때문이다.

"가지 마. 유하야!"

절박해진 화신이 유하를 껴안으며 소리쳤다.

"이미 숨었습니다."

넋이 빠진 화신을 자리에 앉힌 제하는 생각에 잠겼다. 순식간의 영향력이 커진 유하로 인해 몸을 빼앗겼으나, 그 덕분이라고 해야 할지 그의 기억과 감정을 조금 엿볼 수 있었다. 옥상에서 강준과 대화를 나누는 모습, 그리고 창백한 얼굴로 나무 기둥에 앉아있는 화신을 보며 절망하는 유하의 감정을 느낄 수 있었다.

그래서 강준에 대한 오랜 증오가 있음에도, 유하가 적극적으로 화신을 말리지 않는 것이 의아했다. 하지만 밖으로 꺼내기엔 조심스러웠다. 유하의 반응이 커질수록 그만큼 몸을 빼앗길 위험도 커졌기 때문이다. 곤란함을 느낀 제하는, 더 이상 유하를 자극하지 않기 위해 화신에게 경고했다.

"더는 질문하지 마십시오. 위험합니다."

"전 상관없어요."

"위험해지는 건, 당신이 아닌 유하 쪽이 될 겁니다."

그 말에, 화신은 몸에서 힘을 빼듯 한숨을 내쉬었다. 그리고 식어버린 커피를 쭉 들이켰다.

"델리고 마을에 온 영혼은 마지막 기회를 얻은 자들입니다."

어느 정도 화신이 진정했다고 생각한 제하가 말했다.

영혼 인도자의 보호를 스스로 내친 자들. 자신을 죽음으로 내모는 것 또한 살인이기에, 바로 사후세계로 넘어갔다면 변호도 못하고 지옥행 열차를 타야 했을 것이다. 하지만 세상이나 사람들에 의해 사지로 내몰린 영혼을 가엽게 여긴 인도자들이 임시 공간을 하나 만들었고, 그곳이 바로 델리고 마을이었다.

"자연스럽게 업을 풀고 가는 영혼도 있으나, 우리가 품고 있는 영혼은 시한폭탄 같은 존재입니다. 감정을 다스리는 일이 불가능하기에 마을을 자유로이 돌아다닐 수 없으며, 한이 풀릴 때까지 사자라는 감옥 안에서 나갈 수 없습니다."

그리고 영혼의 한을 풀어주기 위해 솔라키움이란 특별한 장소가 만들어졌다. 이곳에서 사자는 남을 해치지 않는 선에서 영혼의 의뢰를 들어주었고, 동시에 영혼의 감정에 휩쓸리지 않도록 경계하면서 제어해야 했다.

그렇기에 통제하기 버거울 정도로 영혼이 강해졌을 때는, 정신을 차리지 않으면 위험했다. 특히 분노한 영혼에 몸을 빼앗기게 되면, 어떤 일이 벌어지는지 뼈저리게 경험했던 제하는 지금 두려움이란 감정을 느끼고 있었다.

"당신의 존재는 유하뿐만 아니라, 우리에게도 위협이 됩니다. 마음 같아서는 이대로 마을로 돌려보낸 뒤에, 시일을 다 채우면 현실로 돌려보내고 싶을 정도로 말입니다."

"하지만 제가 원하지 않는 한, 절 강제로 보낼 수 없다고 하셨잖아요!"

공격적으로 반박했으나, 화신은 자신의 위치를 잘 알고 있었다. 사실 지금까지 제하가 도와준 것만 해도 감사히 여겨야 할 정도였으니까. 하지만 이대로 얌전히 돌아갈 생각은 없었다.

"제가 없어도 유하가 안전하지 않다면요? 사자에게 영혼이 묶여 있는 상태라면, 강준이를 만날 때 유하도 함께 가야 하잖아요. 그때, 제가 있는 게 도움이 되지 않을까요?"

저도 그렇게 생각합니다, 라고 제하는 속으로 대답했다. 유하가 가진 감정은 복잡하고 커다랬다. 그래서 언뜻 보면 풀기 어렵다고 생각될 정도로 엉켜있지만, 중심적인 실은 하나뿐이었다. 그래서 마음과 다르게, 제하는 화신을 당장 돌려보낼 수가 없었다.

화신의 존재는 양날의 검이었으나, 막강한 영향력을 가지게 된 유하를 막기 위해서는 꼭 필요한 존재이기도 했다. 유하가 감정을 잘 조절하고 있다고 생각한 게 오산이었다. 중요한 뭔가를 지키기 위해서 감내하고 있었을 뿐, 그게 아니었다면 언제 폭주해도 이상하지 않을 정도로 위태로웠기 때문이다.

이번에 사자의 몸을 쉽게 차지한 것이 그 반증이었다. 제하는 오랜 경험을 통해서 유하가 자신의 몸을 차지한 것이 처음은 아닐 거라고 짐작할 수 있었다.

"아직도 진실을 찾는 게, 당신의 목표입니까?"

결국은 같은 거였다. 진실의 끝에는 반드시 유하가 얽혀 있을 테니까. 말로 하지 않아도 화신의 표정에서는 이미 대답이 드러나 있었다.

"조만간 온이 당신을 만나려 할 겁니다."

위협은 온도 감지했을 것이다. 지금까지 얌전히 있는 것이 의심스럽긴 했으나, 이번 일로 인해 화신의 앞에 나타나는 것은 시간문제였다.

"괜찮을까요?"

"온은 진실을 밝히는 것을 가장 중요하게 여깁니다. 게다가 유하에 대해서는 줄곧 고민하고 있었으니, 분명 도움을 줄 겁니다."

말을 하면서 제하는 위험성도 고려하고 있었다. 온의 입장에선 도움을 주려고 한 일도, 받는 사람에겐 위협이 된 적이 종종 있었기 때문이다. 하지만 그런 위험성에 대해서는 화신에게 말하지 않았다. 괜히 겁먹게 하고 싶지 않았으니까.

사실 제하는 믿는 구석이 있었다. 유하의 영향을 받는 것은 온도 마찬가지였기에, 화신을 위험에 빠트리는 행동을 하지 않을 거라고 말이다.

"벌써 저녁이네요."

소란스러워진 밖을 내다보며 화신이 중얼거렸다. 어둠이 찾아온 곳에는 화려한 조명과 옷을 입은 직원들이 퍼레이드하는 중이었다.

그렇게 두 번째 게임이 끝나가려 하고 있었다.

크리스마스처럼 꾸며져 있던 조명들이 하나둘씩 점멸하자, 어둠 속에 잠기는 놀이공원의 모습은 조금 을씨년스럽게 느껴졌다. 하지만 놀이공원으로 들어가는 입구의 조명만큼은 눈이 부실 정도로 환하게 동화 속 궁전을 밝히고 있었다.

그 빛 속에서, 화신은 아직 떠나지 못하고 있는 한 가족을 보았다. 반짝거리는 공원을 올려다보며 이야기를 나누고 있는 가족의 모습은 무척이나 행복해 보여서, 화신은 마음이 무거워졌다.

"게임을 하기 위해선 반드시 짝을 이뤄야 된다고 하셨죠. 그럼 저들은……"

"힘들면 여기서 기다려도 됩니다."

대답과 함께 다리 건너편으로 걸어가는 제하를 바라보던 화신이 숨을 크게 내쉬었다. 그러고는 분주히 발을 놀렸다.

거리가 줄어들면서 두 사람을 인식한 하진이 가족들을 지키려 앞으로 나섰다.

"뭡니까? 다가오지 말고, 거기서 이야기해요. 우리한테 무슨 용건이라도 있습니까?"

"이제 당신의 선택만 남았습니다."

하진의 어깨 너머를 바라보며 제하가 말했다. 그의 시선은 동생의 손을 꼭 잡고, 엄마 뒤에 숨어 있던 하은에게 향해 있었다.

"동생분은 당신에게 선택을 맡겼습니다."

이어진 말에 하은이 동생을 내려다봤다. 초등학교 2학년인 하성은 지금의 상황을 제대로 인식하지 못했기에, 어리둥절한 표정으로 있다가 시선이 마주치자 배시시 웃어 보였다.

"하은아?"

당황한 명은의 부름에도 불구하고, 하은이 동생을 데리고 제하 쪽으로 걸어가기 시작했다. 명은이 충격받은 표정으로 남매를 향해 손을 뻗었다. 그리고 낯선 이를 향해 거리낌 없이 다가가는 아이들의 행동에서 위기감을 느낀 하진이 소리쳤다.

"갑자기 나타나서 이게 무슨 행패입니까? 너희들 어서 이쪽으로 와, 어서!"

불안한 눈빛으로 제하를 경계하며, 하진이 아이들에게 손짓했다.

"누나?"

다시 부모님 곁으로 돌아가고 싶은 하성의 시선이 느껴졌으나, 굳은 표정을 한 하은은 끝내 뒤를 돌아보지 않았다. 각오했던 일인데도 어쩔 수 없이 눈물이 났다. 그런 자신이 걱정이 된 건지, 하성이 맞잡은 손에 힘을 주는 것이 느껴졌다.

'내가 약해지면 안 돼.'

눈을 질끈 감았다가 뜬 하은이 부모님을 돌아보았다. 걱정
이 가득한 표정으로, 당장이라도 달려올 것처럼 보이는 하진
을 향해 하은이 말했다.

"사실 아빠, 엄마가 힘들어하는 거 알고 있었어."

하은은 눈치가 빠른 편이었다. 그래서 어느 날부터 초췌해
져가는 하진과 매일 같이 눈가가 부어있는 명은의 상태를 보
면서 무언가 잘못되었다는 걸 느끼고 있었다. 그리고 하진의
사업이 어려워졌다는 것을 확신하게 된 것은 우편함에 쌓이
는 고지서와 찾아오는 사람들 때문이었다. 하교 후에 집밖에
서 있던 낯선 이들을 보고서, 하성을 데리고 근처 공원에서
시간을 보내고 온 적도 많았다.

"하지만 괜찮다고 했으니까. 힘든 시기가 지나면 나아질
거라고 해서 믿었어. 오늘도 다 같이 나들이 간다고 해서 얼
마나 좋았는데……."

"하, 하은아. 대체 무슨 소리를 들었기에 그래. 응?"

"아빠가 언제 거짓말하는 거 봤어? 다 괜찮아질 거야. 걱정
하지 않아도 돼!"

"이 뒤에, 집에 돌아가서 엄마 아빠가 어떻게 했는지 기억
나지 않는 거야?"

흘러내린 눈물을 닦아내며, 하은이 괴로운 표정으로 물

었다. 그 순간, 처음부터 약하게 설정되어 있던 암시가 풀렸다. 의뢰자의 요청에 따라 하진과 명은은 영혼 일부가 아니라, 온전한 형태로 게임에 참가하고 있었기 때문이다. 그래서 두 사람은 어렵지 않게 그때를 기억해 낼 수 있었다. 자신들이 한 선택이 어떤 결과를 맞이했는지 말이다.

"아……."

제하는 제 뒤에서 화신이 숨을 들이켜는 것을 들었다. 아마 보았을 것이다. 하진의 목에 나 있는 익숙한 형태의 띠를, 네 명의 영혼 중에서 오직 한 사람에게만 드러나는 것을 말이다.

"그게 꿈이 아니었던 거야……."

돌아온 기억에 두 사람은 충격받은 얼굴로 말을 잇지 못했다. 명은은 주저앉은 채 눈물을 쏟아냈고, 하진은 그런 아내를 감싸주며 마찬가지로 눈물을 흘렸다.

"엄마가 미안해. 미안해, 얘들아."

"그때는 이게 최선이라고 생각했어. 아빠는……."

"나는! 살고 싶었어!"

하진의 말을 단호히 끊어내며, 하은이 내뱉은 문장에는 서글픔이 담겨 있었다. 두 사람은 그저 잘못했다는 말 외에는 어떤 변명도 할 수 없었다. 상황에 몰리다 보니 그렇게 되었다는 말도, 너희들만 남기고 갈 수 없었다는 말도……. 전부 아이가 한 말에 대한 대답이 되지 못할 것을 알았기 때문이다.

"우리가 정말 잘못했다……. 아니, 내가 다 잘못 생각했어."

하진은 살고 싶다고 말하는 딸을 보고 있기 괴로워 눈을 돌렸다. 무릎 꿇고 오열하는 부모를 보는 아이의 심정은 어떠할까. 하은은 그래도 견뎌주기를, 어떻게든 살아가 주기를 바랐다.

차라리 모른 척하지 말았어야 했나. 외면하지 말고 다가가 위로라도 해드릴 것을 그랬나, 하는 후회도 들었다. 이게 마지막 여행이 될 줄 알았더라면……. 뭐라도 시도해 볼 것을 그랬다. 근심·걱정 없는 사람처럼 웃고 즐기던 부모님의 모습에, 이제 괜찮아졌다고 착각했다. 그 모습이 꾸며낸 것인 줄도 모르고.

그래서 하은은 솔라키움에 의뢰를 넣기로 했다. 강렬히 내리쬐는 햇볕에 얼굴이 찌푸려져도, 마냥 즐거워 보이는 사람들 속에서 하은은 옛날로 돌아간 것만 같았다. 일부러 우스꽝스러운 모습이 찍힌 사진을 구매하고, 부모님이 짓는 미소가 보기 좋아서 틈이 날 때마다 사진을 찍자고 졸랐다. 이미 끝나버렸다는 걸 알면서도, 믿고 싶지 않아서 더욱 즐거운 척을 했다.

"누나……."

다들 울고 있자, 하성도 울먹이기 시작했다.

"울지 마. 아무 걱정하지 않아도 돼."

그런 동생을 하은이 안아주었다. 아무것도 모르고 있는 동생에게 사실대로 말해줄 수는 없어서 전부 꿈이라고 설명했다. 계속 그렇게 믿기를 바랐고, 나쁜 꿈으로 만들 생각도 없었다. 사자를 만나서 진실을 듣게 된 하은이 원하는 결말은 줄곧 하나뿐이었으니까.

그런 하은의 마음을 읽은 듯이 선택 창이 앞에 나타났다.

<당신의 마지막 꿈을 선택해 주세요.>

⋯→ 괴로움도, 슬픔도 없는 행복한 꿈
⋯→ 되돌아갈 수 없는 악몽이 반복되는 꿈

"그날은 날씨가 진짜 좋았지? 사람도 많지 않고, 아빠를 졸라서 높게 날아오르는 놀이기구를 같이 탄 것도 재미있었어. 저녁에 관람차를 타고 아래를 바라보는 것도 무척 멋졌었는데."

어제 있었던 일을, 하은은 마치 오래된 추억처럼 말했다. 금방이라도 아래로 떨어질 것처럼 눈물을 눈꼬리에 매달고 있는 동생을 얼러서, 하은은 죄인처럼 무릎을 꿇고 있는 부모님에게 걸어가 그들을 일으켜 세웠다.

명은의 손을 이끌어 하진과의 거리를 좁힌 하은이 그대로 두 사람을 끌어안으며 말했다.

"그러니까 용서할게."

눈을 뜨자마자 자신의 키만 한 양이 있었을 때는, 꿈을 꾸고 있다고 생각했다. 자애로운 눈빛으로 자신을 응시하는 양을 따라가면서도 안전하다는 생각이 들었고, 여름도 아닌데 잠자리가 날아다니고 해바라기가 핀 장소에서 동생을 만났을 때는 이상함을 느꼈다.

그리고 모든 것을 알게 된 순간, 하은은 자신과 동생의 생사를 마음대로 정한 부모님이 미웠다. 제가 죽었다는 것조차 이해하지 못하는 하성에게 전부 꿈이라는 거짓말을 할 때도 남아있었던 분노는, 게임 설명을 들었을 때 서서히 사라질 수밖에 없었다.

마지막에 하은이 바랐던 것은 한 번이라도 더, 사랑하는 가족과 보내는 소중한 일상을…. 그들의 미소를 눈에 담는 거였으니까.

곧이어 눈처럼 하얀빛의 무리가 그들을 감싸기 시작했다. 서로를 부둥켜안고 있던 하은이네 가족이 사라지고 나서야, 화신은 메이는 목을 가다듬고 질문할 수 있었다.

"이제 저들은 어떻게 되는 건가요?"

"아이들은 죄가 없으니, 다음 생을 위해서 천국으로 보내질 겁니다."

"그들의 부모는요?"

"용서를 받은 부분에 대해서는 감형을 받게 될 겁니다. 하지만 그들은."

걸러내는 말 없이 술술 대답해 주던 제하의 입술이 멈추었다. 화신에게 말을 해줘도 괜찮을지 가늠하면서, 제하는 유하의 영혼이 반응하지 않을지 경계했다.

"살인이라고 칭할 수 있는 상황에는 스스로 목숨을 끊은 것도 포함된다는 것을 알고 있습니까? 두 사람은 자신의 미래를 스스로 끊어낸 영혼입니다."

"하지만 그건!"

"어떤 경우든 살인은 살인입니다."

"원해서 그런 선택을 하는 사람은 없을 거예요! 송재 씨도 그렇고, 죽는 것보다 사는 게 힘들어서, 살아갈 희망 따위 보이지 않으니까……. 그렇게 할 수밖에 없었던 거잖아요!"

그들의 사연에 감정 이입한 화신이 소리쳤다.

"현실에서도 죽도록 힘들었어요. 그런데 죽어서도 고통을 받아야 하는 건가요? 피해를 준 이들은요? 그들은 계속 잘 먹고 잘살고 있을 텐데, 이건 너무 불공평하잖아요."

"설명해 주겠습니다. 조금만 진정하고, 제 말을 먼저 들어

주십시오."

이렇게 될 것을 예상하고 있었던 제하가 일부러 느릿한 어조로 말했다. 표정의 변화는 없었으나, 속은 엉망이었다. 사람의 감정은 전염성이 있어서 화신이 터트리는 분노의 감정이 영혼들을 자극했기 때문이다. 제하는 몸을 부술 것처럼 날뛰는 영혼을 제어하기 위해 긴장의 끈을 더욱 조였다.

그리고 다행히도, 숨을 가쁘게 내쉬던 화신의 호흡이 점차 정상적으로 돌아오고 있었다. 제하는 안도했다. 화신이 감정을 조절하자, 분노에 동조하던 영혼들의 웅성거림도 멈추었기 때문이다. 이런 상황에서도 유하가 얌전한 게 이상했으나, 지금은 화신이 다시 폭발하기 전에 설명을 해주는 게 먼저일 듯싶었다.

"카페에서 나눈 이야기들을 기억하십니까?"

"기억해요."

거친 숨소리를 뱉어내는 화신의 어깨가 빠르게 올라갔다 내려가길 반복하고 있었다.

"델리고 마을이 생겨난 것은 100년도 채 되지 않는 짧은 시기입니다. 어떤 사건으로 인해 만들어졌고, 사자에겐 영혼을 위로하는 사명이 주어졌습니다."

영혼 인도자는 언제나 자신의 별을 타고난 영혼을 걱정하고, 사랑하기에 보호하려는 성향이 강했다. 하지만 그들은

신의 사자였으므로, 직접적으로 이승에 간섭할 수는 없었다. 꿈을 통해서 일러준다고 해도 몇이나 진지하게 받아들일까. 대부분은 단순 꿈으로 치부하거나 잊어버리기 일쑤였다.

영원의 개념인 그들에게 유한한 생명체인 인간의 삶은 아주 짧았다. 그렇기에 온전히 누리지 못하고 스스로 연결을 끊어내는 것을 매우 안타까워했다. 하지만 인도자도 세상의 규칙에 얽매여 있는 존재여서 그들을 도와줄 수는 없었다.

결국, 마을이 생겨나기 전까지 사후세계로 떠나길 거부한 영혼들은 악령이 되고 말았다. 그런 영혼들이 모이고 모여서 만들어진 것이 온, 제하, 나유였다.

"당신이 본 것처럼 이곳의 영혼은 정해진 길을 잃거나 스스로 목숨을 끊은 자들입니다. 후자의 경우에는 벗어날 수 없는 증거가 새겨지죠. 속닥 벌레의 독은 죽어서도 숙주의 몸을 떠나지 않으니까요."

"하지만 아이들한테는 없었어요. 당신이 선택권을 준 건 아이들이었잖아요."

"당신의 세상에서는 동반자살로 결론을 내렸죠."

"네?"

영혼이 몸에서 분리되는 충격으로 자신이 죽는 순간을 잊어버리는 경우도 있었고, 스스로가 선택하지 않았음에도 눈에 보이는 결과나 세간에 떠도는 말을 그대로 믿기도 했다.

하은 남매는 후자였기에, 인도자가 진실을 알려주기 위해 마을에 데리고 온 경우였다.

"잘못된 포장지가 씌워졌음에도 바꾸지 않으면, 어느 순간 진실로 굳어지고 맙니다. 아이들은 거짓된 정보를 받아들였고, 이곳에서 진실과 함께 기회를 얻었습니다."

그리고 하은의 의뢰를 받아들여, 사후세계로 떠난 두 사람에게 초대장을 보내 불러온 것이다.

"모든 죽음은 공평하게 재판을 받습니다. 물론, 당신의 말처럼 어쩔 수 없는 선택의 경우도 존재하죠. 그래서 만들어진 곳이 솔라키움입니다. 통제가 가능한 장소에서 영혼을 달래줄 공간이 필요했기 때문입니다."

과거의 잘못이 떠오른 제하는 속으로 한숨을 삼켰다. 분노에 먹혀 악령이 된 영혼은, 이승의 인간을 괴롭히고 잔인한 악몽을 선사했다. 그로 인해 길을 벗어나거나 명을 채우지 못하고, 생을 마감하게 된 영혼들이 대거 발생하게 되었다.

그 일은 명부를 새로 작성해야 할 정도로 큰 사건이었고, 관련된 영혼 중 일부는 즉시 소멸하는 처분을 받았다. 그리고 안전장치의 역할로 델리고 마을이 생겨나면서, 사건의 중심에 있던 제하를 포함한 사자들은 강제로 마을에 귀속되었다. 그렇게 마을에 찾아온 영혼들을 위해서 살게 된 것이다. 혹시나 동일한 사건이 발생하지 않도록 감시와 함께 말이다.

"하지만 결말은 언제나 꿈이나 악몽으로만 남는 거죠?"

"그렇습니다."

화신의 질문에, 제하는 상념에서 빠져나와 대답했다.

"그 정도로 만족했을까요? 저는 잘 모르겠어요. 영혼을 위한 공간이라고 하지만, 정작 그들의 처우가 바뀌는 것은 아니잖아요."

"사연 없는 영혼이 없다고들 하죠. 쏟아진 물을 다시 컵에 담을 방법은 없습니다. 그러니 선택의 무게는 오로지 본인이 감당해야 합니다."

"그것도 규칙인 거죠? 하지만 말도 안 돼요. 대체, 그딴 판단은 누가 내리나요?"

화신은 여전히 공정하지 못하다고 생각했다. 사람마다 느끼는 고통이 다름에도, 같은 기준을 적용한다는 것이 옳지 않다고 느꼈기 때문이다. 화신의 표정은 마치 제하가 무슨 말을 하든 반박해 주리라 벼르고 있는 것처럼 보였다.

다시금 웅성거리는 영혼들로 인해, 긴장과 집중력이 배로 필요해진 제하의 눈에 피곤함이 스칠 때였다.

-우리 형 괴롭히지 마!

갑자기 나타난 나유가, 코가 닿을 정도로 화신에게 바짝 다가가 소리쳤다.

"전부터 궁금했는데요. 혹시 이분이 온 씨는 아니죠?"

매번 목소리만 들렸던 인물의 등장에, 화신이 놀라움을 감추며 물었다.

-온은 우리 누나야, 내 이름은 나유고! 지금 너 때문에 영혼들이 얼마나 아우성을 치는지 알아? 그걸 버티는 게 얼마나 힘든 일인데!

"나유 군, 전 괜찮습니다."

-제하 형도 바보야! 괜찮긴 뭐가 괜찮아?!

속상함에 버럭 소리친 나유가 호들갑을 떨며 제하에게 다가갔다. 그러고는 뱅글뱅글 주위를 돌며 제하의 상태를 확인하기 시작했다.

-뭐, 아직은 괜찮아 보이네.

대놓고 한숨을 푹 내쉰 나유가 빙글 몸을 돌려, 가는 실만큼 눈을 좁히고서 화신을 향해 귀여운 경고를 날렸다.

-제하 형한테 큰소리치지 말고, 화내지도 마! 내가 지켜볼거야~!

말을 마친 후에도, 나유는 떠나지 않고 화신을 주시했다.

"화내지 않을게요. 대신 자세히 설명해 주세요."

-나! 내가 할 수 있어!

나유가 강력히 주장했다. 화신이 자신한테 약하다는 것을 눈치챘기 때문이다. 혹시나 마음에 들지 않는 내용이 나온다고 해도, 어린아이 모습을 한 자신에게는 화를 참을 것 같다는 계산을 끝낸 나유였다.

"그럼 부탁드릴게요."

화신의 허락이 떨어지자, 조금 피곤한 얼굴을 한 제하도 고개를 끄덕였다.

-감형의 여부를 결정하는 건, 영혼 인도자야. 그들은 항상 영혼과 붙어 있거든. 그래서 감추려는 것도, 스스로 알아채지 못하는 부분도 인도자는 전~부 알고 있어.

"자신이 맡은 영혼에 불리한 진술을 한다는 건가요?"

-그들은 인간처럼 감정에 치우치지 않으니까.

영혼 인도자는 언제나 영혼을 사랑하고, 그들이 행복하기를 바란다. 그래서 웬만해서는 포기하지 않고 끝까지 책임지려고 하기에, 델리고 마을에 보내는 것이다. 죄에 대해서도 마찬가지였다. 썩어가는 싹을 잘라내지 못하고 내버려두면 전체가 죽어갈 뿐이니까.

잘못을 저지른 부분을 무조건 감싸주기만 한다면 반성하지 못하고, 더 큰 죄를 지을 뿐이었다. 그래서 영혼 인도자는 솔라키움을 통해서 스스로 깨닫기를 바랐고, 그럼에도 달라지지 않는다면 그들을 사랑하기 때문에 감싸주지 않았다. 모든 죄를 깨끗이 씻어버려야 다음으로 갈 수 있기 때문이다.

-하진이 택한 길은 여러 사람의 희망을 무너뜨렸어. 가족

을 끌어들였고, 그의 선택으로 인해 좌절하는 다른 인간들도 생겼을 거야. 연쇄작용이지. 그 모든 걸 감안해서 벌을 받게 될 거야.

선택은 항상 대가를 동반하고, 인간은 혼자서 살아갈 수 없었다. 그들은 태어났을 때부터 부모와 연결되었고, 자라면서는 여러 사람을 만나며 다양한 관계를 구축해 가기 때문이다. 어떤 실은 끊어졌다 이어질 것이고, 또 어떤 실은 그대로 소멸해 버리는 경우도 있었다. 한 사람의 선택이 다른 사람에게 영향을 끼치게 되는 것은, 어찌 보면 당연한 거였다.

"화를 내서 죄송해요. 하지만 이해는 가도, 쉽게 납득은 되지 않네요."

화신은 설명을 듣지도 않고 화부터 냈다는 사실을 인정하고 사과했다. 특히나 힘들었을 제하에게는 정말로 미안했다. 창피하고 스스로에게 화도 나서, 화신은 빨갛게 달아오른 얼굴을 감추기 위해 두 손에 얼굴을 묻고 심호흡했다.

─현실이 공정하지 못하니 의심하는 건 이해해. 하지만 걱정하지 않아도 돼. 제하 형은 전혀 화나지 않았으니까! 그렇지?

좌우로 왔다 갔다 움직이며 나유가 안절부절못했다. 혹시나 화신이 울고 있는 것은 아닐까, 걱정된 나유가 애처로운 눈빛으로 제하에게 도와달라는 신호를 보냈다.

"어떤 부분에서 화를 내야 할지 모르겠군요. 상황을 몰랐으니, 오해하는 것은 당연합니다."

"위로해 줘서 고마워요."

작은 미소를 되찾은 화신이 말했다.

-잠깐! 잠시 나랑 대화 좀 해, 형!

갑자기 나유가 작전 타임을 외쳤다. 그리고 손을 뻗어 제하의 등을 꾹꾹 밀더니, 화신과 거리를 벌리기 시작했다.

-내가 없는 사이에 어디까지 알려줬어?

나유가 속삭였다.

"유하가, 우리에게 뭔가를 숨기고 있다는 것을 알고 있었습니까?"

마찬가지로 확인해야 할 게 있었던 제하가 화제를 돌리듯 질문했다.

-그게 가능해?

"저도 그게 의문이긴 합니다만, 숨기고 있는 건 확실합니다."

-그래서 다 말해준 거야?

"적당한 선에서, 필요한 만큼만 알려줬습니다. 유하를 끌어내려면, 우리도 그녀의 도움이 필요하니까요."

-동시에 형도 위험해질 거야. 알잖아! 한 번 몸을 차지했으니, 다음은 더 쉬울 거야!

그때, 세 번째 게임에 대한 정보가 업데이트되었다.

-아, 이런. 어쩌지?

공지 사항을 먼저 확인한 나유의 얼굴이 낭패감으로 물들었다. 온이 다음 게임의 사자로 지정되었기 때문이다. 마찬가지로 같은 내용을 확인한 제하 역시 미간을 찌푸렸다. 온이 화신을 가혹하게 대할 일은 없을 테지만, 너무 이른 만남은 아닌지 망설여졌다.

평소라면 하지 않을 고민을 하는 자신이 낯설었던 제하가 마음을 다잡았다. 누구보다도 온에 대해 잘 알고 있는 사람은 자신이었기에, 화신이 다치지 않을 거라고 확신할 수 있었으니까. 분명 그러할진대…….

"그녀를 안전한 장소로 데려다주십시오."

상념에 잠긴 화신을 빤히 바라보던 제하는 결국 나유에게 부탁했다. 아무래도 온과 먼저 이야기를 나눠봐야 할 것 같았다.

7.

만남

솜사탕처럼 몽글몽글한 구름이 느긋하게 헤엄을 치고 있
는 하늘 아래로, 그림 같은 모래사장과 핑크빛의 호수가 보
였다. 색색의 파라솔이 꽂혀 있는 모래사장 위에는 아이들이
만든 다양한 성들이, 곳곳에 펼쳐진 은색 돗자리 위에는 음
식과 바구니 등의 피크닉을 나온 흔적들이 그대로 남아 있
었다.

그리고 선베드에서 담요를 덮고 잠들어있던 화신의 눈썹
이 곧 일어날 것처럼 파르르 떨렸다.

-일어나셨습니까?

익숙한 목소리의 정체를 깨달은 화신이 눈을 번쩍 떴다.
유하가 웃으면서 자신을 내려다보고 있었다.

"꿈?"

-제하 님은 일이 생겨서 잠시 자리를 비우셨습니다. 다음
게임이 시작되기 전까지, 여기서 잠시만 대기해 주십시오.

갈 거면 모습이라도 바꿔주지. 하마터면 진짜라고 착각할

뻔했던 화신이 속으로 투덜거렸다. 인형의 상태가 처음 설정되었을 때와는 다르게 생동감이 있었기 때문이다. 게다가 외형이 외형인지라, 계속 보고 있으면 하소연이라도 할 것만 같아서 화신은 재빨리 고개를 돌려 주변을 살폈다.

"여기엔 저밖에 없네요."

쭉 둘러보던 화신이 의아하다는 듯이 말했다.

-조용한 장소를 선호한다고 전달받았습니다. 따로 원하시는 게 있다면 말씀해 주십시오.

왜 이렇게 잘해주지. 화신은 과한 대접에 오히려 의심이 들었다. 솔라키움에 입장했을 때는 허귀 나무에 대해 언질을 주지 않았으니까. 그런데 휴양지라니, 태도의 차이가 커도 너무 컸다.

"하필이면 장소도 힐리어 호수고, 우연일까? 혹시 내 기억을 읽은 건가."

핑크빛 호수를 응시하며 화신이 중얼거렸다. 만약 후자라면 기분이 나빠야 정상인데, 지금은 다른 생각을 할 겨를이 없었다. 안전하다는 걸 확인하고 나니까, 솔라키움에서 보고 들은 내용들이 파도처럼 밀려와 머릿속을 복잡하게 만들었기 때문이다. 화신은 내내 가보고 싶다고 노래를 부르던 호수에 왔음에도 편히 즐길 여유가 없었다.

가만히 있으면 불안에 잡아먹힐 것만 같아서 화신은 자리에서 일어났다. 그리고 운동화와 양말을 벗어버리고서, 파슬파슬한 모래의 촉감을 느끼며 정처 없이 해변을 걷기 시작했다. 조각조각 잘린 정보들을 이어 붙이기 위해서는 머리를 비울 필요가 있었으니까.

잔잔한 호수 너머를 응시하던 화신은 발을 적시는 시원한 바닷물에 고개를 숙였다. 그리고 모래 속에 파묻혀 있던 조개껍질들이, 파도가 치며 들어온 물에 의해 서서히 모습을 드러내는 것을 멍하니 바라보았다.

유하가 숨기고 있는 것은 몇 번을 부딪쳐야 볼 수 있을까, 화신은 쓰게 웃었다. 그리고 생각은 자연스럽게 흘러, 강준에게 도달했다.

'내가 누군지 정말 몰랐을까?'

시간도 많이 흘렀고, 강준은 개명을 한 상태여서 화신은 동일 인물이라고 생각하지 못했다. 하지만 강준은 어땠을까. 화신은 소개팅에서 만났을 때부터 지금까지, 강준이 과거에 대한 어떤 말이나 의심쩍은 행동을 한 적은 없었는지 차근차근 떠올려 보려고 했다.

하지만 그 순간, 날카롭게 찌르는 두통에 화신은 이마를 짚었다.

-괜찮으십니까?

"네, 가끔 겪는 일이에요. 괜찮아요."

화신은 애써 웃어 보였다. 유하의 외형을 닮은 것뿐이어도, 차마 아픈 모습을 보여주고 싶지 않았기 때문이다.

'그게 이제 와서 다 무슨 소용이야. 하, 바보 같아.'

이미 흘러간 일이었다. 악연도 이런 악연이 없었고, 인연도 이런 거지 같은 인연이 없었다. 잠시 끝이 보이지 않는 모래사장 너머를 응시하던 화신은 뒤따라 걷고 있던 유하를 돌아보았다. 그렇지 않아도 연한 갈색을 띠는 유하의 머리카락이, 햇빛에 의해 탁한 황금빛으로 보였다.

근육이 아프지도 않은지, 계속 웃고 있는 인형의 얼굴을 응시하며 화신은 생각했다.

'너는 어떤 마음이었을까?'

아마도 유하라면 걱정했으면 걱정했지, 원망했을 것 같지는 않았다. 지금도 무언가로부터 자신을 지켜주려고 노력하는 중이었으니까. 그걸 알면서도, 화신은 차라리 욕해주기를 바랐다. 유하가 겪지 않아도 되었을 불행이 자신 때문인 것 같아서 슬프면서도 속이 막힌 듯 답답했다.

"네가 숨기고 있는 게 뭔지 짐작도 안 가. 그럴만한 이유가 있을 거라곤 생각하지만, 사실 납득이 안 돼. 네가 왜 여기에 있어야 해?"

시스템에 말한다고 해서 유하가 듣고 있지는 않을 것이다. 하지만 묵묵히 들어주는 인형의 태도에, 화신은 그동안 하고 싶었던 말들을 두서없이 내뱉었다.

"네 장례식장에 무슨 정신으로 갔는지 모르겠어. 그때 어머님이 뭐 아는 거 없냐고, 나한테 이유를 물어보셨거든? 근데 말이 안 나오더라. 나는 결국, 너에 대해 아무것도 모르고 있었으니까."

"난 벌써 27살인데, 넌 계속 19살이겠지?"

"항상 곁에 있을 거라고 생각한 사람이, 더 이상 옆에 없다는 게 실감이 안 나더라."

"제하 씨가 네 모습을 하고 있는 걸 봤을 때, 네가 드디어 내 꿈에 찾아왔다고 생각했어."

속에 꾹 눌러두었던 이야기를 꺼내며 화신은 울었다. 지금껏 유하와 관련된 거라면 그게 추억이든, 슬픔이든 나눌 사람이 없었기 때문이다. 처음에는 위로해 주던 사람들도, 나중에는 일상생활을 못 할 정도로 힘겨워하는 화신을 이해하지 못했으니까. 누군가는 홀로 끙끙댄 유하가 어리석다고 말하기도 했다. 가족이나, 경찰에 도움을 청했어야 했다고 말이다.

어쩌면 빨리 정신을 차리라고 한 독한 말일 수도 있었다. 하지만 듣고 싶지 않았다. 괜히 자신 때문에 유하가 욕을 먹는 것 같아서 싫었다. 그 뒤로 화신은 정상인처럼 보이려고 노력하기 시작했다. 괜찮은 척, 유하와 함께한 추억들을 박스 안에 담아 장롱 깊숙한 곳에 숨겼다.

그리고 지금, 화신은 처음으로 타인의 반응에 신경 쓰지 않고 아이처럼 엉엉 울었다. 너무 울어서 눈이 아플 지경이었다.

'나는 누군가에 털어놓고 싶어 했구나.'

비록 이 자리에 유하는 없었으나, 화신은 서글프면서도 시원한 감정을 느꼈다. 대나무 숲에서 임금님 귀는 당나귀 귀라고 외치던 복두장(幞頭匠)의 기분을 알 것 같았다. 무엇보다도 유하라고 생각하면서 말할 수 있다는 게 좋았다.

화신이 한결 후련해진 표정을 지었을 때였다. 갑자기 하늘에서 비가 후드득 떨어지기 시작했다. 고개를 들어 얼굴로 비를 맞던 화신은 소매가 당겨지는 느낌에 뒤를 돌아보았다. 인형이 어딘가를 가리키고 있었다.

"저기에 원래부터 있었나?"

호수 위에 다리가 지어져 있었다. 그리고 길의 끝에는 안이 보이지 않도록 천막으로 빙 둘러싸인 수상 방갈로가 한 채 보였다. 화신은 비를 피할 수 있겠다는 생각보다, 이번에는 또 무슨 일인가 싶어 한숨부터 나왔다. 찜찜한 마음에 파라솔이 있던 곳으로 돌아가려던 때였다.

"이쪽으로 와. 내가 재미있는 걸 보여줄게."

어쩐지 익숙한 목소리가 들리지 않았더라면 말이다. 기억을 더듬어보던 화신은 생각이 난 듯 고개를 돌렸다. 윤정의 목소리를 흉내 내고, 게임 속으로 자신을 밀어 넣은 여자와 똑같은 목소리였기 때문이다.

"당신, 혹시?!"

"내가 인정하면 올 거니?"

"아니어도 갈게요."

화신은 짐작 가는 인물이 있었다. 이렇게 빨리 만나게 될 거라고는 예상하지 못했지만, 차라리 잘 되었다. 묻고 싶은 것이 많았으니까. 그래서 화신은 해코지하지 않을 거라는 제하의 말을 믿어보기로 했다.

방갈로 앞에 도착한 화신이 하늘거리는 천을 걷어 올렸다. 가장 먼저 폭신해 보이는 두 개의 소파가 보였고, 선글라스를 쓴 여자는 안쪽에 앉아 있었다.

"왔어?

인기척을 느낀 온이 상큼하게 인사를 건네며 선글라스를 머리 위로 올렸다.

"사자는 모습을 통일하는 게 원칙인가요?"

"제하와 나는 일란성 쌍둥이나 다름없으니까. 유하의 여자 버전도 나쁘지 않지~? 일단 앉아. 앉아서 이야기 나누자."

발랄하고 활기찬 어조였다. 마치 집에 놀러 온 친구를 맞이하는 것처럼 들떠 있었다. 그 분위기에 휩쓸려 화신이 옆자리에 앉는 것을 보며, 온이 미소 지었다.

"만나게 돼서 반가워. 널 무척 기다리고 있었어."

"저를요? 왜요?"

"나도 진실을 원하니까. 너도 유하가 뭘 감추고 있는지 알고 싶어서 남아 있는 거잖아?"

"그렇다고 그때 일을 용서한 건 아니에요. 다짜고짜 미는 바람에 얼마나 놀랐는지 아세요? 게다가 명단이 수정된 것을 파수꾼이 알게 되면 여기서 추방될 수도 있다고 들었어요. 제게 하신 행동은 매우 위험한 방법이었다고 생각해요."

말하다 보니 흥분하고 말았다. 화신은 조금 부드럽게 말할 걸 그랬다는 후회가 들었으나, 이미 엎질러진 물이었다. 기분이 상해서 쫓아내면 어떡하지? 그런 걱정을 하고 있을 때였다.

"뭐? 파수꾼이 널 추방한다고? 아무 죄도 없는데?"

온이 깔깔깔 웃어댔다. 비웃음을 받는 느낌에 불쾌해야 하는데, 이상하게 기분이 좋았다. 오히려 선이 얇고 키가 작은 것을 제외하면 유하와 너무 닮아서, 화신은 홀린 듯이 계속 쳐다볼 수밖에 없었다. 마치 유하의 쌍둥이 형제들을 차례로 만나고 있는 기분이었다. 제하가 정적인 느낌이라면, 온은 다채로웠다. 그런데 웃는 모습이 둘 다 유하와 같아서 신기

216

했다.

"그러면 아니라는 건가요?"

웃음이 잦아들 때까지 가만히 보고 있던 화신이 풀어진 표정을 다잡고 삐딱하게 물었다.

"이 상황에서는 맞다고 하는 게 정답일 것 같네."

"네?"

"너무 걱정하지 않아도 돼. 평소에는 얌전하고 덜렁대는 아이일 뿐이니까. 네가 큰 소란만 피우지 않으면 파수꾼이 알아채는 일은 없을 거야. 그보다 아늑하고 좋지 않아?"

멋대로 이야기를 마무리지은 온이 소파에 몸을 깊게 묻었다. 다시 선글라스를 착용하고서 코코넛 음료를 마시는 모습이 여행 온 사람처럼 느긋해 보였다.

이 장소에 영혼을 말랑말랑하게 만드는 설정이라도 되어 있는 것일까? 정자세로 앉아있던 화신의 몸에서도 점차 힘이 빠졌다. 폭신하면서도 단단한 소파는 무척 편안했다. 이제 화신은 자동으로 소파에 몸을 기대고 있었다. 뾰족뾰족했던 감정이 점차 무뎌지기 시작했다.

'이러면 안 되는데.'

마음과 다르게, 돌처럼 단단했던 화신의 경계심은 푸딩처럼 부드러워지고 말았다.

"일부러 이러는 거죠? 무슨 꿍꿍이인지 모르겠지만, 전 여기서 나갈 생각이 없어요."

단호하게 말하려고 했으나, 마치 따뜻한 욕조에 몸을 담근 것처럼 화신의 목소리는 노곤하게 풀려있었다.

"잠깐이라도 쉬어둬. 앞으로 일어날 일은, 네게 아주 고될 거거든."

"제가 어떤 일을 겪게 되는데요?"

"서두르지 말렴. 차차 알게 될 테니까."

제하와 똑같은 대답이었다. 옆 테이블 위에 청포도 에이드가 담긴 컵이 보였다. 화신은 답답함에 목의 따끔거림도 무시하고 꿀꺽꿀꺽 마셔댔다.

"목이 많이 탔나 봐~? 잔은 계속 채워질 테니까, 얼마든지 마셔도 돼."

아주 고맙다고 비꼬고 싶은 충동도 잠시, 입안에서 상큼함이 터져나갔다. 따갑기는 해도 식도를 타고 흘러내리는 시원한 음료 덕분에, 조금이지만 머리가 개는 기분이었다. 탄식처럼 숨을 내쉰 화신이 여전히 흐물흐물한 음성으로 온에게 말했다.

"빙빙 돌아가지 말고, 제게 원하는 게 있으면 그냥 말해주시면 안 돼요? 퀴즈도 아니고 힌트만 찔끔찔끔 던져주는 거, 꽤 짜증 나거든요."

"우리도 그러고 싶은데, 파수꾼이 전부 듣고 있어서 말이야."

"당신들도 감시 대상이라고요?"

"같은 실수를 반복하지 않기 위해서랄까?"

분명 가볍게 던지는 말투인데, 화신은 오싹함을 느꼈다. 장난스러운 말투 아래에 깔린 온의 음성은……. 가시가 박혀 있다는 표현이 귀엽게 들릴 정도로 날카롭고, 적을 찌르기 위한 수많은 창이 깔려 있는 것처럼 느껴졌기 때문이다.

"어떤 실수를 했는지 물어봐도 되나요?"

두려움을 애써 감추며 화신이 질문했다. 아마도 제하가 잠깐 언급했던 100년 전 사건이 아닐까, 하고 추측했다.

"영혼의 감정에 동조해서 사람들을 공격했거든. 그래서 파수꾼이 우리를 믿지 못하고, 주시하는 거지. 근데 좀 아이러니하지 않아?"

정면을 바라보던 온이 고개를 돌려 화신과 눈을 마주쳤다.

"우린 정당한 대가를 치르게 한 것뿐인데, 여기에 갇혀서 벌이나 받으래. 참, 누굴 위한 건지 알 수가 없다니까."

"그건 온 씨의 생각인가요? 아니면 영혼들의 생각인가요?"

"솔직히 나도 모르겠어. '나'라는 존재는 수많은 영혼으로 이루어져 있으니까."

그래서 분노로 똘똘 뭉친 영혼을 감시하는 제하는 대부분을 무기력하게 지냈고, 진실을 위해 계획을 짜고 실행하는 온은 항상 예민한 상태였다. 그렇게 매일 같이 영혼을 주시해도, 어쩔 수 없이 착각하게 될 때가 있었다.

특히, 게임이 끝나고 의뢰자가 요청한 페널티를 실행할 때가 가장 위험했다. 영혼의 감정이 최고에 달하는 순간이기에 동조 현상도 강해지기 때문이다. 그래서 본인 생각이라고 착각하기 쉬웠다.

"그래서 혼동하지 않으려면, 항상 경계해야 해."

휩쓸린다는 건, 결과를 이미 알고 있기에 더욱 무서운 거였다. 온의 가벼운 말투와 짓궂은 행동도 그래서였다. 본심을 숨기고, 의심하고 있다는 걸 들키지 않기 위해서.

"너와 이어진 인연들하고는 다음 게임에서 만나게 될 거야."

생각지 못했던 말에 화신의 눈이 커졌다.

"어쩌면 알고 싶지 않은 내용이 있을지도 모르는데 두렵지는 않니?"

온은 턱을 괸 상태로 화신을 빤히 응시했다. 동생을 만나면 너는 어떤 반응을 보일까? 지금의 너는 결말을 받아들일 수 있을까? 화신의 선택에 따라서 계획은 어그러질 수도, 성공할 수도 있었다. 하지만 계획의 불완전함에도, 온은 작은 희망을 버릴 수 없었다.

'미안. 사실은 네가 두려워해도, 널 놓아줄 수는 없어.'

그런 희망을 품고 기다린 만남이었으니까. 있을 수 없다고 여기던 일이 가능했고, 실제로 벌어졌다는 사실을 깨달았을 때부터 온은 솔라키움에 화신을 초대할 결심을 품었다.

얽히고설킨 실들을 푸는 방법은 두 가지였다. 실이 약간 망가지고, 짜증이 나더라도 시간을 들여 풀어나가는 방법과 다시는 사용하지 못하게 되더라도 편하게 가위로 잘라내는 것이다. 온은 전자를 택했고, 이 방법이 가능해지기 위해서는 절대적으로 화신이 필요했다.

'그러니 피하지 말아줘. 무얼 보든, 포기하지 말아줘.'

온이 간절히 바랐다. 그래야 마지막 스테이지로 보내줄 수 있었으니까. 한 마디로 이것은 '시련'이었다.

"네, 각오하고 있어요."

화신의 대답에, 온은 안도했다.

"그렇게 말해줘서 고마워. 어쩐지 칙칙한 이야기만 한 것 같아서 미안하네. 그래도 이젠 흥미로워질 거야."

"흥미라는 단어가 무섭게 들리기는 처음이네요."

"때마침 시간이 딱 맞았거든. 즐기도록 해. 즐기는 것도 한 방법이니까."

소파에서 일어난 온이 우아하게 걸어가서 천막을 옆으로 확 밀쳤다. 막혀 있던 것이 사라지자 탁 트인 바다가 보였다. 그런데 바람 한 점 불지 않았음에도 바다가 거칠게 요동치고 있었다.

궁금증을 이기지 못한 화신이 소파에서 일어나 온의 옆에 섰을 때였다. 어깨가 붙잡힌다 싶더니, 꿍꿍이 가득한 미소를 지은 온이 물었다.

"규칙은 지켜야 하니까 묻는 건데, 넌 여기에 있고 싶어? 아니면 날 따라가고 싶어?"

"따라갈게요."

온의 도발을 화신은 기꺼이 받아들였다. 눈을 떠보니 다른 장소에 홀로 남겨져 있는 경험은 한 번으로 족했으니까. 무엇보다 두 번째 게임 이후로, 화신은 솔라키움에서 벌어지는 일들에 대해 진지하게 알고 싶다고 생각했다.

"보여주려고 절 부르신 거잖아요. 그러니 사양하지 않을게요."

일부러 아무렇지 않은 척 말했더니, 온이 매우 기쁜 듯이 활짝 웃었다. 화신도 마주 웃어주는데, 어깨를 붙잡고 있던 손에 힘이 들어갔다. 어라? 할 새도 없이 몸이 붕 떴다. 그리고 눈 깜짝할 사이에 화신은 온과 함께 바다에 가라앉고 있었다.

8.

**영혼참여
재판**

한계까지 참다가 버티지 못하고 숨을 들이켰다. 코와 목이 따끔할 거라는 예상과 달리, 숨을 쉬는 게 편안하다는 것을 깨달은 화신이 꾹 감고 있던 눈을 떴다. 그리고 보인 광경에 하마터면 신성한 법정에서 소리를 지를 뻔했다.

'내가 왜 여기에 앉아 있는 거지?'

분명 온과 함께 바닷속으로 빠졌는데, 눈을 뜨니 전혀 다른 세상에 와 있었다. 방청석의 맨 앞줄에 앉아 있던 화신은 이번 일의 원인인 온을 찾아 두리번거렸다. 그리고 오른쪽 테이블에 앉아 있는 온을 발견했다.

-거기서 뭐 하세요?

제하와 대화를 나눴던 방식 그대로, 화신은 머릿속으로 온에게 말을 건넸다.

-놀랐어? 이번 영혼참여재판에서 내가 피고인 변호를 맡았거든.

-변호사셨어요?!

-아니! 하지만 이번 초대자가 날 선택했거든.

장난스럽게 말하고 있었으나, 온의 눈은 웃지 않았다. 그 기운이 형진의 구슬을 삼키던 제하와 비슷해서 화신은 불안해졌다.

-갑자기 끌려와서 궁금한 게 많을 거야. 그래도 네가 봐줬으면 했어.

이유를 묻고 싶었으나, 재판이 시작되려 하고 있었다. 법정 경위가 모두 일어나라고 말하자, 방청석에 홀로 앉아있던 화신이 머뭇거리며 자리에서 일어났다. 멀찍이 앉아있는 온이 웃음을 참는 것이 보였다.

곧이어 문이 열리며, 창백한 안색의 판사들이 법정으로 들어왔다. 그들 중 키가 작고 단발머리를 한 여성이 재판장 자리에 앉았으며, 쌍둥이처럼 보이는 남녀가 각기 좌우 배석에 앉았다.

"모두 착석해 주십시오."

그 소리와 함께 비어 있던 좌석들이 영혼들로 채워졌다. 혼자라고 생각했던 방청석에 검은 형체들이 바글거리자, 화신은 마른침을 삼키며 자리에 앉았다. 그 순간, 밀도 있고 무거운 기운이 몸을 내리누르는 것을 느낄 수 있었다.

오한이라도 든 것처럼 몸이 떨렸다. 보이지 않는 수십의 눈동자가 자신을 쳐다보고 있는 감각에, 화신은 숨을 쉬는 것이 힘겨워지기 시작했다. 가슴을 움켜쥐며 상체를 숙이는데, 자리에서 일어난 온이 재판장을 향해 말했다.

"이곳에 저 영혼이 있는 것은 솔라키움 규정에 조금도 어긋나지 않습니다. 사자의 허락을 받은 정식 참가자이며, 스스로 선택해 여기까지 왔습니다. 그러니 부디 기운을 거둬주시길 간청드립니다."

"인정합니다. 박화신의 재판 방청을 허락합니다."

차갑고 딱딱한 재판장의 선언에 화신을 억누르고 있던 기운이 순식간에 사라졌다. 편하게 숨을 쉴 수 있게 되었으나, 몸을 옥죄는 냉기만큼은 여전히 주변을 감돌고 있었다. 화신은 어깨를 쓸며 움츠러들었다. 입술이 파랗게 질리며, 온기를 빼앗긴 몸의 떨림은 더욱 심해졌다.

괜히 따라온 걸까? 두려움에 고개를 푹 숙이고 있던 화신이 도움을 요청하듯이 온을 바라봤을 때였다.

-네가 살아있는 영혼이라는 걸 알고 간 보는 거야. 그러니 약해진 모습을 보이지 마.

온이 냉정한 어조로 말을 이었다.

-네가 겁먹었다는 것을 알면, 사슴처럼 가녀린 네 목을 곧장 물어뜯으려 할 거야. 그러니 당당하게 굴도록 해. 내가 널 데리고 온 걸 후회하게 만들지 말아줘.

그렇지 않아도 법정이라 떨리는데, 영혼들의 적대심을 견디는 게 말처럼 쉬운 일이 아니었다.

　-이런 상황에선 누구라도 두려워했을 거예요. 저한테 상황 설명도 해주지 않으셨잖아요.

　억울한 마음에 화신이 반박했다.

　-화신아, 처음 겪는 상황이 올 때마다 누가 설명해 주기만을 기다리고 있을 거니? 모두가 네게 친절하지는 않아. 그리고 저들이 너를 해칠 수 없다는 것도 알고 있잖아. 두려워하지 않아도 돼. 여기까지 온 것만으로도, 넌 여기에 있는 누구보다 강하니까.

　-전 강하지 않아요.

　이젠 목소리도 떨렸다. 시선에 가시가 있는 것처럼, 화신은 피부가 따끔거리는 것 같았다. 그리고 걷잡을 수 없을 정도로, 지독한 공포감이 들기 시작했다. 화신은 숨으려는 것처럼 고개를 숙이고, 팔로 얼굴을 가렸다. 이빨이 딱딱 소리를 내며 부딪쳤다.

　'나는 약해. 그러니까 혼자서는 아무것도 못 하고, 상황에 질질 끌려다니고 있는 거야. 소중한 사람들이 전부 떠나갈 동안 나는 무얼 했지? 전부 내가 제대로 하지 못했기 때문이야.'

　자책하는 말이 화신을 지배하기 시작했다. 그 생각에 몰두할수록, 속닥 벌레의 흔적은 짙어졌다. 이미 내면의 화신은 너무 작아져 있었다. 살고 싶다는 마음을 본인도 모를 만큼.

　-아니. 지금까지 살아있는 것만으로도 넌 강해.

　뚜렷하고 힘이 있는 음성으로 온이 말했다. 겨우 여기서 화신이 무너지는 것을 보고 있을 수는 없었기 때문이다. 아직은 말해줄 수 없지만, 이 계획은 화신을 위한 것이기도 했다. 도와주고 싶었으니까. 화신을 응시하던 온의 눈빛에 안타까움이 스쳤다.

　-넌 아무것도 안 하지 않았어. 계속 유하를 기억해 줬고, 두려워하면서도 상자를 버리지 않았으니까. 게다가 용기를 내서 게임에 참가도 했잖아. 네 행동을 네가 폄하하면 어떡해? 다른 이들이 하는 말은 귀담아듣지 마. 어차피 헛소리니까.

　그 단호한 말투에 거짓말처럼 화신은 위로받았다. 누군가 그렇게 말해주기를 기다리고 있었던 것처럼 몸의 떨림이 서서히 잦아들었다. 오랫동안 방치해서 곪아있던 상처가 드디어 터지며 고름이 흘러내렸다.

　-그런 걸까요? 제가 잘하고 있는 걸까요?

　살짝 고개를 든 화신이, 온의 눈치를 보며 물었다.

　-남의 평가는 신경 쓸 필요가 없다고 말해주고 싶지만
…….. 내가 보기엔 넌 잘하고 있어. 스스로 느끼지 못하고 있을 뿐이야. 아마 유하도 나랑 똑같이 말했을걸? 웬만한 강심

장이 아니고서야, 꿈이라고 해도 제 발로 여기에 들어오는 영혼이 몇이나 되겠어?

온이 대견하다는 듯이 미소 지었다.

-그건, 온 씨 말이 맞는 것 같아요. 사실 이렇게 잘 버틸 줄은 몰랐는데, 생각보다 제가 뚝심이 있는 편인가 봐요. 물론 버겁기도 하고 힘들기도 했지만, 진심으로 절 걱정해 주는 사람이 있다는 걸 알게 돼서 후회되지는 않아요.

숙였던 허리를 편 화신이 마주 웃으며 온을 바라보았다. 자신을 돌아보고 나니, 무척이나 유하가 보고 싶어졌다. 나눠야 할 이야기가 너무나 많았다.

-제가 그랬던 것처럼, 유하도 절 믿고 용기를 내줄 때가 올까요?

-당연하지. 그렇게 될 거야. 그래서 이번 게임이 우리에게는 아주 중요해.

화신은 이유를 묻고 싶었다. 하지만 두 사람의 대화를 기다려주고 있었던 것처럼, 비어 있던 피고인석과 배심원석이 채워졌다. 피고인석에는 이름도, 닉네임도 없이 단순히 B 씨라고만 표시된 여성이 모자를 푹 눌러쓰고 앉아 있었다.

-시작한다. 집중해, 화신아. 혹시라도 궁금한 게 있으면 잘 기억해 둬. 변호하는 중간에는 대답해 주기가 어렵거든.

그렇게 재판이 시작되었다. 무표정한 얼굴의 검사가 자리에서 일어나 배심원을 향해 고개를 숙였다.

"저는 이 사건을 담당하게 된 현정희 검사라고 합니다. 배심원 여러분의 이해를 돕기 위해 공소사실을 화면으로 정리해 봤습니다."

공손한 어조로 인사를 끝낸 검사가 허공에 손짓하자, 동그란 화면이 나타났다.

"10년 전, 피해자가 유포한 성관계 영상에 괴로워하던 피고인 B씨는 자살로 생을 마감했습니다. 피해자 우결함은 인과관계가 인정되어 1년 6개월을 복역하였고, 3년간 아동·청소년 관련 기관에 취업 제한을 받았습니다. 하지만 피고인 B씨는 이승에서 내린 처벌에 수긍하지 못하고, 지속적으로 초대장을 보내 피해자를 괴롭혔습니다."

검사의 말에 맞춰, 4K HD 화질의 선명한 사진들이 넘어가고 있었다.

"20XX년 6월 4일 자정, 솔라키움에서 게임을 진행하던 피고인 B씨는 최종 선택에서 피해자의 영혼에 큰 타격을 입히는 감정적인 선택을 내렸습니다. 그로 인해 피해자 우결함은 사람들이 자신을 쳐다보고 있다는 망상증을 겪게 되었고, 타인에게 폭력을 행사하는 등 일상생활이 불가능해지게 되었습니다."

검사는 다시 진술하기 전에, 우결함이 멀쩡했던 시절을 보여주었다. 친구들과 영국 여행을 간 모습, 승진 축하를 받는 모습들이 지나갔다. 배심원들이 충분히 감상했다고 생각한 순간, 검사가 말을 이었다.

"이처럼 피해자는 솔라키움에 초대받기 전까지 안정적이고 행복한 생활을 보내고 있었습니다. 심지어 연인에게 프러포즈를 하기 위한 계획도 세워둔 상태였습니다. 그러던 중에 솔라키움에 초대받게 되었고, 피고인 B씨의 선택으로 정신적 피해를 입고 미래를 잃었습니다. 피해자 우결함이 자살을 선택할 수밖에 없었던 이유로, B씨의 저주가 큰 영향을 미쳤다고 볼 수 있습니다."

공소 내용을 들은 화신은 어이가 없다는 표정을 지었다. 그러나 한편으로는 놀라기도 했다. 솔라키움에서 겪는 일은 꿈이었기에, 현실에 타격을 주지 않을 거라고 생각했기 때문이다.

"이에 피고인을 지옥법 제25A71조와 제25B62조 규정에 따라 살아있는 영혼 상해 및 자살에 이르게 한 죄로 기소하는 바입니다."

"변호인, 모두진술 해주시죠."

그리고 화를 참는 게 분명한 온이 억지 미소를 지은 채 자리에서 일어났다.

"저는 피고인 B씨의 변호를 맡은 온이라고 합니다. 본 사건은 과거 피고인의 사건과 밀접한 연관이 있기에, 배심원분들께서 판단을 내리시는 데 도움이 될 수 있도록 우결함을 증인으로 청하는 바입니다."

화신은 법정 드라마를 보는 듯한 긴장감에, 손에 맺힌 땀을 바지에 문질러 닦았다. 불리할 게 뻔한데, 우결함이 증인으로 나와 줄까? 화신의 걱정이 무색하게 재판장도, 검사도 익숙하다는 듯이 고개를 끄덕일 뿐이었다. 갑작스러운 증인 요청에 서로 논의하고 그런 것도 없었다. 마치 그게 당연하다는 분위기였다.

잠시 후, 증인석에 우결함이 나타났다. 삐쩍 고르고 창백한 얼굴을 하고 있었으나, 눈에는 독기가 가득했다.

"증인. 이승에서 증인의 삶이 어그러진 이유가 피고인 때문이라고 생각하는 이유를 말씀해 주시겠습니까?"

온이 물었다.

"이승에서 제가 B에게 했던 행동은 옳지 않은 일이었습니다. 하지만 저는 재판을 받고 충분히 죗값을 치렀습니다. 그런데도, B는 지속적으로 꿈속에서 절 괴롭혔습니다. 저는, 저를 자살로 몰아간 정신병의 원인이 B때문이라고 확신합니다."

"증인은 자신이 과거의 저지른 일이 잘못되었음을 알고 후회했으나, 피고인이 계속 괴롭혔다는 의미로 받아들여도 되

8. 영혼참여재판

겠습니까?"

"네, 저는 감옥에서도 계속 반성문을 쓸 정도로 후회 속에서 살았습니다. 그럼에도 B는 절 놓아주지 않았습니다."

뻔뻔함을 넘어서 우결함은 진심으로 그렇게 믿고 있는 듯 보였다. 피고인석에 앉아있는 B씨를 보는 눈빛에선 원망과 억울함이 가득했기 때문이다.

"B를 만나기 전까지, 저는 선량하고 평범한 회사원이었고 사랑받는 아들이었습니다. 그런 저를 위해 많은 분이 탄원서를 내주시기도 했습니다. 물론 영상을 찍은 것은 잘못된 일이지만 처음이었고, 그것도 B가 먼저 찍고 싶다고 해서 한 일입니다. 어쩌다 유출된 것인지는 모르겠으나, 절대 고의가 아니었습니다. 정말입니다."

배심원에게 자신의 억울함을 어필하려는 듯이 우결함이 말했다. 눈물까지 흘리는 모습에, 검은 형체일 뿐인 배심원들이 동요하듯 흔들렸다.

－저 씹새끼. 뚫린 입이라고 막 지어내네?

훅 들어온 온의 욕설에 화신은 화들짝 놀랐다. 거기서 끝이 아니었다. 법정만 아니라면 다 엎어버리고 싶은 심정이라며, 온이 계속해서 투덜거리는 소리가 들렸기 때문이다.

－지금 자기 때문에 자살한 사람을 고소한 상황인 거죠?

화신은 대답을 못 들을 각오를 하고서 물었다. 솔직히 제대로 이해한 건지 모르겠고, 믿고 싶지도 않았다.

-황당하지? 그런데 여기서는 흔한 일이야. 사람들은 말이야. 너무 자주 잊어버려. 내 목숨이 소중하면, 남의 목숨도 소중하다는 간단한 전제를 말이야. 그래 놓고선 어떡해서든 처벌만은 피해 가려고 발버둥을 치지. 지금도 그런 거야.

-B씨의 탓을 해서 살인죄에 대한 형량을 줄이려는 거라고요? 하지만 저 사람이 겪은 정신적 문제가 페널티 때문이라면서요. 괜찮은 거예요?

-괜찮아. 진짜 문제는 재판이 끝날 때까지 폭주하지 않고 버틸 수 있냐는 거니까.

화신은 궁금한 게 많았다. 하지만 온이 다시 변론을 시작하자, 얌전히 방청하는 자세로 돌아갔다.

"그러니까 증인은 원치 않았는데, B씨가 원해서 성관계하는 영상을 찍었다는 뜻인가요?"

"네, 그렇습니다."

"타인의 사진을 몰래 찍은 적도 없으시고요."

"B가 원해서 좀 자극적인 사진을 찍어준 적은 있습니다."

"증인은 지금 거짓말을 하고 있습니다. 증인의 PC에서 확보한 사진을 증거로 제출합니다."

그리고 온이 손가락을 튕기자, 화면이 바뀌었다.

"잠깐만요!"

우결함이 다급히 외치며 벌떡 일어섰으나, 이미 재생된 영상을 막을 순 없었다. 여자 화장실에 카메라를 설치하는 모습, 계단이나 에스컬레이터에서 스마트폰으로 치마 속을 찍는 모습들이 적나라하게 드러났다. 우결함은 자신의 과거가 낱낱이 파헤쳐지는 것을 보면서도 부정할 수가 없었다.

"증인은 지속적으로 타인을 몰래 찍어왔으며, B씨가 먼저 요청했다는 것 또한 사실이 아닙니다."

"아닙니다! 그건 B가 바란 일이었습니다!"

"증인이 성관계 영상에 대해 친구들과 나눈 대화가 있습니다."

저질스러운 내용으로 가득한 대화창이 화면에 나타나자 우결함의 얼굴이 더욱 창백해졌다. B씨가 죽자마자 지워서 없애버렸기에, 절대 찾아내지 못할 거라고 생각했기 때문이다.

"대화 내용을 보시면, B씨가 동의하지 않았다는 말이 정확히 적혀 있습니다."

결정적인 증거에도 검사는 침묵했다. 우결함과 B씨의 이승 자료를 다시 살펴보기는 했으나, 어떤 행동을 취하지는 않았다. 다만, 미간이 살짝 구겨져 있었다.

"그때는 제가 술을 많이 마셨습니다. 그리고 친구들에게 허세부리고 싶어서 그런 것뿐입니다. 결코, 강제로 찍지 않았습니다. 억울합니다! 화장실이나 지하철 사진은 순간적으로 충동을 이기지 못해서……. 하지만 어딘가에 유출해서 피해를 준 적은 없습니다. 저는 정말 제 잘못을 깨닫고, 평생 후회하며 살았습니다. 제가 제출한 반성문을 보시면 아실 겁니다."

당황한 우결함이 우왕좌왕하며 해명했다.

"자료에는 반성문을 36번 썼다고 기록되어 있는데 맞습니까?"

"네, 쓰다 버린 것까지 합치면 더 많을 겁니다."

"그렇군요. 그럼 36번의 반성문은 모두 B씨 가족들에게 보내셨습니까?"

"네? 아니요. B의 주소를 몰랐고, 또 변호사가 가져갔기에 잘 모릅니다."

태연한 거짓말에 온은 이승에서 복사해 온 반성문 36장을 재판장에게 제출했다. 일부는 화면에 띄워졌는데, '재판장님'과 'B'가 나온 단어에 형광펜이 칠해져 있었다. 전자는 9번, 후자는 2번에 불과했다.

"보시다시피, 증인은 누구에게 반성문이 갈지 잘 알고 있었습니다. 만약 B씨에게 반성문을 보내고 싶었다면, 변호인이나 담당 조사관을 통해 전달할 수도 있었을 것입니다.

"그건! 지금 B가 아닌 제가 피고인 같은데, 제재 좀 해주세요!"

상황의 불리함을 깨달은 우결함이 판사석을 보며 항의했다.

"존경하는 재판장님, B씨의 무죄를 밝히기 위해 꼭 필요한 절차입니다."

"피고인 측 변호인이 계속 진행하는 걸 허락합니다."

"감사합니다."

고개를 숙인 온의 눈동자가 어쩐지 푸른색에서 연분홍색으로 바뀌어 있었다.

"증인과 피고인 B씨의 증상을 비교한 자료를 증거로 제출합니다."

서류를 건네받은 재판장이 좌우 배석과 함께 이야기를 나눈 후, 온에게 말했다.

"둘의 증상이 비슷하군요. 솔라키움에서 '눈에는 눈, 이에는 이'라는 페널티를 적용한 것 같은데, 맞습니까."

"네, 그렇습니다. 하지만 솔라키움의 페널티는 강도가 약하고, 의뢰자가 겪은 고통의 10분의 1도 안 된다는 것을 여기 계신 분들은 알고 계실 거라 생각합니다. 그리고 피고인 B씨는 생전 몰래카메라의 피해자였습니다. 인터넷에 돌아다녔던 영상의 출처를 추적해 본 바, 최초 유포자는 증인의 스마트폰이었던 것으로 확인되었습니다."

"아닙니다! 전 유포한 적이 없습니다! 이건 모함입니다!"

"조용, 증인은 정숙하세요. 검사 측, 반론없습니까."

피곤한 기색을 한 검사의 얼굴에선 열의가 없어 보였다.

'저래도 되는 건가?'

진행 과정을 제대로 모르는 화신이 보기에도 검사의 태도는 이상했다. 뭔가 잘 짜인 연극처럼 느껴지기도 했다. 말이 별로 없는 검사와 변호인 편을 들어주는 재판장까지, 법정의 분위기가 온에게 유리하게 돌아가고 있었기 때문이다.

이대로 B씨가 무죄를 받는 것으로 끝나는 건가 싶을 때였다. 배경의 조연처럼 앉아있던 검사가 드디어 자리에서 일어났다.

"델리고 마을에는 살아있는 영혼에 해를 입혀선 안 된다는 규칙이 존재합니다. 하지만 솔라키움에서는 해당 규칙을 어겼습니다."

잠시 말을 멈춘 검사가 다시 변론을 시작했다.

"페널티의 저주는 악몽 이상이 되어선 안 됩니다. 그런데 피고인 B씨가 감정을 조절하지 못한 상태였음에도 사자는 게임을 그대로 진행했습니다. 192회 솔라키움 2번째 게임 영상을 증거로 제출합니다."

검사가 건넨 USB가 곧바로 틀어졌다. 화신은 게임의 배경이 어딘지 단박에 알 수 있었다. 법정에서 눈을 뜨기 전에 걸었던 힐리어 호수의 모래사장이었기 때문이다. 그리고 겁에 질린 우결함의 앞에서 온과 나유가 대화를 나누고 있었다.

[앞으로 무슨 일이 벌어질지, 너와 난 알고 있어. 이대로 두면 유하도, 이 아이도 어떻게 될지 말이야.]

화면 속의 온이 말했다. 아이라고 칭한 사람은 아마도 B씨겠지만 화신은 깊이 생각할 수 없었다. 유하라는 단어에 머릿속이 새하얘졌기 때문이다. 불안감에 위가 쥐어짜는 것처럼 아프기 시작했다. 화신은 배를 움켜쥐면서도 화면에서 시선을 떼지 않았다.

[무사하지 못할 거야.]

굳은 얼굴의 나유가 경고했다.

[그건 두고 봐야 알겠지.]

순간, 온이 화면을 응시했다. 마치 자신을 보는 것 같아서 화신은 기분이 이상해졌다.

[시작해.]

온이 단호히 명령했다. 그러자 우결함을 포박한 나뭇가지가 마인드맵을 하는 것처럼 뻗어나가기 시작했다. 다리부터 시작해서 서로 꼬아지고 풀어지면서 빈틈없이 우결함의 몸을 두르다가 코를 통해 내부로 들어간 나뭇가지는, 핏줄이 서고 누렇게 변한 눈을 통해 밖으로 나왔다.

막혀 있는 입 밖으로 새어 나오던 신음이 뚝 멈추었다. 그리고 벌어져 있던 두 다리가 서서히 조여지고, 두 팔이 만세 하는 형상으로 위로 뻗어지면서……. 우결함은 완벽한 하나의 허귀 나무가 되어 있었다.

"읍."

화신은 토악질이 나올 것만 같아 다급히 입을 틀어막았다. 간신히 울렁거리는 속을 진정시키는데, 배심원들이 웅성거리기 시작했다. 어쩐지 우결함에게 유리해지고 있는 분위기였다.

"저주에 의해 허귀 나무가 된 피해자는, 악령의 시선을 받으며 자신이 낱낱이 파헤쳐지는 고통을 겪었습니다. 그로 인해 영혼에 타격을 입게 된 우결함은 이승에서도 괴로워할 수밖에 없었습니다. 당시 B씨를 막기는커녕 같이 동조하는 온의 모습도 영상에 담겨 있습니다."

검사의 말이 끝남과 동시에 멈췄던 영상이 재생되면서 폭주하는 B씨를 보여주었다. 송재 때와 마찬가지로 속닥 벌레의 독이 전신에 퍼지면서 검은 기운이 주변을 삼키기 시작했다. B씨의 감정이 고조될수록 온의 모습도 달라지기 시작했다.

짐승처럼 세로로 찢어진 동공은 날카롭게 빛났으며, 뾰족한 가시들로 이뤄진 검붉은 색의 날개가 온의 등에 돋아났다.

[너희들 중에서 제대로 된 처벌을 받은 자가 몇 명이나 될까. 어떤 이들은 가슴을 쓸어내렸을 거야. '아, 나는 들키지 않아서 다행이다.' 라고 말이야.]

피눈물을 흘리며 온이 말했다. 듣기 좋던 미성의 목소리가 쇠로 긁어내린 것처럼 걸걸해져 있었다.

'감정은 전염된다고 했는데…… 그래도 영상이니까 괜찮겠지?'

혹시나 온에게 영향을 주지 않을까, 화신이 걱정스럽게 피고인석을 바라보았다. 온은 어디서 개가 짖나, 하는 심드렁한 표정이었다. 그리고 B씨는 모자에 가려져 상태를 알 수 없었다.

"가까스로 멈추긴 했지만, 피해자의 영혼에는 지울 수 없는 크나큰 멍이 생겼습니다. 게다가 현실에까지 영향을 미치게 되면서 우결함은 결국 자살을 택한 것입니다. 그러니 영혼을 제대로 관리하지 못한 온에게도 책임을 물어야 한다고 생각합니다."

고의인지, 검사는 온이 무섭게 변한 부분에서 영상을 멈추고는 말했다.

"솔라키움은 영혼을 위로하기 위해 특별히 만들어진 장소입니다. 그런데 감정에 휩쓸린 피고인과 이를 막지 못한 온은 규칙을 어기고, 영혼을 압박해 심각한 피해를 줬습니다.

또한, 영혼의 재판은 사후 지옥에서 이루어져야 함에도 불구하고 온은 권한 이상의 저주를 내리는 우를 범했습니다."

의욕이라고는 없어 보였던 검사의 적극적인 모습에, 화신은 온에게 물어볼 수밖에 없었다.

-왠지 온 씨를 싫어하는 느낌인데, 혹시 사이가 나쁘신 건가요?

B씨에 대한 사건보다도 온에 대해 더 집중하는 느낌을 받았기 때문이다. 게다가 온의 처벌을 강력히 주장할 때, 검사의 표정은 매우 활기차 보이기까지 했다.

-출신이 다르다는 이유도 있고, 오늘 같은 성격의 재판이 좀 많아서 그래.

-웃음이 나오세요? 이러다 온 씨도 벌을 받겠어요!

화신이 전전긍긍하고 있는데, 검사가 쐐기를 박았다.

"이에 솔라키움 규정 제32조에 의거하여, 변호인이자 사자인 온의 자격을 30년 박탈하고, 지옥법 제25A71조와 제25B62조 규정에 따라 피고인 B씨는 델리고 마을에서 영구 추방 및 지옥 재판을 즉시 받을 것을 요청하는 바입니다."

숨도 쉬지 않고 최후 변론을 마친 검사는 후련한 얼굴로 자리에 앉았다.

"다음 변호인, 최후 변론하십시오."

앞으로 나선 온은 변론을 하기 전에, B씨와 관련된 182,

185, 192회 게임 영상의 마지막 부분을 연결하여 보여주었다.

"보신 것처럼, 피고인 B씨는 솔라키움에서 발행받은 4개의 통행증 중에서 3개를 증인에게 사용하였고, 결과가 모두 같았습니다. 그리고 다음 영상을 보시면, '눈에는 눈, 이에는 이' 페널티가 다른 게임에서도 종종 사용되어 왔음을 아실 수 있습니다. 그런데 왜 증인에게만 가혹한 저주가 되었을까요. 검사 측에서 주장한 우결함의 증상은 3번째 게임인 192회가 끝나고, 1년이 지나서야 발생하였습니다. 시기가 맞지 않죠. 그래서 조사를 해봤습니다."

감정을 내리누르는 듯이, 한차례 숨을 고른 온이 말을 이었다.

"당시 연인과 잠자리에 들었던 증인은 악몽에서 깬 직후, 패닉에 빠져 과거를 스스로 털어놓게 됩니다. 그러다 피고인에게 했던 것처럼 연인과 관계하는 영상을 몰래 찍었다는 사실을 들키게 되면서 파혼을 당했고, 그로 인해 회사에도 소문이 퍼지면서 사직서를 내게 되었습니다. 이때까지도 우결함은 괜찮아 보였습니다."

다시 켜진 화면에는 친구들과 고기를 먹고, 이직 준비를 하는 우결함의 모습이 비쳤다.

"하지만 이직에 계속 실패하면서 증인의 자존감은 떨어지고, 술에 의존하게 됩니다. 그 상태로 4개월 뒤, 우결함은 사람들이 자신을 쳐다본다는 망상과 함께 폭력적으로 변했습니다. 이런 과정으로 볼 때, 증인이 주장하는 증상의 원인은 피고인의 저주가 아닌 본인의 범죄 때문이라고 봐야 합니다. 그렇기에 피고인의 무죄를 주장하는 바이며, 긴 변론 들어주셔서 감사합니다. 이상입니다."

최후 변론이 끝나고 나자, 법정은 화신의 숨소리만 들릴 정도로 조용해졌다. 증인석에 있는 우결함도 미리 언질을 받았는지 입을 열지 못하고 가만히 기다리고 있었다.

-지금 무슨 상황인 거예요? 왜 아무도 말을 하지 않는 거죠?

-의견을 취합하는 중이라서 그래. 굳이 소리 내어 대화하지 않아도 말이 통하니까. 이제 슬슬 선고가 내려질 거야.

온이 예고한 것처럼, 갑자기 방청석과 배심원석에 앉아있던 영혼들이 하나둘 사라지기 시작했다. 그리고 좌우 배석과 잠시 대화를 나눈 재판장이 엄중한 표정으로 선고를 내렸다.

"피고인 B씨의 사건 선고를 하겠습니다. 공소사실인 영혼 상해 및 이승의 영혼을 자살에 이르게 한 죄에 대해 배심원의 평결은 전원 만장일치로 무죄를 선고합니다."

"개소리하지 마!"

우결함이 자리를 박차고 일어섰다.

"증인, 자리에 앉으세요. 증인!"

재판장이 서슬 퍼런 목소리로 경고했다.

"이건 말도 안 됩니다! 앞날 창창하던 제가 갑자기 미쳐 죽었는데, 왜 저년이 무죄입니까!"

"선고는 끝났습니다. 법정에서의 난동은 향후 지옥 재판에서 불리하게 적용될 수 있습니다. 진정하고 앉으세요, 증인."

"씨발, 개 X같네! 이게 무슨 재판이야!"

거칠게 머리를 쓸어 넘기던 우결함이 제분에 못 이겨 의자를 집어던졌다. 순식간에 무거운 공기가 법정을 휘몰아쳤다. 그리고 재판장은 말없이 우결함을 내려다보았다. 보이지 않는 힘이, 곧장 우결함에게 쏟아졌다. 처음에 버티는 듯했으나, 얼마 가지 못해 다리가 꺾이면서 우결함은 무릎을 꿇게 되었다.

"재판장님, 진실의 거울을 쓸 수 있도록 허락해 주십시오."

아무도 입을 열지 못하고 있을 때, 온이 웃으며 요청했다.

"증인, 아직도 판결이 부당하다고 생각합니까."

"네! 다시 생각해 주십시오!"

"흠. 변호인, 사용을 허가합니다."

재판장이 한숨을 내쉬며 고개를 끄덕였다. 곧이어 지진이라도 난 것처럼 바닥이 흔들리더니, 우결함의 앞에 길이 3m, 폭 2m의 거울이 솟아났다.

"이게 뭔데요? 잠깐, 이거 놔요! 이봐요!"

눈을 감은 법정 경위가 억지로 우결함을 일으켜 세웠다. 힘이 어찌나 센지, 꼼짝도 못 하고 강제로 턱이 잡혀 거울을 봐야 했다. 그리고 우결함은 거울을 통해 타인의 눈에 비친 자기 모습을 보게 되었다.

B씨의 사망 소식을 듣고 허겁지겁 변호사를 찾아가는 모습, 물에 담갔다가 뺀 스마트폰을 고의로 충전하는 모습, 돈을 주고 반성문 업체를 이용하는 모습, 그리고 친구들에게 B씨를 나쁜 여자로 몰아가는 모습까지……. 그 속에 선량하고 억울한 우결함은 없었다.

"이미 지나간 죄에 관해 묻는 건 부당합니다! 시발, 나는 이미 벌을 받았다고!"

"탄생부터 죽음에 이르기까지, 저승은 모든 과정을 살펴보기 때문에 이승의 재판과 같을 수가 없습니다. 증인은 지금까지 한 번도 B씨에게 용서를 구하지 않았고, 자신을 되돌아보지 않았습니다. 그것이 증인이 또 이곳에 있는 이유입니다."

우결함이 멍하니 재판장을 올려다보았다. 그리고 뭔가를 깨달은 얼굴로 B씨의 앞으로 달려가려고 했다. 하지만 경위의 손에 붙잡혀 옴짝달싹할 수 없게 되자 소리쳤다.

"내가 잘못했어, B! 그럴 의도로 찍은 건 아니었어. 그냥 우

8. 영혼참여재판

리가 사랑을 나누는 걸 찍고 싶었을 뿐이야! 진짜야! 애들한
테 보여준 것도 자랑하고 싶어서였어, 설마 영상이 퍼질 줄
은 몰랐어! 미안해. 제발 용서해 줘!"

어떡해서든 용서받으려 우결함이 B씨의 이름을 애타게 불
으나 소용없었다. 모자의 챙이 얼굴을 가릴 정도가 아니었
음에도 우결함은 B씨의 얼굴을 볼 수도, 목소리를 들을 수도
없었다.

"재판을 폐정합니다."

"기다려주세요! B! 야! 대답 좀 하라고! B!"

악을 쓰던 우결함의 얼굴이 사색이 되었다. 발아래에 나타
난 검은 그림자가 지옥으로 향하는 문이라는 것을 깨달았기
때문이다. 도망치기 위해 몸부림쳤으나, 우결함은 순식간에
아래로 빨려 들어가 버렸다.

"마지막까지 토씨 하나 틀리지 않고 똑같은 결말이군. 이
것으로, 그대의 마음의 짐도 조금은 덜어졌기를."

재판장의 말을 끝으로 공기가 환기되듯이 숨쉬기가 편해
졌다. 그리고 법정 안에는 화신과 온만 남게 되었다.

"너한테도 의뢰자의 이름이 보이지 않았을 거야. 그 이유
가 뭔지 알겠니?"

B씨가 있던 곳을 슬프게 바라보며 온이 물었다.

"제하 씨는 의뢰자가 직접 선택한다고 했어요. B씨는 자신

을 숨기고 싶었던 건가요?"

"응. 이승에서 하도 시달려서 죽어서조차도 자신이 누군지 밝히고 싶지 않아 했어. 그놈의 이름이 닉네임인 것도 같은 이유에서지."

쓸쓸한 어조로 온이 설명했다. '이놈이 나쁜 놈이다!' 하고 보여줘도 될 텐데, B씨는 그것조차도 두려워했다. 혹시나 우결함을 기억한 누군가 인터넷에 검색해 볼까 봐, 그래서 지우지 못한 자신의 영상을 발견하게 될까 봐 무서워했기 때문이다.

"대체 무슨 일이……."

뭔가를 깨달은 화신은 말하다 말고 입을 다물었다.

"고마워. 묻지 않아 줘서."

문장을 완성하지 않고 멈춘 화신의 배려를 알기에, 온이 생긋 웃어 보였다.

"참, 너에게 보여줄 게 있어. 규칙 때문에 말해줄 수는 없지만 보여주는 것은 가능하거든."

소리가 가까워졌다 싶더니, 온이 눈 깜짝할 사이에 화신의 앞에 서 있었다. 그리고 화신의 손을 잡고 진실의 거울을 향해 거침없이 걸어가기 시작했다.

"잠시만요. 게임은 끝난 거 아니었어요?"

또 아무것도 모른 채 당하고 싶지 않았던 화신이 발에 힘을 줘 버렸다.

"음, 가보면 알게 될 거야. 너한테 도움이 되는 일이거든."

"그게 뭔데요? 대충이라도 말해주세요."

잠시 거울 쪽을 확인한 온은, 화신이 알고 보는 게 낫다고 결론을 내렸다.

"유하의 사건이 자살로 결정지어진 이유가 뭐였지?"

갑작스러운 주제였지만 화신은 어떤 관련이 있다고 생각했기에 얌전히 대답했다.

"같은 반 애들이 증언을 했어요. 성적 때문에 스트레스를 많이 받는 것 같았다고요."

"그렇구나. 근데 유하의 몸에 멍이 있었잖아. 그건 아무도 의심하지 않았어?"

"그것도, 사소한 다툼이라고 했어요. 유하가 먼저 시비를 걸었고, 그래서 싸웠다고요."

"맞아, 매수당한 애들이 그렇게 말했지. 근데 너는 학교 폭력이 원인이라고 생각했어. 뭐라도 들었던 거니?"

"네? 그건, 그러니까. 상자요! 저는 상자를 봤으니까요."

"상자를 받은 건 최근이었잖아. 다시 잘 생각해 봐. 나는 네가, 유하의 자살이 학교 폭력이라고 확신하는 이유가 궁금해서 그래. 윤정이에게 도와달라고 찾아갔을 정도로, 확실한 뭔가가 있었던 거지?"

화신은 혼란스러워지기 시작했다. 분명 윤정을 찾아갔고 거절당했으니까. 대체 무엇 때문에 그렇게 생각했던 걸까. 기억이 뒤죽박죽이었다.

"역시 너도 모르는구나. 하긴, 온전한 기억이 아닐 테니까."

자신의 추측이 맞아 기쁜 것처럼 온이 활짝 웃으며 말했다.

'어디서부터 잘못된 거지?'

화신이 미간을 찌푸렸다. 윤정을 찾아가기 전에 무슨 일이 있었는지 자세히 기억해 보려고 했지만, 또다시 깨질듯한 두통이 찾아왔다. 마치 떠올려선 안 된다는 것처럼.

-무슨 짓이야, 누나!

그때, 법정 문이 열리며 나유가 나타났다.

"쟤는 무시해. 너도 알고 싶지? 진짜 무슨 일이 있었는지 말이야."

나유를 보기 위해 뒤로 돌아가 있던 화신의 턱을 잡아 원위치 시키며 온이 말했다.

"네, 보고 싶어요."

화신이 승낙하자, 온을 막을 수 있는 것은 아무것도 없었다.

-보지 마, 보면 안 돼!

다급한 목소리로 나유가 소리쳤다. 진실의 거울은 영혼이 외면하고 있는 것, 감추고 있는 것을 저주의 힘으로 억지로 끄집어내 보여주기 때문이다. 게다가 악한 것은 보는 것만으

8. 영혼참여재판

로도 영혼에 상처를 입힌다. 잔인하고 험한 것에 모자이크 처리를 하는 이유가 무엇이겠는가.

결국, 제하가 우려했던 일이 벌어지려 하고 있었다. 순수하게 진실을 알려주려는 온의 바람과는 달리, 진실의 거울을 마주하게 된 화신은 분명 괴롭고 아프게 될 터였다.

-그만둬, 누나! 충격받을 거야!

"시간 없으니까 방해하지 말아 줄래?"

계획대로 허락을 받긴 했으나 세 번째 게임이 끝난 이상, 진실의 거울은 곧 원래의 자리로 돌아갈 터였다.

-형, 보고만 있을 거야?!

"이미 늦었어."

한 가지 생각에 사로잡힌 온은 거울 앞에 선 화신을 뒤에서 끌어안고서 귓가에 속삭였다.

"거울을 봐. 네가 알고 싶어 했던 진실이 보일 거야."

아이를 달래는 듯한 상냥한 음성에 화신은 홀린 듯이 거울을 응시했다. 오싹하게도 거울에 비치는 사람은 화신 한 사람뿐이었다.

-이대로 두면 정말 미칠지도 몰라! 제발, 제하 형!

나유가 기겁하며 소리쳤다. 두려운 마음을 가득 담아 외친 것이 효과를 본 것일까. 인상을 찌푸린 온이 화신에게서 떨어지며 뒷걸음질 치기 시작했다.

"아직은 아니야! 지금은 내 시간이라고!"

뭔가를 쫓아내려는 듯이 거칠게 머리를 흔들며 온이 소리쳤다.

-아니야! 세 번째 게임은 완전히 종료됐어, 형!

"이러기야? 너도 동의했잖아!"

-이것까지 동의하지는 않았어. 내가 위험하다고, 실행하면 반대할 거라고 경고했잖아.

"나유 너⋯⋯. 나중에 울고불고해도 관람차 태울 테니까, 그렇게 알아."

이를 갈며 온이 위협했다.

"아, 좀 기다려봐! 아직 화신이랑 더 있고 싶단 말이야!"

누군가를 향해 온이 떼를 쓰기 시작했다. 하지만 이번에 열린 솔라키움의 총괄 사자는 가위바위보에서 이긴 제하였다. 의뢰자가 선택하기 전이나, 선택을 끝낸 후에는 제하의 인격이 우선시 되었기에, 온의 반항은 오래가지 못했다.

오만상을 찌푸린 온이 아랫입술을 툭 내민 채로 투덜댔으나 얼마 가지 못했다. 고운 선을 가진 온의 몸이 점점 변해가더니, 발밑에서 맴돌던 검은 연기가 주변을 둘러싸기 시작했다.

-형!

연기가 걷히고 난 뒤에 나타난 이는 제하였다. 한 치에 머뭇거림도 없이 화신에게 뛰어간 제하가 손을 뻗었다. 지우고 싶은 과거를 마주하는 것은, 미리 각오한 자들에게도 쉽지 않은 일이었기 때문이다.

"보지 마십시오!"

제하가 두려운 듯이 화신의 팔을 낚아챘다. 몸과 함께 화신의 고개가 서서히 돌아가는 것을 보며 안도했을 때였다. 쩌저적. 화신의 시선과 맞닿았던 부분부터 금이 가기 시작했다. 중간에서부터 시작된 균열은 거울 전체로 순식간에 퍼져나갔다.

이런 상황은 처음이었다. 반응이 없는 화신을 재빨리 끌어안은 제하가 투명한 막을 겹겹이 세웠다. 도망치기엔 늦었다고 판단했기 때문이다.

곧이어 텅! 소리와 함께 거울이 터져나갔다. 얼마나 잘게 깨졌는지, 허공에 흩뿌려진 거울의 잔재가 햇빛을 받아 보석처럼 반짝거렸다. 미미한 잔해들은 투명한 막에 부딪히기도 전에 가루가 되어 사라졌다.

한참을 그 상태로 있던 제하는 몸 위로 덮쳐오는 무게에 당황스러운 표정을 지었다.

-기절한 거야?

"그런 것 같습니다. 나유 군, 문을 열어 주십시오."

깨어난 화신이 어떤 반응을 보일지 몰라, 제하는 안전한

장소로 이동하고 싶었다. 조심스럽게 화신을 안아 들고서,
이번만큼은 잔소리 없이 기꺼이 문을 열어준 나유의 뒤를 따
라 제하는 어둠 속으로 들어갔다.

9.

확인

터널의 끝은 정원이 잘 보이는 어떤 방과 이어져 있었다. 침대, 책상, 장롱 등 필수 가구들만 비치된 아담한 방에는 곳곳에 놓여 있는 화분 말고는 개인적인 물건들을 찾아보기가 어려웠다.

-미안. 바로 생각나는 장소가 여기밖에는 없었어.

지레 찔린 나유가 땀을 뻘뻘 흘리며 제하에게 변명했다. 상황이 급해서 새로운 장소를 상상할 여유가 없었기 때문이다. 그래서 눈에 보이는 제하의 침실로 도착지를 지정해 버렸다.

-지금이라도 다른 곳으로 바꿀까?

"됐습니다. 어차피 오래 있진 않을 테니, 깨어날 때까지 기다리기로 하죠."

조심스럽게 침대에 화신을 눕힌 제하가 창문 앞에 마련된 테이블에 앉았다. 시간적인 여유가 있어서 다행이었다. 다음 게임은 여러 참가자의 기억들이 혼합된 장소에서 진행될

9. 확인

예정이라, 최종 점검을 위해 시작 시각을 뒤로 미뤘기 때문이다.

"나유 군."

잠시 창밖을 보던 제하가 나유를 불렀다. 그러자 침대에 엎드려 화신을 보고 있던 나유가 쪼르르 뛰어와 제하와 마주 보는 의자에 앉았다.

-게임 준비가 마무리되려면, 앞으로 20분은 더 기다려야 해.

질문을 어림짐작한 나유가 말했다.

"다른 게 아니라, 확인하고 싶은 게 있습니다."

-뭔데?

나유가 거짓말이라고는 모를 것 같은 순진한 눈으로 제하를 응시했다.

"기록에는 없지만, 분명 화신 씨는 우리 마을에 온 적이 있습니다."

따사로운 햇살이 비추고, 해바라기 위를 잠자리가 날아다니는 평화로운 바깥 풍경을 바라보며 제하가 나지막하게 말했다. 거울 앞에서 화신을 구하던 찰나의 순간, 제하도 보았기 때문이다.

핑크빛 잎들이 하늘하늘 떨어지는 벚꽃 나무 아래에서 교복을 입은 여자가 멍하니 앉아 있었다. 제하는 헝클어진 머리카락과 퀭한 두 눈, 그리고 속닥 벌레의 독이 맞닿기 직전인 여자를 처음엔 알아보지 못했다. 조끼에 달린 명찰이 아니었더라면 다른 사람이라고 착각했을 정도로 분위기도, 상태도 엉망이었기 때문이다.

나무 한 그루와 잔디밖에는 없는 공간이 솔라키움에서 만들어낸 허구라는 것을 알아본 제하는 기억에 없는 장면에 당황했다. 더군다나 화신의 손에는 서명이 적힌 통행증이 쥐어져 있었고, 게자리가 각인된 은화는 분명 유하의 것이었다.

"모든 과거를 기록하는 나유 군이라면 알고 있었을 겁니다. 제가 뭘 모르고 있는 겁니까."

-영혼과의 약속은 함부로 발설할 수 없다는 거, 잘 알고 있잖아.

"좋습니다. 그럼, 직접 듣도록 하죠. 그릇을 하나 만들어줬으면 합니다."

-하지만 유하가 받아들일까?

갑작스러운 요청에 눈을 동그랗게 뜬 나유가 물었다.

"원하는 것을 얻고 싶다면, 제안을 받아들일 겁니다."

화신이 거울을 본 순간부터, 기적이 느껴질 정도로 유하가 동요하고 있었기 때문이다. 그렇기에 제하는 기회라고 생각했다. 감정에 흔들리는 영혼은 불안정하고, 빈틈을 찾기 쉬울 테니까. 지금이라면, 유하가 간절하게 숨기고 있는 것이 무엇인지 알아낼 수 있을 것이다.

9. 확인

-이것도 규정 위반이라는 거 알지? 어휴, 오래는 못 해.

거절할 거라는 예상과 달리, 나유는 찝찝해하면서도 수락했다. 온을 말리지 못했다는 죄책감과 제하에게 말해서 게임을 무사히 끝내고 싶은 마음이 함께 작용한 것 같았다. 의자에서 내려온 나유의 손에는 흙으로만 채워진 화분이 하나 들려 있었다.

바닥에 화분을 내려놓은 나유가 짤막한 손가락으로 흙을 파냈다. 그리고 유하의 이름이 적힌 통행증을 하나 심고 정성스레 흙을 덮고서 일어났다.

-유하가 거부하면 나도 어쩔 수 없, 어라?

화분에서 흙이 눈덩이처럼 불어나더니, 이윽고 점토로 만든 화분을 깨고 무럭무럭 증식하기 시작했다. 누군가 조물조물하고 있는 것처럼 진흙이 저절로 위로 쌓아 올려졌다. 그리고 영혼이 자리를 잡아 갈수록 인간의 형태를 띠기 시작했다.

-진짜 나타났네.

나유가 멍하니 중얼거렸다. 완성된 인형은 제하와 쌍둥이처럼 똑 닮아 있었다. 곧이어 인형의 눈이 떠지며, 가을의 따듯함을 닮은 밤색 눈동자가 드러났다. 유하의 시선이 곧장 화신에게 향했다.

"우리가 본 것과 같은 것을, 화신 씨도 보았을 겁니다."

-최악이네요. 가장 보여주고 싶지 않은 장면이었는데
…….

쓴웃음을 지은 유하는 도망가거나 저항하지 않았다. 오히려 알아서 남은 의자에 앉기까지 했다. 끝까지 숨겨야 할 진실의 일부를 들켜버린 이상, 선택지는 하나뿐이었으니까. 화신을 위해서라도 지금은 제하에게 협조할 필요가 있었다.

"제 기억의 빈틈이 생긴 건, 당신과 거래한 대가입니까?"

-네, 그러니 이건 계약 위반이에요.

"그렇다면 왜 온이 자신의 기억을 의심하도록 자극했습니까. 그로 인해 규칙을 어기면서까지 온은 화신 씨를 무모하게 끌어들였습니다. 그리고 당신은 그걸 지켜보기만 했고요."

-제가 모순적으로 굴고 있다는 건 알아요. 하지만 윤정이가 솔라키움에 의뢰서를 넣었을 때, 알아버리고 말았거든요. 저는 뭐라도 해야 했어요.

고요하던 호수 위에 파장이 생긴 것은 그때였다. 유하의 눈동자 속에 분노가 일렁거리며, 푸른 불꽃이 타올랐다. 하지만 나눠야 할 대화를 상기한 유하는 평정심을 유지해야 했고, 안전한 상태의 화신을 보는 건 도움이 되었다.

-그 자식과는 무슨 악연이기에, 계속 저희와 엮이는 걸까요. 정말 낯짝도 두껍지. 어떻게 화신에게 다가갈 수 있죠?

9. 확인

그 소식을 듣는데, 기가 막히고 코가 막히더라고요. 그래서 가만히 보고 있을 수가 없었어요. 알려줘야만 했어요.

하지만 강준에 대한 감정은 여전히 버거워서, 유하의 목소리가 살짝 커졌다.

"그래서 거울을 통해 알려주려고 했던 겁니까. 위험했습니다."

-알아요. 그러지 말았어야 했는데…….

유하가 고개를 푹 숙였다. 설마 가장 감추고 싶었던 비밀을 화신에게 보여줄지는 몰랐으니까. 이럴 줄 알았다면, 거울을 이용하는 게 아니라 직접 강준에 대해 털어놓는 게 나았을 뻔했다. 그랬다면, 화신이 다시 위험에 빠질 일도 없었을 텐데.

-화신이 잘못된 길로 갈까 봐, 마음이 급했어요.

어떻게 구한 연인인데……. 악의 구렁텅이에 빠지는 것을 마냥 보고만 있을 수는 없었다. 하지만 아무리 초조해졌다고 해도 화신을 위험하게 만든 것은 잘못이었다. 유하는 심장이 만 갈래로 찢어지는 것처럼 고통스러웠다. 그때보다는 많이 좋아 보였으나, 여전히 초췌하고 생기가 없어 보였다. 그런 화신을 바라보는 유하의 눈동자는 슬픔으로 가득했다.

"무슨 일이 있었는지, 제게 말해줄 수 없는 겁니까."

-안 돼요. 한 사람이라도 알게 되면, 그건 비밀이 아니잖아

요.

"선택적인 진실은 없습니다. 뭔가를 알려주고 싶다면, 전부 밝혀질 각오도 하십시오."

–제하 씨한테 충고를 들을 줄은 몰랐는데……. 죄송하지만 그래도 저는 끝까지 말할 생각이 없어요.

진실이라는 게 마냥 좋지만은 않다는 것을, 유하는 8년 전에 깨달았다. 말해주지 않았더라면 하는 후회를 얼마나 했는지 모른다. 그랬더라면 너는 조금 덜 아팠을까? 다섯 걸음이면 닿을 거리에 화신이 있었다. 가까이 다가가 온기를 느끼고, 잠깐이라도 대화를 나누고 싶었다.

하지만 유하는 몰려오는 충동을 간신히 내리눌렀다. 그때처럼 또, 전부 말하고 싶어질 테니까. 유하는 같은 실수를 반복하고 싶지 않았기에, 닿아선 안 된다고 속으로 되뇌었다.

"스스로 기억해 낼 수도 있습니다."

–그건 불가능해요.

단호한 부정에 제하가 의심 어린 눈으로 바라보자, 유하가 말을 덧붙였다.

–이제 작은 힌트도 주지 않을 거거든요.

"만약 화신 씨가 간절히 원한다면 어떻게 하실 겁니까."

유하는 대답을 망설였다. 기억의 주인이 바란다면, 아무리 계약이라고 해도 파수꾼은 화신의 편을 들어줄 것이다.

-부추기지 마세요. 화신은 감당할 수 없을 거예요.

"그건 당신이 판단할 문제가 아닙니다."

-죄송하지만 시간이 다 된 것 같네요.

제하도 느끼고 있었다. 제 몸이 유하의 영혼을 끌어당기는 힘을 말이다. 그릇에 구속된 영혼은 솔라키움에 참가하거나, 정식으로 외출을 허락받지 않으면 밖으로 나올 수 없었기 때문이다.

-부디 화신이를 지켜주세요.

"직접 하는 건 어떻습니까."

-몸의 통제권을 제게 맡기시려고요? 음, 위험하지 않을까요?

"그 반대일 수도 있다는 생각은 해보지 않았습니까?"

생각지도 못한 달콤한 제안에 유하가 멈칫했다. 그릇에 있는 영혼은 과거를 살기에, 화신을 향한 유하의 마음은 살아 있을 때보다 더욱 커져 있었기 때문이다.

'차라리 곁에서 화신이에게 필요한 정보를 주는 게 낫지 않을까.'

어쩌면 함께 할 수 있는 마지막 기회일지도 몰랐다. 그래서 유하는 흔들렸다. 하지만 화신을 위험하게 만들지 않을 거란 확신이, 아직은 부족했다.

-그 자식을 죽이지 않을 거란 확신이 들면……. 그때 부탁

드릴게요.

"굳이 강준을 만나게 할 필요가 있습니까. 화신 씨는 당신이 하는 말을 믿을 겁니다.

-글쎄요. 아마 어려울 거예요. 생각보다 얽혀 있는 이야기가 많거든요.

예상보다 온이 적극적으로 나서는 바람에, 화신이 기억의 모순을 알게 되었다. 이제 어중간한 말로는 납득시키기 어려울 것이다. 그래서 더욱더 게임을 통해 화신이 직접 알아낼 필요가 있었다. 가장 중요한 기억은 어차피 자신에게 있었으니까.

-화신이를 잘 부탁드려요.

그 말을 끝으로, 유하를 담은 그릇이 무너지며 바람과 함께 흩어졌다.

"끝까지 대답해 주지 않는 걸 보니, 단단히 결심한 모양입니다."

제하가 허공에 말을 걸자, 뒤에서 사부작거리는 소리가 들려왔다. 눈을 뜨고 침대에서 일어난 화신이, 잠깐 자리를 비운 나유의 자리에 앉으며 어떻게 알았느냐고 물었다.

"유하도 알고 있었을 겁니다. 그래서 더욱 말해주지 않은 거겠죠."

"맞아요. 자신보다 남을 더 생각하는 아이거든요."

그립다는 얼굴을 한 화신은 기절할 정도로 충격적인 일을 겪은 사람답지 않아 보였다. 눈 밑의 거뭇함은 단순히 피로해서 생긴 거였고, 생각보다 얼굴색도 나쁘지 않았다.

"거울 속에서 무엇을 보았습니까."

찬찬히 화신의 상태를 확인하던 제하가 물었다.

"중학교 3학년 때, 유하와 사귀고 나서 처음으로 데이트했던 장소였어요. 좋은 자리를 못 잡을까 봐 수업을 통째로 빼먹고 갔는데, 벚꽃이 아래로 떨어지는 모습이 무척 아름다웠어요."

아직도 그 장면이 생생했다. 떨어져 내리는 잎을 잡으면 소원이 이루어진다고 해서 둘이 함께 허공을 허우적거렸던 것도, 자신이 만든 찢어진 샌드위치와는 다르게, 보기도 좋고 먹음직스러웠던 유하의 유부초밥도 말이다. 떠올리는 것만으로도 미소가 피는 그런 날이었다. 집으로 돌아갈 때까지 웃음이 끊이지 않았고, 간질간질하던 심장이 햇볕 아래에 벼를 닮은 눈동자를 보면 터질 것처럼 쿵쾅댔다.

화신은 거울 속에서 그날의 일을 겪고 있었다. 아주 짧은 시간이었지만 행복으로 가슴이 가득 차는 것만 같았다. 비록 마지막에는 다시 나락으로 떨어졌지만 말이다.

"그런데 제가 겪지 않은, 현실과 다른 부분이 있었어요."

거울이 깨지기 직전에 나타난 영상은 불길한 분위기를 나타내기 위해 색조를 낮춘 것처럼 어두웠다. 화신은 나무 기둥에 기대어 앉아 있었고, 유하의 얼굴은 충격으로 일그러져 있었다.

"유하가 걱정하는 게, 그 기억 때문일까요?"

"어느 정도 관련은 있어 보입니다. 유하의 거래 조건은 저도 확인할 수가 없기에, 알고 싶다면 게임을 계속해야 합니다. 하지만 당신이 원치 않는다면, 여기서 멈춰도 됩니다."

"여기까지 왔는데 그럴 수는 없죠."

충분히 두려울만한 상황이었음에도 화신은 웃었다. 오히려 가려웠던 부분을 찾은 것처럼 시원해 보이기까지 했다.

"그런데 강준의 기억은 어디까지인가요?"

앞선 게임에서 초대받은 자는 게임의 막바지에 기억을 되찾고는 했다. 만약 강준도 마찬가지라면, 화신은 그가 어디까지 기억하고 있을지 궁금했다.

"게임 진행에 영향을 미칠만한 부분들을 덜어내고, 고등학교 2학년 때까지의 기억입니다."

"기억을 지우는 특별한 이유라도 있나요? 자신이 한 일을 기억하지 못하는 건, 피해자에게 너무 가혹한 것처럼 느껴져서요. 그건 좀 불공평하지 않을까요?"

나는 전부 기억하는데, 상대방은 아무것도 모르고 있다면 속이 썩어 문드러지지 않을까. 편안한 얼굴로 내게 말을 걸

고, 웃는 것을 나는 견딜 수 있을까? 솔라키움의 규칙이라고
하더라도 화신은 생각만으로 머리에 열이 오르고 속이 매스
꺼워지는 것 같았다.

"당신이 살던 세계는 공정했습니까?"

담담히 질문하는 말 속에는 뼈가 있었다.

"솔라키움의 불공정은 의뢰자들이 아니라, 초대받은 자들
을 위해서입니다. 당신이 모습을 바꾸고 강준을 만나게 되는
것과 같은 이치죠."

가장 중요한 기억을 제거해 버린 후에도 같은 일을 반복
하는지, 어떤 모습을 보이는지가 핵심이었다. 그건 의뢰인
이 선택을 내리기 위한 판단에 꼭 필요한 것이기도 했다. 아
는 자와 모르는 자의 간격은 크다. 그들은 절대로 피할 수도,
변명할 수도 없을 것이다. 솔라키움에서 일어나는 일은 전부
기록되고 있기에, 벗어나는 것은 불가능했으니까.

말을 마친 제하는, 미소 짓고 있는 화신을 보곤 살짝 당황
했다.

"화낼 줄 알았습니다만."

"전혀요. 오히려 고소한데요?"

"의미를 모르겠습니다."

"나에게 불리할 때는 공평하지 않다고 생각했는데, 반대로
그들에게 불리하다고 하니까 좋아서 웃음이 나네요. 저도 어

쩔 수 없이, 저만 아는 사람인가 봐요."

그렇게 말한 뒤, 소리 내어 웃는 화신을 보면서 제하는 아무런 말도 할 수 없었다. 원래라면 역시 인간이란 어쩔 수 없는 존재라며 못마땅한 기분이 들어야 하는데, 감정에 솔직하게 기뻐하는 화신의 미소가 보기 좋다고 생각해 버렸기 때문이다.

'곤란하군요.'

유하에게서 전해지는 파장이 무의식적으로 제 것처럼 느껴지기 시작한 제하는 초조한 마음이 들었다. 온에게 자리를 넘긴다면 시간을 늦출 수는 있을 것이다. 하지만 알 수 없는 불안감이, 마치 화신의 곁을 떠나지 말라는 듯이 제하를 붙잡고 있었다.

"정말 여기서 멈추지 않을 겁니까?"

그만두길 바라는 마음으로 제하가 질문했고, 화신은 처음보다 훨씬 단단해진 눈빛으로 대답했다.

상자를 열어야 할까. 아니면, 모르는 척 계속 닫아두어야 하는 걸까. 지난 8년을 되돌아보면, 때로는 진실을 덮어두는 것이 삶을 평화롭게 만들기도 했다. 한 사람의 삶을 깊숙이 들여다보는 경우는 별로 없었으니까. 그 속마음이 어떻든 간에, 사람들은 겉으로 보이는 평화에 만족했다.

하지만 무서워도 알아야만 하는 진실도 있었다. 화신은 무슨 일이 있어도 피하지 말자고 의지를 다졌으나, 막상 상황이 닥치자 어떤 얼굴을 해야 할지 알 수 없었다. 가장 필요한 순간에 도망치듯 떠나버린 윤정과 가장 커다란 퍼즐을 쥔 강준이 맞은편에 앉아 있었기 때문이다.

'괜찮을까요?'

게임이 시작되기 전, 화신이 긴장한 얼굴로 물었다.

'알아보지 못할 겁니다. 꿈에선 이상한 배경도, 앞뒤가 맞지 않는 내용도 의심하지 않으니까요.'

담백한 제하의 대답처럼 두 사람은 달라진 화신을 보고

도 이상하게 여기지 않았다. 게임이 시작되고 나서 긴 머리는 어깨까지 짧아졌고, 보름달처럼 둥글었던 이마는 평평해졌으며, 쌍꺼풀이 사라지면서 인상 자체가 달라졌음에도 말이다.

'진짜 들키지 않았어.'

화신이 속으로 신기하게 여기고 있을 때, 고등학생이 된 윤정이 옆에 앉아 있던 남자의 팔짱을 끼며 말했다.

"이렇게 만나게 될 줄은 몰랐는데! 소개할게, 내 남자친구!"

강준을 소개하는 윤정의 목소리가 평소보다 2배는 들떠 있었다. 환하게 웃고 있는 윤정의 주위로 마치 하트가 춤을 추는 것만 같았다. 이게 꿈이 아니었다면……. 강준이 유하를 괴롭힌 가해자도, 자신과 연인 관계도 아니었더라면 화신은 진심으로 축복해 줬을 것이다.

–과거는 생각하지 마십시오. 지금은 게임이 설정한 장단에 맞춰줘야 합니다.

제하가 일침을 가하는 것과 동시에, 윤정이 눈을 반짝이며 반응을 기다리고 있었다. 그래서 화신은 고민을 내려두고, 입을 열었다.

"정말? 축하해. 두 사람, 잘 어울린다."

가까스로 입매를 끌어올렸으나, 한마디를 내뱉을 때마다

화신은 울컥 치미는 감정을 느꼈다. 윤정을 향한 배신감이 고개를 들었기 때문이다.

'설마 사귀고 있다던 남자친구가 강준일 줄이야.'

고등학교 1학년 2학기 무렵이었다. 화신은 멋진 남자에게 고백받았다고 자랑하던 윤정의 말을 기억했다. 그리고 정확히 일주일 뒤에 사귄다는 말은 듣게 되었지만, 얼굴을 보지는 못했다. 언제 보여줄 거냐는 말에, 윤정은 항상 다음을 기약했으니까.

'언제부터였니? 왜 아무런 말도 하지 않은 거야?'

원망의 말이 툭 튀어 나갈 것만 같아서 화신은 들어가지도 않을 스파게티를 꾸역꾸역 입에 넣고 씹었다. 게임을 시작하기 전, 제하와 나눈 대화가 생각났다.

'당신은 그녀를 믿습니까?'

8년 전이었다면 믿는다고 자신 있게 답했을 것이다. 하지만 도망치듯이 떠난 윤정의 마지막 모습이 신발에 들러붙은 껌처럼 남아 대답을 망설이게 했다. 아마 윤정도 그 간극을 느끼고 있었던 것 같다. 택배 상자에 들어있던 편지에는 흔한 안부의 말도 없이, 사과의 말밖에는 없었기 때문이다.

[이제야 너에게 전해줄 용기가 생겼어. 너무 늦어서 미안해.]

화신은 갑작스러운 윤정의 행동을 이해할 수가 없었다. 하지만 윤정을 쫓아 여기까지 온 것은 다른 누구도 아닌 자신이었다. 정말 외면하고 싶었다면 닮은 사람을 봤더라도, 못본 척 시은과 함께 축제를 즐겼을 테니까. 지금껏 미워한다고 생각했으나, 사실은 윤정을 믿고 싶었던 것 같다.

'말 못 할 사정이 있었을 거라고, 그렇게 믿고 싶어요.'

제하는 사람을 믿지 않기에, 이해받지 못해도 어쩔 수 없다고 생각했다. 뭐라고 설득해야 하나 고민하는데, 돌아오는 대답은 간단했다.

'알겠습니다. 윤정에 대해선 더는 묻지 않겠습니다.'

정말로 대화는 거기서 끝이었다. 이것도 선택으로 치는 걸까? 이성적으로 생각하면 그 이유밖에는 없었으나, 어쩐지 배려를 받은 기분이 들었다.

"이야기는 많이 들었어. 반가워, 난 임강준이라고 해. 어쩐지 데이트가 테마인 이유가 있었네."

처음 만난 사람에 대한 낯가림도, 어색함도 없는 강준의 당당한 태도가 화신을 다시 현실로 불러들였다. 개명 전 이름이었다면 낯설었을 텐데, 익숙한 이름을 들으니 정신이 번쩍 들었다. 이건 게임이고, 자신은 친한 친구의 연인을 처음 만나는 역할을 맡았다. 하지만 도저히 웃을 수가 없었다.

"우리 화신이 또 긴장했구나? 얘가 표정이 굳은 건, 자기가 싫어서가 아니고 낯을 좀 가려서 그런 거야. 이해해 줘."

때마침 윤정이 나서준 덕분에, 화신은 간신히 자기소개를 마칠 수 있었다. 그 후에는 무슨 학교에 다니고, 어떻게 사귀게 되었는지 등의 평범한 대화가 이어졌다. 그리고 화신은 대화 속에서 자신이 유하와 같은 고등학교에 다니고 있다는 것을 알게 되었다.

이건 윤정의 바람이었을까? 어쩌면 이런 미래도 있었을지도 모른다고 생각하니, 가슴 한구석이 찌릿했다. 강준에 대한 부정적인 마음은 별개로 치고, 오로지 윤정을 위해서 지금 하는 연극을 맞춰주고 싶다는 생각이 들었다.

"두 사람은 영화관에서 나오던데, 뭐라도 찾았어?"

옅은 미소를 되찾은 화신이 물었다.

"찾을 필요가 없는 거였어. 생각보다 게임이 쉽거든. 이것 봐, 우린 영화만 봤을 뿐인데 스탬프가 찍혔지?"

해바라기 그림이 그려진 스탬프 투어 앱을 켠 윤정이, 앞으로 쭉 내밀어 화신과 제하에게 보여주었다. 총 7개의 장소가 그려진 스탬프는 건물 밖에 있는 동물원과 등산부터 건물 내에 있는 수족관, 쇼핑몰 등으로 구성되어 있었다.

이어지는 윤정의 설명에 따르면, 각 장소를 방문해 지정된 활동을 끝내면 자동으로 도장이 찍히는 형식이었다. 그래서 음식점을 클리어하기 위해 왔다가, '우연히' 화신과 제하를 만나게 된 상황이었다.

"그보다 너희는 어떻게 된 거야? 데이트도 학교 도서관에서 할 것 같더니, 아! 유하한테 미안했구나? 그래서 한방에 만회하려고 게임 신청한 거지?"

"응. 이런 게임이 있다는걸, 우연치 않게 알게 되었거든."

알아서 그럴싸한 변명을 만들어주는 윤정에게 속으로 감사해하며 화신이 말했다.

"아무튼 너는 공부를 너~무 좋아한다니까. 그러다 연애도 못하고 졸업할 줄 알았더니, 유하랑 사귄다고 밝혔을 때 나는 만우절인 줄 알고 달력을 봤다니까?"

"둘이 사귀는 줄 정말 몰랐어? 셋이 꽤 친하다면서."

놀리듯이 강준이 물었다.

"내가 그런 쪽으로는 눈치가 좀. 그래서 너한테 고백받았을 때도 엄청 놀랐잖아."

"하긴 내 딴에는 티를 많이 냈다고 생각했는데, 넌 정말 몰랐다는 표정이더라. 게다가 답변도 일주일씩이나 늦게 주고 말이야. 나는 혹시 네가 다른 사람을 좋아하는 건가, 하는 생각도 들었다니까."

"그랬어? 내가 문자로는 많이 받아봤는데, 직접 고백 받는 건 처음이었거든. 네가 원래 잘 챙겨주는 성격인가 했지. 미안."

웃으며 윤정이 대답했지만, 화신은 괴리감이 느껴졌다. 그게 뭔지 알아보고 싶었으나, 윤정이 갑자기 대화의 주제를 바꿨다. 민망해서인지, 아니면 다른 이유에서인지 빠른 전환이었다.

"있지. 이렇게 만난 것도 인연인데, 게임 같이 할래? 더블 데이트 같고 좋잖아."

"괜찮겠어?"

화신은 슬쩍 강준을 바라보았다. 친한 사람 사이에 끼면 소외감이 느껴질 수도 있지 않느냐는 의미로 말이다. 물론 같이 다닌다면 둘의 관계나 강준을 살필 기회가 될 테지만, 자신이 아무것도 몰랐다면 예의상 의견을 물었을 테니까.

'거절하면 어쩌지.'

본디 윤정은 주변을 잘 보는 편이었기에, 화신의 말뜻도 파악했을 것이다. 그래서 강준에게 부담을 주기 싫어서 거절할 가능성도 있었다.

"우린 당연히 괜찮지. 30분 뒤에는 테마가 바뀐다고 적혀 있었잖아. 같이 힌트를 찾아서 공유하는 편이 나아. 그치 준아?"

뜻밖에도 흔쾌히 고개를 끄덕인 윤정이, 심지어 강준도 설득했다.

"윤정이 말이 맞아. 우리 말고 다른 참가자도 있을 테니까."

10. 달콤살벌한 데이트

원하던 상황이었지만, 화신은 잠깐 생각하는 척하다가 제안을 받아들였다.

미션지에서 알려준 힌트는 총 20개로, 스탬프와 관련된 장소에 숨겨져 있었다. 힌트 상자에는 해바라기 그림이 그려져 있어 찾기는 어렵지 않았지만, 꽝이 존재했다. 그리고 다음 테마가 생존이라는 것을 짐작게 하는 붕대나 무색무취의 수상한 물약 등 내용물이 다양했다.

시간이 20분밖에 남지 않자, 네 사람은 결국 흩어져서 상자를 찾아보기로 했다. 화신은 4층 쇼핑몰을 수색하게 되었는데, 구두 사이에 숨겨진 상자를 열고는 미간을 좁혔다.

"좀비라도 나타나는 건가."

날카로운 단도를 꺼내며 혼잣말하던 화신의 뒤로 그림자가 졌다.

"혹시 무서운 거 싫어해?"

익숙하지만 앳된 목소리에 화신은 머리칼이 쭈뼛 서는 것 같았다. 칼을 쥔 손에 힘이 들어갔다. 하지만 괜한 의심을 살 수는 없어서 숨 한 번에 긴장을 내려놓고 자리에서 천천히 일어났다. 그리고 제 뒤에 서 있는 강준을 바라보며 아무렇지 않은 투로 물었다.

"벌써 다 찾아본 거야?"

"난 너한테 아무 짓도 안 했는데, 왜 그렇게 날 경계해?"

"게임이니까. 우린 다른 팀이잖아."

"우승에 욕심은 없어 보이는데, 정말 그거뿐이야?"

"오늘 처음 본 사이인데, 다른 이유가 있을 리 없잖아. 그보다 이쪽은 다 확인했으니까, 애들한테 돌아가자."

그렇게 대화를 마무리하고 지나쳐 가려는데, 강준에게 손목이 붙잡혔다. 도망치지 못하게 꽉 잡아 오는 악력에 화신은 이를 악물며 물었다.

"뭐 하는 거야?"

"대화를 나누기에, 칼이 좀 위험해 보여서."

"뭐?"

"너 혹시 김해찬이라고 알아?"

그 이름을 꺼낼 때, 강준의 눈은 웃고 있지 않았다.

"처음 들어. 누군데?"

"정말 몰라?"

"몰라. 그리고 아프니까, 이 손 놔."

"모르는구나. 미안, 내가 좀 예민했다."

자유로워진 손목은 붉게 달아올라 있었다. 화신은 욱신거리는 손목을 문지르며, 한 걸음 뒤로 물러섰다. 강준의 태도에서 섬뜩함을 느꼈기 때문이다. 그런데 해찬이 누구기에, 저렇게 반응하는 걸까? 혹시나 들어본 적이 있는 이름인가 싶어서 뇌를 쥐어짜고 있을 때였다. 여전히 자리를 지키고 있던 강준이 갑자기 태도를 바꿔 부드러운 말투로 말했다.

"믿지 못하겠지만 널 무섭게 하려는 의도는 없었어. 그리고 사실, 조용히 물어보고 싶은 게 있어서 따라온 거야."

"뭔데?"

소름 끼치도록 달라진 태도에, 화신은 겨우 한 마디 꺼낼 수 있었다.

"윤정이랑 유하, 네가 보기엔 어때?"

"무슨 말이 하고 싶은 건데."

"생각하고 싶지 않은 가정인데, 내 눈에는 윤정이가 유하를 좋아하는 것처럼 보여서."

질문이라고 했으나, 거의 단정하는 투였다.

"친구 사이에 좋아하는 감정이겠지. 들었을지 모르겠지만 우린 중학교 1학년 때부터 친했거든. 여행도 매번 셋이 같이 다녔고."

1초의 망설임도 없이 화신이 대꾸했다.

"꽤나 확신하네. 그런데 오랫동안 함께 했다고 해서, 상대방의 생각과 감정을 다 아는 건 아니더라. 너희가 사귀는 걸 윤정이 몰랐던 것처럼."

"그런 의도를 가지고 바라보니까, 그렇게 보이는 거겠지. 그리고 너, 윤정이를 좋아하는 거 아니었어? 그럼 의심하지 말고 믿어줘야지."

강준의 몇 마디 말에 윤정을 의심할 정도로 얄팍한 우정이 아니었다. 비록 미약한 배신감과 8년의 공백이 있더라도 말이다.

"좋아. 그 이야기는 그만할게. 너랑은 원만한 관계를 맺고 싶으니까."

"왜?"

"앞으로 넷이 만날 일이 많을 것 같거든. 윤정이도 그러고 싶을 테고."

"그러면 내가 아니라, 유하한테 갔어야 하는 거 아니야?"

대체 무슨 의도로 이러는 걸까? 화신은 자신에게 접근한 강준이 미심쩍었다. 하지만 기억이 돌아온 것 같지는 않았다.

'만약 윤정이 두 사람의 연결고리였다면, 강준은 왜 유하와 친해지려고 노력하는 대신 다른 선택을 했을까.'

다만, 그런 의문이 들었다. 그래서 화신은 대화에 집중하기로 했다. 어쩐지 지금 나누는 대화 속에서 답을 찾을 수 있을 것 같았기 때문이다.

"난 우리 관계가 공평했으면 하거든."

"윤정이가 유하와 친해서? 그런 거라면 억지로 친해지고 싶지 않아."

화신의 거절에 강준의 표정이 묘해졌다. 잘 손질된 눈썹이 이해하기 어렵다는 듯 찌푸려졌으나, 위로 올라간 입매는 웃음을 참고 있는 것처럼 보였다.

"왠지 너라면 그렇게 말할 것 같았어."

"윤정이가 내 얘길 많이 했나 보네."

"그래서 그런가. 어떻게 설명해야 할지 모르겠네. 하지만 너랑 친해지고 싶다는 말은 진심이야."

강준의 나직한 말에 화신의 심장이 두려움으로 파르르 떨렸다. 환심을 사기 위한 말일 수도 있었다. 하지만 뭔가 기억이 난 건 아닐까, 화신은 제하를 만나 확인하고 싶었다.

"내 대답은 변함없어. 할 말 끝났지? 이만 애들한테 돌아가자."

애써 침착하게 말을 마친 화신이 자리를 뜨려다, 갑자기 진열된 구두로 향하는 강준의 행동에 멈칫했다. 무시하고 싶었으나 왠지 찜찜해서 보고 있는데 강준이 코가 둥글고, 5cm 정도 되는 낮은 통굽의 검은 구두를 집어 드는 것이 보였다.

"너는 뾰족하고 화려한 것보다 이런 단아한 구두를 좋아할 것 같아. 알아, 갑자기 무슨 말인가 싶지? 나도 이런 적이 없어서 당황스럽긴 한데, 이상하게 확신이 들어서. 혹시 우리가 어디서 만난 적이 있었나?"

유심히 구두를 보던 강준이 조금 몽롱한 말투로 물었다.

"너무 구시대적인 멘트라서 당황스럽다. 그리고 미안한데, 난 운동화를 선호해."

"주로 흰색에, 가볍고 걷기 편한 거?"

"너랑 되지도 않는 말장난할 시간 없어. 나는 다 둘러봤으니까, 유하한테 가볼게. 시간 없는 거 알지? 너도 얼른 윤정이랑 합류해."

화신은 아무렇지 않다는 듯이 돌아섰으나, 솜털이 일어설 정도로 섬뜩함을 느꼈다. 강준이 하는 말이 모두 진실이었기 때문이다.

'제하 씨를 찾아야 해.'

화신의 걸음 속도가 점차 빨라졌다. 혹시나 강준이 쫓아오고 있지는 않을까, 고개를 돌렸다가 마네킹에 부딪힐 뻔도 했다. 반대쪽 끝까지 걸어가자, 아웃도어 매장을 확인하고 있는 제하가 보였다. 화신이 이름을 부르기도 전에 고개를 돌린 제하가 얼굴을 굳히며 다가왔다.

"진정해. 손에 힘 좀 빼봐."

"어? 어."

계속 칼을 쥐고 있었다는 걸 깨달은 화신이 화들짝 놀라 손에서 힘을 뺐다. 바닥에 떨어지는 칼을 낚아챈 제하가 안도하는 얼굴로, 칼집이 채워진 칼을 화신이 매고 있던 크로스백에 넣어주었다.

10. 달콤살벌한 데이트

"나중에 필요할지도 모르니까."

-그놈이 당신을 찾아갔습니까?

대답할 힘도 없어서 화신은 고개를 끄덕였다. 어깨를 감싸는 손에 힘이 들어가는 게 느껴졌다.

"얼굴색이 안 좋아. 잠깐 앉아서 쉬자."

가판대에 진열된 운동화들을 대충 밀어서 치운 제하가 두툼한 옷을 가지고 와서 그 위에 깔았다. 그러고도 만족하지 못한 건지, 어디선가 가져온 담요까지 올린 후에야 제하는 화신을 부축해 앉혔다.

-아무래도 기억을 되찾고 있는 것 같아요.

넘겨짚은 걸 수도 있었으나, 강준의 태도가 이상했던 것은 분명했다. 기억은 잃었어도 감정은 영혼에 각인되어 있기라도 한 것일까. 식당에서부터 몇 번이고 강준의 말이나 행동 때문에 화신은 심장이 철렁했었다.

-저한테 버섯 알레르기가 있다는 걸 기억했을 땐, 우연이라고 생각했어요. 어떻게 이런 일이 가능하죠?

-게임이 시작되었을 때, 그자의 암시가 풀리려고 했었습니다. 다시 덧씌우긴 했으나, 아무래도 우리가 그자에게 영향을 주고 있는 듯합니다. 미리 말해주지 못해 미안합니다.

화신이 파트너를 만들고 있을 무렵, 강준은 위기를 느낀 것처럼 암시를 자력으로 벗어나려 했었다. 다급히 제하가 손을 쓰긴 했으나, 제 위신을 지키기 위한 본능이 아주 대단했다. 이번에도 과거와 관련된 인연들이 한곳에 모이자, 강준은 세워놓은 벽을 뚫고 다시 기억을 되찾으려 하고 있었다.

 -아니에요. 만약 완전히 잊어버렸다면, 그것 또한 참을 수 없었을 것 같아요. 차라리 이게 나아요.

 떨리는 두 손을 맞잡으며 화신이 말했다. 잘못을 저지른 사람은 편한데, 피해를 당한 사람만 잊지도 못하고 기억하는 건 억울했으니까. 하지만 예상보다 강준의 기억이 빨리 돌아오는 건 다른 의미로 위험했다.

 -제가 옳은 선택을 할 수 있을까요?

 흔들리지 않고, 게임 끝에 있을 진실을 마주할 수 있을까. 솔직히 유하가 겪은 일을 생각하면, 강준에게 복수하고 싶었다. 하지만 강준과 함께 한 시간이 마음에 걸렸다. 오랜 시간 기다려주고 다정히 대해주던 기억 때문에, 마지막 순간에 약한 마음을 먹을까 봐 두려웠다. 어리석은 생각이라는 걸 알지만, 사람의 인연이란 쉬이 끊어낼 수 있는 게 아니었으니까.

 "화신아."

 제하는 머릿속으로 말을 전달하는 게 아니라, 유하의 목소리를 빌려 말했다.

"걱정하지 마. 할 수 있을 거야."

그리고 계절에 상관없이 따듯하고 큰 손으로 화신의 볼을 어루만졌다. 진짜 유하처럼……. 그대로 시간이 멈춘 것만 같았다. 하지만 애틋했던 흐름은 길게 이어지지 못했다. 지척에서 어색한 헛기침이 들려왔기 때문이다. 제하의 시선을 따라, 화신도 뒤를 돌아보았다. 그곳엔 언제부터 있었던 건지, 윤정과 강준이 서 있었다.

"너희는 그새를 못 참고 붙어 있냐. 하여간 사이가 무지 좋다니까~. 이제 그만 떨어지시고요. 와서 이것 좀 봐봐."

종이를 흔들며 윤정이 말했다.

"무슨 내용인데?"

자리에서 일어난 화신이 두 사람에게 다가가며 물었다. 강준에게 보여주기 위해 제하의 손을 잡은 채였다. 찰나였으나, 강준의 시선이 잡은 손에 닿았다 떨어졌다.

"건물에 재난이 닥칠 거래. 다른 메모에도 탈출이라고 적혀 있어서 건물 밖으로 나가는 게 안전할 것 같아. 그래서 너희를 찾고 있었는데 찾으라는 힌트는 안 찾고 아주 깨가 쏟아지더라~? 이럴 줄 알았으면 나도 우리 준이랑 데이트나 할 걸."

눈을 흘기며 윤정이 말했다. 어조가 놀리려는 의도가 다분했다. 아섭다며 툴툴대던 윤정이 눈을 빛내더니 "이제라도 데이트할까?"라고 말하며, 강준의 손을 잡았다.

"게임 테마가 데이트인데, 정작 우린 보기만 하고 별로 꽁 냥꽁냥 하지도 못했잖아."

화사한 미소를 지은 윤정이 손을 흔들며 애교를 부렸다. 그런데 평소라면 마주 잡아주었을 강준의 태도가 이상했다. 눈을 마주쳐 주지도 않았고, 잡은 손을 풀기까지 했다.

"다음에 우리 둘만 있을 때 하자. 사실 이번 기회에, 네 친 구들하고 친해지고 싶어."

"아, 나야 좋지! 자기가 얼마나 좋은 사람인지 보여줄 수 있겠다. 근데 너무 무리하지는 마, 알았지?"

허전한 손을 뒤로 감추며, 윤정이 걱정스럽게 말했다.

"아니야. 정말 친해지고 싶어서 그래. 내가 믿을만한 사람 이라는 걸 보여주고 싶어. 너랑 제일 친한 친구들이잖아."

"정말? 고마워, 자기야."

두 사람의 대화를 듣고 있던 화신은 혼란스러웠다. 게임을 위해 기억을 일부 조작했다고 들었지만, 윤정의 태도는 강준 을 정말 믿고 있는 것처럼 보였기 때문이다. 게다가 강준이 했던 말이 옷에 밴 고기 냄새처럼 화신을 찝찝하게 했다.

"일단 밖으로 나가자. 6분밖에 안 남았어."

어색해진 분위기를 느낀 윤정이 자연스럽게 말을 돌렸다. 그렇게 네 사람은 건물 중앙에 설치된 에스컬레이터로 향했다. 그런데 고장 표시와 함께 불이 꺼져 있었다.

"어? 아까까지는 잘 작동하고 있었는데, 왜 멈췄지?"

윤정은 당황했다. 하지만 바로 옆에 있는 엘리베이터는 2 대 모두 7층에 멈춰 있었다. 시간이 많지 않았기에, 네 사람은 에스컬레이터를 걸어 내려가기로 했다.

그렇게 2층에 진입했을 때였다. 짧은 벨이 울리더니, 제한 시간이 끝났음을 알려왔다. 곧이어 게임 제목이 <STAGE 4 : 달콤살벌한 데이트 2. SURVIVAL>으로 바뀌었다. 제한 시간은 없었으나, 탈출할 수 있는 인원이 5명으로 정해져 있었다.

"우리보고 서로 죽이라는 의미는 아니겠지?"

자세한 설명이 없는 탓에, 윤정이 눈살을 찌푸렸다.

"힌트에는 재난이라고 적혀 있었잖아. 지진이나 건물 붕괴 같은 건 아닐까?"

"나도 화신이의 말이 맞는 것 같아. 내가 발견한 상자가 꽝인 것 같아서 말하지 못했는데, 투명한 우산을 찾아 쓰라고 적혀 있었어."

다른 사람도 아닌 제하가 꽝인지 아닌지 구분을 못했을 리가 없었다.

"그러면 안 되지 유하야. 우산을 찾으려면 시간이 걸릴 텐데, 바로 공유했어야지."

부드럽게 잘못을 지적했으나, 강준의 시선은 싸늘했다.

"금방 찾을 수 있을 거야. 엘리베이터 앞에 가보면 알게 될 거라고 적혀 있었거든."

"그래? 장소가 적혀 있었다니 다행이네."

강준이 웃으며 말했다. 하지만 말의 뉘앙스가 약간 비꼬는 것처럼 들렸다. 기억이 돌아오고 있다는 징조인 걸까. 강준은 더 이상 제하를 향한 거부감을 숨기려 하지 않았다.

"저거구나!"

윤정이 외치자, 세 사람의 고개가 동시에 돌아갔다. 안이 보이는, 두 대의 투명한 엘리베이터 사이에 우산꽂이처럼 보이는 통이 하나 있었다. 주로 가게에서 쓰는 파란색 휴지통 속에는 비닐우산이 수십 개가 꽂혀 있었다.

"누가 가져가기 전에 얼른 챙기자."

화신의 손을 잡아챈 윤정이 서둘러 엘리베이터 앞으로 뛰었다. 아직 다른 플레이어는 보지 못했으나, 재난 게임에 필요한 수많은 NPC가 건물 안에 그대로 있었기 때문이다.

"진짜 폭우라도 쏟아지려는 건가."

우산을 집은 화신이 읊조렸다. 파란 통에는 '100주년 행사, 해바라기 백화점을 찾아주셔서 감사합니다.♥'라는 문구가 코팅된 종이가 부착되어 있었다. 허술한 기념 상품 관리에 화신이 작게 웃으며, 고개를 들었을 때였다.

'방금, 뭐지?'

아래로 내려오고 있던 엘리베이터가 눈 깜짝할 사이에 사라졌다. 그러더니 쿵! 건물을 울리는 굉음과 함께 지진이라도 난 듯이 땅이 흔들리기 시작했다.

"여기서 멀어져야 해."

어느새 곁에 다가온 제하가 비틀거리는 화신을 부축하며 말했다. 날카로운 시선이 엘리베이터가 사라진 텅 빈 통로 안을 응시하고 있었다. 뭔가를 본 제하의 표정이 굳어졌다.

-저것에 몸이 닿아서는 안 됩니다.

-대체 뭔데 그래요?

제하가 자세한 설명을 해주기도 전에, 엘리베이터 안에 검은 물이 쏟아져 내렸다. 아니, 그건 물이 아니었다. 수십 마리의 날갯짓 소리가 통로 밖에서도 선명히 들리자, 화신은 소름이 돋았다. 성인 손가락 두 개를 합친 크기의 둥근 벌레들이 투명한 유리에 다닥다닥 붙어 있는 게 보였다. 실제로 벌레를 무서워하는 화신의 얼굴이 창백해졌다.

-먹보 벌레입니다. 저것에 생기를 뺏기면, 그게 뭐든 흔적도 없이 사라지게 됩니다.

머릿속에 들려오는 제하의 목소리가 다급했다. 설마 먹보 벌레가 나올 줄은 예상하지 못했다는 투였다.

11.

Survival

엘리베이터가 사라지면서 작동이 중지되었기에, 벌레가 밖으로 나오려면 시간이 걸릴 거라고 예상했다. 명백한 오산 이었다. 등딱지에 붉은 기가 있는, 홍점박이무당벌레를 닮은 먹보 벌레의 식사 속도는 어마어마하게 빨랐기 때문이다.

먹보 벌레가 앉은 자리가 순식간에 까맣게 변하더니, 얼마 지나지 않아 벌레를 가두고 있던 유리 감옥이 먼지처럼 사라 져 버렸다. 사방으로 흩어지는 벌레의 모습에, 충격을 받은 사람들이 우왕좌왕하며 도망치기 시작했다.

"다들 우산을 써!"

제하가 소리쳤다. 하지만 먹보 벌레의 표적이 된 건, 기둥 이든 가구든 간에 무조건 사라지고 있었다. 솔직히 싸구려 우산이 얼마나 버틸 수 있을지 회의감이 들 수밖에 없었다.

'다른 누구도 아닌 제하 씨가 한 말이잖아. 믿자.'

화신은 의심을 접고 우산을 폈다. 간발의 차로, 머리 위로 먹보 벌레들이 지나갔다. 하지만 그중 일부가 투명한 우산

위에 내려앉았을 때, 화신은 하마터면 다리에 힘이 풀릴 뻔했다.

'보지 말자. 왜 하필이면 투명한 우산인 거야.'

벌레가 다닥다닥 붙어있는 모습은, 화신에겐 공포 영화나 다름없었다. 근데 머리만 피해도 되는 걸까. 지금이라도 몸을 낮춰야 하나? 눈을 질끈 감고 고민하고 있는데, 윤정의 놀란 목소리가 들려왔다.

"실드? 이러니까 진짜 게임 같네."

그 말에 슬쩍 눈을 뜬 화신은, 자신의 발아래로 우산 크기의 파란색 원이 만들어진 것을 볼 수 있었다. 게다가 정면으로 날아오던 벌레가 원을 피해 도망가는 것을 보자 마음이 완전히 놓였다. 화신이 어정쩡하게 서 있던 몸을 바로잡는데, 강준이 걱정스러운 표정으로 다가오는 게 보였다.

"괜찮아? 벌레 무서워하잖아."

인상을 쓸 것 같아 화신은 고개를 숙였다. 솔직히 못 들은 척 무시하고 싶었지만, 옆에서 윤정의 시선이 느껴졌다. 하는 수 없이 대충 괜찮다고 대꾸하려 고개를 들었는데, 눈앞에는 강준이 아닌 제하가 서 있었다. 몸으로 완벽히 강준을 가린 제하가 화신을 안심시켜 주듯 부드럽게 말했다.

"벌레가 좀 무섭게 생겼지. 그래도 우산 안에만 있으면 괜찮을 거야."

"응, 막을 방법이 있어서 정말 다행이야."

"그러게. 근데 유하야, 혹시 우리한테 말하지 않은 힌트가 더 있는 건 아니지?"

대화에 끼어든 강준이 꾸며낸 미소를 지으며 물었다.

"의지해줘서 고맙지만, 아쉽게도 다른 힌트는 못 찾았어. 너도 아까 상자를 하나 찾은 것 같던데, 뭐였어?"

"꽝. 아무것도 안 들어 있었어."

일정한 톤을 유지하며 대화하고 있었으나, 제하와 강준이 서로를 견제하고 있다는 게 느껴졌다.

"저기 얘들아? 지금 힌트가 중요한 게 아닌 것 같아. 얼른 여기서 빠져나가자."

윤정이 두 손으로 우산을 꽉 부여잡으며 말했다. 사방에서 들리던 비명이 점차 잦아들고 있었다. 벌레가 내려앉은 자리 엔 사람도, 물건도 남아있지 않았기 때문이다. 주변을 둘러 본 윤정이 재촉하듯이 말을 이었다.

"한 층만 더 내려가면 돼. 문제는 벌레를 뱉어내는 입이 지 척에 있다는 건데, 우리한텐 우산이 있으니까 괜찮을 것 같 아. 그래도 화신아, 무서우면 아래만 보고 걸어. 알았지?"

"차라리 내가 맨 앞에서 갈게. 화신이 넌 내 등만 보고 따라 와."

화신의 안위를 걱정한 윤정과 제하가 빠르게 결론을 내

리면서 에스컬레이터를 내려가는 순서는 자연스럽게 정해졌다. 강준은 잠시 불만스러운 표정을 내비쳤으나, 다른 방법이 없었다는 것을 깨닫곤 동의했다.

계획을 마무리 짓고, 막 움직이려고 할 때였다. 가판대 뒤에서 뭔가가 휙 튀어나와 옹기종기 붙어 있던 화신 일행을 덮쳤다. 네 사람은 마치 볼링공에 맞은 핀처럼 흩어지고 말았다. 그러자 기회를 엿보고 있던 다른 사람들도 우산을 노리고 달려들기 시작했다. 가장 약해 보이는 화신과 윤정이 타깃이었다.

"내놔! 너희들은 같이 쓰면 되잖아!"

"맞아요. 우리도 살아야죠!"

절박하게 외치는 사람들은 게임 참가자가 아닌, NPC였다. 여기서 퇴장당할 수는 없었던 화신이 필사적으로 손잡이를 잡고 버텼다. 밀고 당기는 줄다리기가 이어졌다. 하지만 우산의 흔들림이 더욱 심해지면서 버티는 것도 한계에 다다르자, 화신은 마지막 힘을 내어 자신 쪽으로 우산을 확 잡아당겼다. 그 순간 우산을 붙잡은 손들이 일제히 사라졌고, 화신은 자유로워졌다.

"어?"

반동으로, 뒤로 넘어지던 화신의 팔을 잡아챈 제하가 힘을 줘 끌어당겼다.

-괜찮습니까?

제하가 물었다. 언제나 단정했던 제하의 머리가 살짝 헝클
어져 있었다.

"응, 우산도 멀쩡해. 그런데 윤정이는?"

자신과 같이 공격받았던 윤정이 생각난 화신이 다급히 그
쪽을 바라보았다. 한데 엉켜있는 사람들 때문에 윤정의 머리
카락 하나 보이지 않았다. 이를 악문 화신이 그쪽으로 뛰어
가는 것보다, 원하는 것을 얻은 사람들이 흩어지는 행동이
더 빨랐다.

"윽. 아야야."

넘어지면서 바닥에 부딪힌 건지, 윤정이 앓는 소리를 내며
이마를 짚고 있는 게 보였다. 그리고 보호막이 사라진 윤정
을 노리고 먹보 벌레가 달려들기 시작했다.

"다가오지 마, 저리가!"

근처에 떨어진 마네킹 팔을 휘두르며 윤정이 소리쳤다.

"준아, 도와줘!"

윤정의 왼 다리와 어깨, 그리고 허리에 먹보 벌레가 내려
앉았다. 고통은 없었으나 검게 물드는 몸에, 윤정은 패닉에
빠져 숨이 거칠어졌다. 공포에 질려 더는 비명도 지르지 못
하고 있을 때, 벌레 따윈 두렵지 않은 제하가 한 손으로 윤정
의 허리를 감싸 일으켜 세웠다.

둘이 쓰기엔 빠듯한 우산이었기에, 자연스럽게 윤정과 제하는 밀착할 수밖에 없었다. 특히나 왼쪽 다리가 완전히 검어져 감각이 사라진 윤정은 제대로 서 있기 힘들어 제하의 어깨를 붙들고 있을 수밖에 없었다.

'윤정이 너.'

제하를 바라보는 윤정의 시선에서 화신은 눈치채고 말았다. 왜 이제야 알았을까 싶을 정도로, 익숙한 감정이 담겨 있었으니까. 충격에 서서히 걸음이 느려지며 화신은 다정하게 붙어있는 둘을 멍하니 바라보았다. 머릿속이 복잡해졌다.

'생각은 나중에 하자. 지금은 윤정이를 도와줘야 해.'

그리고 문득, 화신은 힌트 상자에서 얻은 물약을 떠올렸다.

엉성한 회복 물약
⋯→ '모든' 상태 이상에 대해 50%의 치료 효과를 보인다.

가방에서 요구르트 크기의 파란색 물약을 꺼낸 화신은 지체 않고 윤정에게 건넸다. 그리고 약을 마신 윤정의 피부가 점차 돌아보는 것을 보곤 안도했다. 첫 위기는 그렇게 넘어가는 듯했다.

그런데 윤정의 상태가 어딘가 이상했다. 두 사람과 거리가 가까웠던 화신은 그 변화를 놓치지 않고 바로 앞에서 볼 수 있었다. 멍하니 제하를 올려다보던 윤정의 눈이 커지면서,

마치 울음을 참으려는 듯이 턱에 힘을 주었다. 할 말이 있는 것처럼 보였으나, 입술을 달싹이면서도 아무런 말도 하지 않았다. 무슨 내용인지 몰라도 윤정은 슬퍼 보였다.

가만히 지켜보던 화신의 시선을 느낀 윤정이 고개를 돌렸다. 시선이 마주친 듯했으나, 좀 더 뒤쪽을 바라보는 듯했다.

'지금 뭘 보는 거지?'

화신이 뒤를 확인해 보려고 했으나, 윤정이 시선을 피하는 게 빨랐다. 흡사 무서운 걸 본 사람처럼 몸을 떨고 있는 윤정의 반응이 심상치 않아 보였다. 친구가 걱정이 된 화신이 얼른 다가가 몸 상태를 물었다.

"윤정아, 괜찮아? 어디 아파?"

"아니야, 덕분에 다 나았어. 그런데 빼앗긴 우산은 어쩌지?"

의기소침하게 대답한 윤정은, 화신과 제대로 눈도 마주치지 못했다. 그리고 제하에게 기대어 있던 몸을 서둘러 바로 세웠다. 명백히 눈치를 보고 있는 거였다.

"그냥 우리가 도와준 거라고 생각하자. 그리고 우산은 나랑 같이 쓰면 돼. 충분히 넓어."

윤정을 안정시키는 게 먼저였기에, 화신이 제안했다. 하지만 속은 불편했다. 윤정이 설 수 있게 되면서 허리를 잡아주던 제하의 팔은 아래로 내려갔으나, 어쩔 수 없이 밀착해 있는 상태가 조금 못마땅했기 때문이다.

그때, 계속 지켜만 보고 있던 강준이 끼어들었다.

"물약이 있어서 다행이다. 뺏긴 우산은 신경 쓰지 말고, 나랑 같이 쓰자. 우리는 연인이잖아. 그렇지? 이제 그만 이쪽으로 와, 윤정아"

목소리는 부드러웠으나, 눈은 차가웠다. 강준은 불편한 티를 감추듯 웃으며 윤정에게 손을 내밀었다.

"얼른."

명령이나 다름없는 말투에 윤정이 움찔하는 것을 본 화신은 묘한 분위기에 시선을 뗄 수가 없었다. 확실히 물약을 먹은 후로 윤정은 어딘가 달라져 있었다. 처음엔 이성을 잃은 사람들에게 둘러싸이고, 먹보 벌레에게 당한 충격 때문이라고 생각했다.

'그게 아니었어. 강준을 무서워하고 있는 거야.'

강준이 억지로 끌고 가기 위해 뻗은 손을 날카롭게 뿌리치는 윤정을 보자, 뭔가 있다고 확신했다. 화신이 여전히 떨고 있는 윤정의 손을 잡아 자신 쪽으로 끌어당기며 말했다.

"내가 윤정이랑 갈게."

"신경 써줘서 고맙지만, 윤정이는 나랑 가는 게 좋을 것 같아. 많이 놀랐을 텐데. 내가 곁에서 달래주고 싶어서 그래."

놀라울 정도로 빠르게 표정을 관리한 강준이 상냥한 표정을 지어내며 말했다.

"걱정해 줘서 고마워. 그런데 화신이랑 쓰는 게 나을 것 같아. 우리가 보폭이 비슷하거든."

"아니지. 너 지금 걷기 불편한 상태잖아. 그러니 남자친구인 내가 부축하는 게, 친구들에게 부담도 주지 않고 낫지 않을까? 위급할 때, 내가 널 지켜주기도 쉽고. 응?"

"나도 당연히 자기랑 가고 싶지. 그런데 안전을 생각해야 할 것 같아서 그래. 솔직히 이번처럼 여자들을 먼저 노릴 가능성이 크잖아. 그러니까 두 사람이 우릴 지켜주면 안 될까?"

뜻을 굽히지 않는 윤정을 강제로 데려오고 싶은 것처럼, 강준은 주먹을 쥐었다가 폈다. 그러다 화신과 눈이 마주치자, 언제 싸늘했냐는 듯이 상냥한 미소를 지어 보였다.

"알았어. 네가 원한다면 그렇게 할게."

"그럼 출발하자. 탈출 가능한 인원이 많지 않으니까 서둘러야 해."

기회를 놓치지 않고 화신이 서둘러 상황을 정리했다. 그리고 팔짱을 낀 윤정의 손을 꽉 붙잡았다. 무슨 사정이 있었든 간에, 두려워하는 친구를 모르는 척할 수는 없었으니까.

딱딱하게 느껴지는 에스컬레이터를 걸어 내려가자 보인

풍경은 2층보다 더 심했다. 물건으로 가득해야 할 곳이 듬성 듬성 비어 있거나 검게 칠해져 있었기 때문이다. 게다가 몸의 일부가 까맣게 물든 사람들이 곳곳에 쓰러져 있었다.

하지만 고지가 눈앞이었다. 화신 일행을 향해 활짝 열려 있는 문 앞에는 '골인'이라는 홀로그램이 뱅글뱅글 돌아가고 있었다.

"너한테 묻고 싶은 게 많아."

누군가를 의식한 듯이 화신이 작은 목소리로 말했다.

"알아. 많이 놀랐지? 말해야지, 말해야지 했는데 쉽지가 않더라."

의미를 알고서 하는 말인지, 아니면 그저 강준과 사귀는 것을 말하는 것인지 아리송했다.

"나한테 보낸 상자 기억해?"

"그걸 포함해서 전부. 그때, 네 편이 되어주지 못해서 미안했어."

화신은 갑작스러운 윤정의 고백에 숨을 들이켰다. 왜 그랬냐고 소리치고 싶은데, 팔을 도닥이는 손길이 8년 전과 변함 없이 다정해서 차마 따질 수가 없었다.

"나한테 초대장을 보낸 이유가 뭐야?"

"바꿀 수 없다는 것을 알면서도 미련이 남았어. 유하가 다른 학교였다면 결과도 달랐을까. 내가 강준이를 좋아했다면 어땠을까. 뭐, 그런 가정들 말이야. 하지만 이런다고 현실이 달라지지는 않겠지. 나도 알아. 그래서 많이 늦었지만, 그때는 하지 못했던 일을 하려고 해."

드디어 사건의 전말을 듣게 되는 걸까. 때마침 제하가 미리 손을 써둔 것인지 다가오는 벌레도, 사람도 없었다. 하지만 화신은 현재 상황을 떠올리고는 울컥하는 감정을 삼켰다. 묻고 싶은 건 많았으나, 강준이 들어선 안 되는 내용이었으니까.

"용기를 내줘서 정말 고마워. 밖에 나가게 되면."

문장을 끝맺기도 전에, 뒤에서 튀어나온 누군가에 의해 화신은 떠밀려 넘어졌다. 뒤로 날아간 우산이 바닥을 뒹굴었다. 다급히 일어난 화신은 환한 빛 속으로 들어가는 두 사람을 볼 수 있었다. 두 사람 다 벌레에 당한 상처로 곳곳이 검게 물들어 있었다.

'시은이?'

순간 화신은 제 눈을 의심했다. 남색 모자를 쓴 이는, 분명 호텔에 있어야 할 동생이었기 때문이다. 황급히 시은의 이름을 부르려 했으나, 이미 사라진 후였다.

"네 동생을 끌어들여서 미안해."

"그게 무슨 소리야?"

화신은 대답을 듣고 싶었지만, 윤정의 돌발 행동은 거기서 끝이 아니었다. 완치되었다고 생각한 왼 다리에 힘이 빠진 듯, 중심을 잃고 쓰러지려는 윤정을 본 화신이 다급히 손을 뻗었다. 그리고 윤정도 손을 뻗는 것처럼 보였다.

뒤이어 쿠당탕 소리와 함께 두 사람은 서로 반대 방향으로 넘어졌다. 윤정이 앞으로 넘어지는 척하면서 화신을 그대로 문 쪽으로 밀어버렸기 때문이다. 그 결과, 골인 지점에 반쯤 걸쳐 있게 된 화신은 탈출 인원으로 선정되어 문 뒤로 안전하게 이동되었다.

"윤정아?"

자리에서 일어난 화신이 안으로 다시 들어가려고 했으나, 투명한 막에 가로막혔다. 허공에 표시된 탈출 가능 인원은 5명에서 2명으로 줄어들어 있었다.

-설마, 아니죠? 이런 식으로 게임이 끝나버리는 건 아닐 거예요. 그렇죠?

입술을 깨문 화신이 다급히 제하에게 물었다.

-예정되어 있었던 일입니다. 이번 게임은 당신을 위해 계획된 거니까요.

-저를 위한다면 윤정이를 여기서 탈락시켜선 안 돼요. 전 아직 아무것도 듣지 못했어요! 그러니까……. 그러니까, 제하 씨가 한 번만 도와주시면 안 될까요?

그저 게임일 뿐인데, 왠지 다시는 윤정을 만나지 못할 것 같은 느낌이 들었다. 초조하게 대답을 기다리던 화신은 여전히 그곳에 있는 제하를 보며 깨달았다.

'아직 선택하지 않은 거야.'

게다가 강준의 기억이 전부 돌아오지 않은 상태였다. 이렇게 끝날 리가 없다며 안심하던 화신의 얼굴이 굳어졌다.

'뭔가 잘못됐어.'

윤정을 향해 다가가는 강준을 보면서도, 제하는 아무것도 하지 않았다. 이쯤에서 강준이 기억을 되찾고, 저주를 선택할 시간이 와야 했다. 그런데 게임은 계속 진행되고 있었다. 그리고 윤정은 몸에 내려앉은 먹보 벌레보다도, 강준을 더 두려워하고 있었다.

'무슨 일이 벌어지는 거지? 아무것도 안 들려.'

화가 난 얼굴의 윤정이 소리치고 있었으나 들리지 않았다. 뒤로 물러나며 피하는 행동을 봐선, 가까이 오지 말라고 하는 것 같았다. 하지만 강준은 서슴없이 다가가 윤정을 억지로 일으켜 세웠다. 그리고 벗어나려는 연인을 꽉 끌어안았다.

몸부림치던 윤정이 얌전해진 것은, 귓가에 바짝 입술을 댄 강준이 뭔가를 속삭였을 때였다. 내용은 알 수 없었으나 얼어버린 윤정을 보자, 화신은 더는 보고만 있을 수 없었다.

-도와주세요.

그 한마디에, 제하가 미세하게 고개를 끄덕였다. 곧이어 엄청난 수의 먹보 벌레가 같이 우산을 쓰고 있는 두 사람을 향해 날아갔다. 기겁한 강준이 멀찍이 떨어짐과 동시에, 윤정은 검은 재가 되어 사라졌다. 어딘가 불안한 표정으로 화신을 응시하면서.

12.

탈출

백화점을 벗어나자 공간이 비틀리더니, 화신은 생존자들과 함께 학교 운동장에 서 있었다. 어쩐지 'ㄷ'자 형태의 건물이 눈에 익었다. 기억이 날듯해 찬찬히 훑어보던 화신의 눈에 남색 모자를 쓴 사람이 화단 앞에 서 있는 게 보였다.

　당장이라도 뛰어가 시은이 맞는지 얼굴을 확인하고 싶었으나, 화신은 꾹 참았다.

　'가서 뭐라고 말하게. 얼굴이 달라져서 날 알아보지도 못할 텐데.'

　하필, 제하가 시스템에 인형을 맡기고 자리를 잠시 비운 상태였다. 게임이 시작되기 전까지 돌아온다고 했기에, 그때까지는 시은에게 알릴 방법이 없었다.

　"저기, 아까는 죄송했어요."

　남색 모자가 말을 걸어왔다. 자연스럽게 접근할 방법을 생각하고 있던 화신은 당사자의 등장에 깜짝 놀랄 수밖에 없었다. 게다가 예상대로 시은이 맞았다. 화신은 어쩌다 게임에 참가했는지 당장이라도 물어보고 싶었으나, 바로 뒤에 강준이 있어서 꺼려졌다. 왠지 모르게 숨기는 게 좋을 것 같았다.

"게임이잖아. 괜찮아."

화신이 말했다.

"것 봐! 괜히 착한 척 지랄이야."

"그래도."

"그래도는 씨발. 너 때문에 이게 무슨 꼴이야!"

있는 줄도 몰랐던 여자아이가 시은을 향해 소리를 버럭 질러댔다. 그 거슬리는 말투에 화신은 재빨리 이름부터 확인했다.

'익숙한 이름인데?'

곰곰이 생각하던 화신은, 눈앞의 아이가 고등학교에 입학한 시은이 처음으로 집에 데리고 온 친구였다는 걸 떠올릴 수 있었다. 하지만 화신은 그때와는 달라진 분위기에 눈을 찡그렸다. 막역해 보였던 두 사람 사이에. 상하관계가 생긴 것처럼 느껴졌기 때문이다. 게다가 시은을 향해 거침없이 욕하고 소리치는 나라의 모습은 한두 번이 아닌 듯 어색함이 없었다.

"말이 좀 심한 거 아니니?"

부글부글 끓어오르는 화를 참으며, 화신이 애써 부드럽게 물었다.

"우린 원래 이런데요. 남 일에 신경 끄시죠?"

내가 시은이 언니다! 라고 소리치고 싶었지만, 강준의 존재가 신경 쓰여서 밝힐 수 없었다. 게다가 마음에 걸리는 일은 한 가지 더 있었다. 2인 1조로 이뤄지는 짝이 어떤 관계를 가지고 있는지, 화신이 알고 있었기 때문이다. 그건 피해자와 가해자의 관계였다.

'윤정이가 끌어들여서 미안하다고 했잖아. 그러니 상관이 없을 수도 있지 않을까?'

좋게 생각해 보려 했으나, 심장은 쿵쿵 뛰어댔다. 그리고 복잡한 생각에 빠진 화신의 뇌보다, 허공에 뜬 모래시계가 멈추는 게 더 빨랐다.

<STAGE 4 : 달콤살벌한 데이트 3. 탈출>

···› 제한 시간 : 없음.
···› 특정 공간에 숨겨진 탈출 버튼을 찾아 누르면 게임이 종료됩니다.
···› 원활한 진행을 위해 30분 간격으로 페널티가 부과됩니다.

※ 함정 버튼을 누를 경우, 별도의 페널티가 적용되니 유의해 주세요.

안내창이 나타난 것과 동시에, 사람들을 갈라놓으려는 것

처럼 안개가 자욱하게 깔리기 시작했다. 화신은 화들짝 놀라, 시은의 손을 덥석 잡았다.

"저기……?"

시은이 당황한 듯 화신을 쳐다봤으나, 어째서인지 잡힌 손을 빼지 않고 가만히 있었다. 그리고 서서히 가까이 있는 사람의 모습조차 보이지 않을 정도로 안개가 짙어졌다. 다음 게임의 배경이 된 학교는, 마치 귀신이라도 나올 것처럼 으스스한 분위기로 바뀌어 있었다.

"뭐가 어떻게 되어가고 있는 거야."

시은의 말처럼 화신도 난감한 눈으로 변해버린 학교를 응시했다. 안개 때문에 자세히 보이지는 않았다. 단지, 그림자 연극처럼 그들이 움직이는 실루엣이 커튼에 비출 뿐이었다. 학생들이 깔깔거리며 웃는 소리가 스산하게 들려왔다.

어떻게 해야 할지 고민하던 화신이 쉽사리 발을 떼지 못할 무렵이었다. 안개가 물러나기 시작하더니, 참가자들이 길을 헤매지 않도록 문까지 이어진 길이 만들어지기 시작했다. 그리고 마지막이 될 장소의 문이, 소름 끼치는 소리를 내며 천천히 열리고 있었다.

다행이라고 해야 할지, 학교 내부의 분위기는 공포 쪽은 아니었다. 창문 밖은 쨍쨍한 태양이 내리쬐고 있었고, 밝은 기운을 뿜어내는 아이들은 복도에 나와 재잘거리고 있었다.

'유령 역할은 아니구나.'

부딪히지 않게 자신을 피해 가는 학생들을 보면서, 화신은 막연히 생각했다. 학교는 남녀공학이었고, 교복 상의 주머니에는 마을 이름을 딴 '진무 고등학교'가 수놓아져 있었다. 학교의 마크 또한, 해바라기와 비슷했다.

"뭘 그렇게 봐?"

귓가에 닿는 간지러운 숨결에, 화신은 소름이 돋은 귀를 문지르며 뒤를 돌아보았다. 그곳엔 제하가 '왜 그래?'라고 묻는 얼굴로, '귀엽게' 자신을 응시하고 있었다. 제하와 귀여움이라니, 있을 수 없는 조합이었다.

-제하 씨? 어디 아프신 거 아니죠?

질문에 대답은커녕 갑자기 다가오는 제하 때문에, 화신은 당황해 뒷걸음질 쳤다. 그러다 제하의 뒤로 보이는 시은의 초롱초롱한 눈빛과 마주하고는 얼굴이 붉게 달아올랐다. 어디선가 강준이 보고 있을지도 모른다는 생각 때문에, 제하를 대놓고 피할 수도 없었다.

-자, 잠시만요!

어떻게 해야 할지 허둥지둥 대던 화신은 불도저처럼 다가온 제하의 품 안에 갇히고 말았다. 커다란 품은 강준과 다르게 어색하지 않았고, 오히려 포근하고 안심이 되었다. 그리고 익숙한 오렌지 향이 풍겼다.

"오~~!"

시은의 환호에, 화신은 간신히 정신을 차렸다. 다급히 제하를 밀어내려 했으나, 마치 벽처럼 꿈쩍도 하지 않았다. 이유는 모르겠으나, 제하가 놀리고 있다고 생각한 화신이 인상을 찌푸리며 경고했다.

"뭐 하는 거야. 이거 놔."

"나 보고 싶었어?"

그 순간, 화신은 숨을 쉬는 것도 잊어버린 채 로봇처럼 뻣뻣하게 굳어버렸다. 똑같은 얼굴과 목소리인데 웃음소리가 온을 떠올리게 했기 때문이다.

"한눈에 알아보다니 감동이야."

온이 장난스러운 미소를 지으며 말했다.

"어떻게……?"

"나도 이렇게 빨리 만나게 될 줄은 몰랐어. 사실 우리가 좋지 않게 헤어졌잖아. 그래서 미움받을지도 모른다고 생각했는데……. 알아봐 줘서 너무 기뻐."

은근슬쩍 또 끌어안으려는 온을 피해 화신은 거리를 벌렸다. 이 사자들은 자신의 약점을 알고 의도적으로 유하의 얼굴을 이용하고 있는 게 분명했다. 사랑하는 사람의 속 알맹이는 완전히 같은 게 아니더라도, 기뻐하는 얼굴을 보니 차마 화를 낼 수 없었기 때문이다.

"그땐 미안했어."

온이 뒤늦은 사과와 함께 허리를 90도로 숙였다.

"오빠, 우리 언니한테 무슨 짓을 한 거예요?"

웃음을 멈춘 시은이 정색하며 물었다.

"아무것도 아니야. 시은아, 잠깐만 여기에 있을래? 둘이 나눌 대화가 좀 있어서, 금방 올게!"

어쩐지 시은에게 오해를 산 것 같았으나, 온과 단둘이 대화할 시간이 필요했다. 화신은 아이를 두고 잠시 자리를 비우게 된 엄마처럼 시은에게 여기서 기다리라고 신신당부한 후에야, 온을 데리고 사람이 적은 복도로 자리를 옮겼다.

주위를 휘휘 둘러보고도 안심을 못한 화신이 머릿속으로 말을 건넸다.

-제하 씨는요?

-아~. 걔는 직권을 너무 남용하는 바람에, 잠시 유폐 상태랄까?

남 이야기하듯이 가볍게 말했지만 온도 마냥 기분이 좋지는 않았다. 같은 영혼에서 태어난 존재였기에, 서로를 형제처럼 여기고 있었기 때문이다. 게다가 이렇게 된 건, 자신의 탓도 있었다.

계획의 빠른 진행을 위해 제하가 무모한 짓을 하도록 온이 교묘하게 유도했기 때문이다. 유하의 상태를 확인하려면, 매사 시큰둥한 제하의 반응이 중요했으니까. 그래서 적당히 부추긴다는 것이 그만……. 제하의 본질이 유하와 거의 같아지고 말았다.

'사람의 감정이란 참, 예측하기가 어렵네.'

화신을 향한 유하의 감정이 그토록 깊을 줄은 몰랐다. 그래서 유하의 생각을 가진 제하가 자신을 만나러 왔을 때, 온이 선택할 수 있는 것은 많지 않았다. 계획이 조금 달라지긴 했으나, 브레이크 페달은 버린 지 오래였으니까. 그러니 반드시 성공해야 했다. 실패한다면, 잠들어 있는 제하를 볼 면목이 없을 테니까.

'미안. 내가 꼭 해결할게.'

한 가지 다행인 점이라면, 계획의 핵심인 유하가 직접 찾아왔다는 것이다. 그러니 실패보단 성공에 가까워지는 중이었다. 아직 화신에게 말해줄 수 있는 건 없었지만.

-네가 보고 싶은 사람이 제하가 맞아~?

-이런 식으로 떠보는 거 별로 좋아하지 않아요.

-너무 걱정하지는 마. 이번 게임이 끝나기 전에는 만날 수 있을 테니까.

온은 이곳에 오래 머물러 있을 생각이 없었다. 뭐든 적당하게, 빠질 타이밍을 아는 게 중요했으니까.

"그거, 설마 다친 거야?"

즐겁게 웃던 온의 입매가 굳어졌다. 먹보 벌레에게 당한 상처는 다음 게임으로 넘어가면서 자동으로 치유되었으나, 바닥에 넘어지며 쓸린 상처는 팔뚝에 그대로 남아 있었기 때문이다. 무서운 얼굴로 돌변한 온이 화신의 다친 팔뚝을 잡아채고서 유심히 살피기 시작했다. 그리고 안타까운 목소리로 말했다.

"원래 이런 상처가 더 아픈데."

온의 손이 상처 위를 덮자, 시원한 감각이 확 퍼져나갔다. 한결 나아진 표정이 된 화신이 어깨에서 힘을 빼고는 얌전히 손길을 받아들였다. 어쩐지 온의 분위기가 처음 만났을 때와 다르게 조금 부드러워진 것 같았다.

"내가 좀 부드러운 편이지."

생각을 읽힌 화신이 움찔했다.

-그땐 미안했어. 많이 무서웠지.

-조금 무섭기는 했지만, 제가 선택한 거잖아요. 그리고 덕분에, 알게 된 것도 있고요.

"너도 나를 정말 좋아하는구나?"

훅 들어온 질문에, 화신의 얼굴부터 귀까지 순식간에 확 달아올랐다.

"큼, 이제 그만 가자."

"혹시 삐졌어? 에이~ 난 진심이었는데."

"그 얼굴로 그러는 거, 약아빠진 거 알지?"

화신이 뚱한 표정으로 투덜거렸다. 유하가 영향을 미치고 있든 아니든, 온은 어떻게 하면 화신의 반응을 끌어낼 수 있는지 확실히 알고 있는 게 분명했다. 무엇보다 유하가 아님에도, 사람을 설레게 하는 눈빛을 하고 있었다. 화신은 상념을 털어내듯 머리를 흔들었다. 그리고 빠르게 걷기 시작했다.

"성격도 급해라."

"뭐?"

"벌써 함정 버튼을 누른 사람이 있는 모양이야."

재미있다는 투로 말하는 온의 눈빛이 조금 전과 달라서 화신은 깜짝 놀랐다. 마치 사냥을 시작하기 전의 맹수처럼 살기를 띠고 있었기 때문이다. 심상치 않은 반응에 걸음을 멈추는데, 화신의 앞에 페널티를 알리는 안내 창이 나타났다.

<너의 두려움은 누군가에겐 행복이겠지>

⋯→ 함정 버튼 페널티가 실행되었습니다.
　　　　　　당신이 가진 두려움이 현실화됩니다.

그제야 화신은 무슨 일이 벌어졌는지 알 수 있었다.

"시은이가 누른 건 아니지?"

화신이 걱정스럽게 물었다. 페널티 대상이 적혀 있지 않았기 때문이다. 마음이 급해진 화신이 뛰기 시작했다. 그리고 복도에서 아이들과 대화를 나누고 있는 시은을 발견했다. 그런데 어쩐지 주눅이 든 것처럼 보였다. 표정은 어두웠고, 시선은 시종일관 바닥을 향해 있었기 때문이다.

천천히 걸음을 멈춘 화신이 그들을 주의 깊게 바라보았다.

"아프다고 해서 걱정했어. 감기라던데, 괜찮아?"

"우리 매점 가려고 하는데 마시기 편한 거라도 사다 줄까?"

"시은아, 왜 말이 없어. 아직도 아픈 거야?"

"너희 갑자기 왜, 날 걱정해?"

시은은 애들의 관심이 껄끄러웠다. 하지만 계속 바라왔던 일이기에, 피하고 싶지 않아 물었다. 그러자 멈칫하는 숨결이 느껴졌고, 곧이어 세 사람이 연달아 사과했다.

"그동안 정말 미안했어."

"우리도 그러고 싶지 않았어, 정말이야. 그런데 너도 알잖아. 걔네 집이 좀 대단하다는 거."

"맞아. 선생님도 함부로 못 하는데, 우리가 뭘 할 수 있었겠어."

사과라기엔 변명과 같았다. 시은은 침묵했으나, 솔직히 큰 소리로 웃어버리고 싶었다. 누구의 두려움인지 모를 수가 없었으니까. 1-B라고 적힌 교실 앞에서 자신을 둘러싸고 있는 학생들은 실제로 같은 반이자, 한때는 친구라고 불렀던 이들이었기 때문이다.

"이제 와서 왜 이러는 거야?"

상황 자체가 가짜라는 것을 알면서도 시은이 물었다. 다시는 믿지 않겠다고 다짐했으나, 가슴 한구석에는 이들을 믿고 싶다는 작은 희망이 남아있었던 모양이다.

"계속 사과하고 싶었어."

심장이 두근거렸다.

"우린 두려웠어. 하지만 이제 걔 눈치 보지 않아도 돼! 네가 학교에 없는 동안, 기자들이 인터뷰하러 찾아오고 난리도 아니었거든."

"인터뷰?"

"아직 못 봤구나! 걔네 아빠가 저지른 비리가 터진 것과 동시에, 걔가 학폭 가해자라는 주장이 인터넷에 사진이랑 함께 올라왔어. 그래서 지금 걔 SNS, 완전 욕으로 도배됐을걸?"

"그런데 있잖아. 그거 혹시 네가 한 건 아니지?"

떠보는 말에 시은은 허탈한 한숨이 나왔다. 분명 사과의 말을 듣고 있는데, 마음에 와닿지 않았다. 당연히 그럴 수밖에 없었다. 그들의 사과는 자기가 타깃이 될까 봐, 이번엔 나라를 버린 것뿐이었으니까. 그전에는 학교의 침묵이 그들의 방패막이가 되어줬다면, 지금은 나라를 공격하는 수많은 사람이 그 역할을 해주고 있었다. 결국 더 쉬운 쪽을 택한 것이다.

이런 아이러니한 구조가 시은은 참 이상하다고 생각했다. 자신을 괴롭힌 나라는 혼자였지만, 누구도 무시하지 못할 큰 권력을 가지고 있었다. 처음엔 집안의 지위가 힘이었고, 그다음에는 나라의 행동을 침묵하거나 그 옆에 붙어있는 사람들이 힘이 되어주었기 때문이다.

'누구든 피해자가 될 수 있으니까. 어쩔 수 없었다는 건 알고 있어.'

지지해 주는 사람이 없는 상황에서 혼자 용기를 내기란 굉장히 어려운 일이었다. 시은도 알고 있었지만, 그럼에도 이들을 향한 원망을 지울 수 없었다.

"이제라도 밝혀져서 다행이야. 그렇지?"

가라앉은 분위기를 전환하려는 듯이 누군가 말했다. 달라진 그들의 태도에 시은은 화가 났다. 왜 그랬냐고 따지고 싶었으나, 입 밖으로 말이 나오지 않았다. 상황이 달라졌음에도 여전히 고개를 들어 그들을 마주 볼 수 없었다. 눈이 마주치지 않도록 조심해 왔던 행동이, 반년 동안 시은의 몸에 배어있었기 때문이다.

"할 일이 좀 있어서. 이만 가도 될까?"

별거 아닌 말을 하는데도, 목소리가 떨렸다.

"많이 아프면 조퇴해. 내가 수업 필기한 거 복사해서 줄 테니까. 알았지?"

마치 물속에 있는 것처럼, 그들이 내뱉는 말들이 아득하게 들렸다. 식은땀이 나기 시작하던 그때였다.

"시은아!"

선명하게 들린 제 이름에, 시은이 고개를 들어 소리가 들린 쪽을 바라보았다. 함정 페널티가 원활히 진행될 수 있도록 방어선처럼 둘려 있는 아이들을, 화신이 힘겹게 뚫고 다가오고 있었다. 시은은 자신과 나이가 비슷해진 언니를 보자, '이건 현실이 아니구나.'라는 걸 확실히 인식할 수 있었다.

여기가 게임 속이라는 것을 인지하자, 시은은 내내 무거웠던 어깨가 깃털처럼 가벼워지는 것 같았다.

"있지."

친구였던 이들을 응시하는 시은의 눈빛에는 어떤 결심이 서려 있었다.

"나도 한때는, 예전으로 돌아가고 싶다고 간절히 바라기도 했어. 하지만 이젠 아니야. 너희들에게 친구라는 단어를 듣기 위해 아등바등할 필요가 없겠더라고."

"무슨 말을 그렇게 해. 우린 진짜 너랑 잘 지내보고 싶어서 그런 건데."

"아! 설마 나라가 또 이간질이라도 한 거야? 걔가 하는 말 믿지 마."

어디까지 현실을 반영하고 있는 걸까. 시은은 헛웃음이 나왔다.

"정말 쉽게 손을 놓는구나."

이렇게 손바닥 뒤집듯이 바뀌는 것을 잡으려고, 그동안 그렇게 애를 써왔던 걸까. 시은은 그들이 나라를 욕하던, 자신을 걱정해 주든 간에 더는 듣고 싶지 않았다. 자신을 붙잡는 손길들을 단호하게 뿌리치고 밖으로 나온 시은이, 상황을 파악 중인 화신을 보며 말했다.

"이만 가자, 언니."

"쟤들은 누구야? 친구?"

"예전에, 지금은 아니야."

후련한 얼굴로 시은이 말했다. 그리고 화신의 남은 팔에 팔짱을 끼고서 덧붙였다.

"3층에 탈출 버튼이 있는 것 같아. 한 번 가보자!"

더는 이곳에 있고 싶지 않았던 시은이 걸음을 재촉했다.

2층 복도에서 세 사람이 사라지자, 어둠 속에서 나라가 모

습을 드러냈다. 공사 현장을 헤치고 나온 듯 먼지를 뒤집어
쓴 나라는, 군데군데 구멍이 난 바람막이에 달린 모자를 푹
눌러쓰고 있었다.

"하, 씨발. 이게 뭔 개고생이야!"

창문을 거울로 사용한 나라가 분한 듯 씩씩거렸다. 세련되
고 우아한 명품처럼 보이던 자신이, 지금은 마치 다림질에
실패한 옷처럼 쭈글쭈글해 보였기 때문이다.

"이딴 게임 빨리 끝내든가 해야지."

징그러운 벌레를 피하느라, 잡티 하나 없던 피부에는 생채
기까지 나 있었다. 이런 꼴사나운 모습을 친구들에게 보여주
고 싶지 않았다. 창피하고, 자존심이 상했으니까.

"대체 중도 포기는 왜 안 되는 건데? 하, 씨. 진짜 짜증 나."

볼에 난 상처를 슬프게 바라보던 나라는 빨리 탈출 버튼을
찾아야겠다고 마음먹었다. 그리고 모자로 얼굴을 더 꼼꼼히
가렸다. 자신이 여기 있다는 것을 들키고 싶지 않았기 때문
이다. 시은이 올라간 계단 쪽으로 향하던 나라가 친구들 곁
을 슬그머니 지나칠 때였다.

"근데 나라, 걔는 어디 갔데?"

"어딘가 짱 박혀 있겠지. 나 같으면 쪽팔려서 차라리 전학
을 가고 만다."

"소문이 쫙 퍼졌는데? 갈 데가 있을까 모르겠네."

"잘난 부모님이 알아서 해결해 주겠지."

자신과 가족을 향한 비난을 들은 나라가 발끈했다. 독한 말을 퍼부어주려고 뒤를 돌아보는데, 머릿속으로 새로운 기억이 밀려들어 왔다. 함정 페널티가 그제야 적용된 것이다.

"이건 말도 안 돼."

한 번도 상상해 본 적 없었던 밑바닥으로의 추락이, 실제로 일어난 것처럼 생생했다.

"슈퍼스타가 될 거라고 동네방네 떠들고 다니더니, 안타까워서 어떡하냐."

"이런 걸 자업자득이라고 하지?"

친구들의 비웃음 소리가 비수처럼 날아와 꽂혔다. 나라는 피가 배어 나올 정도로 입술을 깨물었다.

'내가 왜 이런 꼴을 당해야 해?'

만들어진 가짜 기억이라는 건, 나라에게 중요하지 않았다.

'이게 다 그년 때문이야.'

자신이 창피를 당했다는 것. 그 분노의 화살은 가장 가까이에 있고 만만한 시은에게 향했다. 그런데 서둘러 3층에 올라가려던 나라를 붙잡는 이가 있었다.

"여기 있었구나. 잠시 이야기 좀 나눌 수 있을까?"

여유롭고 차분한 태도로 강준이 손을 내밀었다. 벼랑 끝에 몰린 나라가 거절하지 못하도록, 믿음직스러운 인상을 주기 위해서였다.

✵

수업 종이 울렸다. 썰물처럼 빠져나가는 아이들을 바라보던 화신 일행은, 미리 이야기 나눈 대로 가까이에 있는 화학실로 들어갔다. 버튼이 있는 정확한 위치를 모르기에, 흩어져서 찾아보고 있을 때였다.

"3층에 탈출 버튼이 있는 건 어떻게 알았어?"

화신이 물었다.

"힌트 상자에 적혀 있었어. 나도 언니한테 물어보고 싶은 거 있는데, 해도 돼?"

"뭔데?"

"언니가 힘들어했던 이유가 혹시 강준이란 사람 때문이야?"

무슨 의도로 물어본 걸까. 고민하던 화신은 우연히 창문을 보게 되었다. 그리고 이상한 점을 깨달았다. 시은이 굉장히 친근한 태도로 자신을 대하고 있었기 때문이다.

'이름이 같아서 그런가?'

나름의 추측을 하던 화신은 이내 부정했다. 시은의 사교성이 좋은 건 맞았지만, 처음 본 사람을 언니라고 부르고 팔짱을 낄 정도는 아니었기 때문이다. 거기까지 생각한 화신은 열심히 버튼을 찾고 있는 시은을 돌아보았다.

"난 줄 어떻게 알았어?"

목소리에서 당혹스러움이 묻어났다. 화신은 애써 생각하지 않으려던 불안이 스멀스멀 피어오르는 것을 느낄 수 있었다.

"네가 말해준 거야?"

"오빠한테 뭐라고 하지 마. 윤정 언니가 알려준 거야."

"뭐라고 했는데?"

간신히 쥐어짜 낸 말에는 힘이 없었다. 가족들에게 알리고 싶지 않아서 홀로 참아왔던 화신이다. 그런데 다른 누구도 아닌 시은이 진실을 알아버렸다. 화신은 나약하고 용기가 없는 자신의 진짜 모습을, 동생이 어떻게 생각할지 두려워졌다. 손끝이 차가워지기 시작했다.

"침착하고, 숨 쉬어."

대충 버튼을 찾는 척하던 온이 화들짝 놀라서 다가왔다. 그리고 어설픈 손길로 화신의 어깨를 토닥이며 달래기 시작했다.

"시은이 아는 건 일부일 뿐이야. 가장 중요한 건 알리지 않았어. 진실을 걸고 맹세해."

단호한 어조가 온다웠다.

"하아……."

그제야 멈췄던 숨이 쉬어졌다. 하나, 둘. 온의 신호에 맞춰 숨을 고르던 화신은 앞서나갔던 마음을 가까스로 추슬렀다. 온의 눈을 보자, 나쁜 일이 벌어지지 않을 거라는 확신이 들었다.

"윤정이가 너한테 정확히 뭐라고 말했어?"

의자에 앉은 화신이 침착하게 물었다.

"남자친구를 잘못 만나서, 언니랑 오빠를 힘들게 했다고 그랬어. 내가 자세히 알려주면 안 되냐고, 도와주고 싶다고 했는데도 어려서 안 된대. 고작 나랑 한 살 차이면서!"

"둘이 따로 만난 적이 있었어? 언제, 어디서?"

"그게……."

난감한 듯이 시은이 대답을 주저했다. 하지만 끝까지 숨길 마음은 없었던 모양인지, 침묵은 길지 않았다.

"언니가 출근했을 때, 윤정 언니가 집에 찾아온 적이 있었어. 그때 어쩌다 보니 연락처를 교환하게 되었는데, 며칠 전에 잠깐 만나자고 해서……."

"그렇다고 좋지도 않은 일에 널 끌어들여? 나한테 상의도 없이?"

화신은 소리치고 싶은 걸 참았다. 시은이 잘못한 건 없었으니까. 솔직히 직접 만나서 털어놓는 건, 윤정에게 힘든 일이었을지도 모른다. 거기까지는 이해할 수 있었다. 하지만 관련도 없는 남의 동생을 끌어들인 건, 아무리 생각해도 선을 넘은 거였다.

"이유가 있었어. 너무 화내지는 마."

"들어보고. 그래서 무슨 이야기를 나눴는데?"

"남친한테 복수하고 싶다고 했어. 그리고 나한테 은화를 세 개 주면서, 하나는 꼭 언니한테 전해주라고 부탁한 게 다야."

"은화라면……. 솔라키움 통행증을 말하는 거야?"

"응. 처음엔 나도 웬 은화인가 싶었는데, 그날 저녁에 직접 겪고 보니 어떻게 사용하는 건지 알겠더라. 언니한테도 도움이 될 것 같아서, 내가 몰래 언니 베개에 숨겼어."

눈을 슬쩍 피한 시은이 자신의 범죄 아닌 범죄를 고백했다.

"그래도 내게는 말해줬어야지. 위험한 곳이었으면 어쩔 뻔했어?"

영혼만 오는 마을이라고 들었을 때 눈치챘어야 했다. 화신은 터져 나오려는 한숨을 간신히 삼켰다. 화를 낼 순 없었다. 시은이 윤정의 부탁을 들어준 이유가 자신 때문이었으니까.

"윤정 언니가 때가 되면 직접 밝힐 거라고, 비밀로 해달라고 했어. 엄청 후회하는 것처럼 보였단 말이야."

반박하고 싶었으나, 자격이 없었다. 화신은 답답한 마음에 창문을 활짝 열었다. 시원한 공기라도 마시면, 마구 뒤엉킨 머릿속이 환기될 것 같아서였다.

"화났어?"

쭈뼛쭈뼛 다가온 시은이 눈치를 보며 물었다.

"화 안 났어. 전부 날 위해서 그랬던 거잖아. 그냥, 내가 너무 못나서 그래."

화신이 자조적으로 웃었다. 자책하지 않기로 했지만, 윤정이 왜 다가오지 못했는지 이제야 이해가 되었다. 지금 화신이 사귀고 있는 사람이 강준이었기 때문이다.

'윤정이 진실을 알려줬어도, 나는 믿지 않으려고 했을 거야.'

화신은 스스로를 잘 알았다. 자신을 배신하고 떠난 윤정의 말보다는, 곁에 있어 준 강준을 믿는 걸 택했을 것이다. 과거의 자신이 바보 같고 후회스러웠지만, 화신은 이제 후회에서 멈추면 안 된다는 것을 알고 있었다.

'예전의 나였다면 과거에 매몰돼서 스스로를 몰아붙였을 거야. 하지만 이젠 아니야. 내가 앞으로 어떻게 하느냐에 따라, 미래는 달라질 수 있는 거니까.'

게임에 참가한 후, 정말 다양한 일들이 있었다. 화신은 그들의 사연과 선택을 곁에서 지켜보면서 많은 생각이 들었고, 조금씩 달라지고 있었다.

"역시 그 남자 때문에 언니가 괴로워한 거였구나?!"

자아 성찰 중이던 화신의 반응을 오해한 시은의 표정이 흉흉해졌다. 당장이라도 강준을 찾아가 멱살을 부여잡은 다음, 화신이 힘들어했던 만큼 때려주고 싶은 것처럼 말이다.

"대신 화내줘서 고마워. 그래도 복수는 언니가 직접 할게."

대견한 듯 시은의 머리를 가볍게 토닥이는 화신의 입가에는 미소가 맺혀 있었다. 이렇게 할 말은 하는 성격인 동생이, 나라에게는 왜 그랬던 걸까. 두 사람의 관계가 평범한 친구처럼 보이지 않았던 화신이 조심스럽게 말을 꺼냈다.

"그보다 윤정이가 너한테 통행증을 준 이유 말인데……."

"별로 좋은 내용은 아닌데, 안 넘어가 줄 거지?"

어색하게 웃은 시은이 일부러 가벼운 투로 물었다.

"사랑하는 동생 일이니까. 나도 널 돕고 싶어."

"음. 나도 그 마음 아니까 털어놓자면, 사실 윤정 언니랑 처음 만난 건 바깥에서였어."

이어질 이야기를 기다리던 화신은 긴장감에 입안이 바싹 마르는 듯했다. 나라의 폭언을 묵묵히 듣고만 있던 시은의 모습 위로, 지금은 보이지 않는 검은 띠가 겹치는 듯했기 때문이다.

"왕따."

마른침을 삼킨 시은이 힘겹게 단어를 뱉어냈다. 지옥 같았던 학교생활을 떠올리면, 아주 깊은 바닷속에 있는 기분이 들었다. 몸이 찌부러질 듯한 압박감 때문에 숨이 막힐 것 같았으니까. 그래서 시은은 이야기를 시작하기 전에, 창밖으로 시선을 돌렸다. 조금씩 줄어들고 있지만, 아직 마음에 남아 있는 고통을 화신에게 들키고 싶지 않아서.

"나한테 일어날 거라 생각해 본 적이 없어서, 주변 애들이 전부 나를 무시하고 나서야 깨달았어. 내가 왕따를 당하고 있다는걸."

일주일은 나한테 화가 난 건가 전전긍긍했고, 또 일주일은 잘못을 찾느라 밤을 지새웠다. 학교에서 수업을 듣는 동안은 괜찮았지만, 쉬는 시간에는 가시방석에 앉아 있는 것처럼 위축되었다. 왕따를 주도한 사람이 나라라는 걸 알았을 때는 세상이 무너지는 기분이 들었다.

"왜 이러냐고 따져도 보고, 이유라도 알려달라고 빌어보기도 했는데……. 솔직히 아직도 내가 뭘 잘못했는지 모르겠어."

그들은 시은이 반항을 시도하자, 보이지 않는 곳만 노려 때리거나 교과서를 찢어두는 등의 얍삽한 행동을 하기 시작했다. 증거로 남겨두려고 사진을 찍긴 했으나, 결국 아무에게도 말할 수 없었다.

"학교에선 알면서도 아무런 조치도 취하지 않더라. 그래서 캡처해 둔 것도, 녹음한 것도 들려줄 필요가 없었어. 어차피 변하는 건 없었을 테니까."

"왜 변하는 게 없어. 적어도 나한테는 말했어야지. 최근엔 내가 믿음직스럽지 못했지만……, 그래도 네 일이라면 언니는 뭐든 했을 거야."

"알아. 가족들은 무조건 내 편이 되어줄 거라는 거. 하지만 비슷한 사례를 찾아봐도 희망적이지가 않더라. 그래서 내가 조금만 견디면 될 줄 알았어. 나 때문에 슬퍼하지 않기를 바랐고, 힘들지 않았으면 했으니까. 감당할 수 있다고 생각했어."

호기롭게 다짐했지만, 혼자 감당하기엔 버거운 일이었다. 너무 힘들어서, 순간적으로 죽고 싶다는 생각도 했었다. 그렇게 하루하루 말라 죽어가고 있던 시은을 구해준 것은 윤정이었다. 그리고 윤정의 제안을 받아들인 순간부터, 시은은 조금씩 내일을 꿈꿀 수 있게 되었다. 그래서 화신도 그렇게 되길 바랐다.

"이제는 괜찮아. 괜찮아질 거라고 믿고 있어. 그러니까 언니도 슬픈 표정 하지 말아줘."

"장하다, 내 동생. 진짜 잘 버텼어. 그리고 내가 또 실수할 뻔한걸, 만회할 기회를 줘서 고마워. 꿈에서 깨자마자 내가 어떡해서든 조치를 취할 거니까. 아무런 걱정하지 말고

......"

화신은 끝까지 말을 잇지 못했다. 누군가에게 터놓지도 못하고 얼마나 힘들었을까. 그 고통을 자신도 겪어봤기에, 화신은 마음이 무너지는 것 같았다.

"에이~. 나 거짓말하는 거 아니야. 진짜야."

등을 보인 채로 화신은 울음을 참고 있었다. 그 마음을 알기에, 뒤에서 화신을 끌어안으며 시은이 말했다.

"이제는 다 괜찮아질 거야. 그러니까 우리 집에 돌아가자, 언니."

입을 열면 울음소리가 새어 나올 것만 같아서 화신은 고개만 끄덕였다.

"보기 좋네."

책상 위에 걸터앉아서 자매를 사랑스럽게 바라보고 있던 온은, 계단을 올라오는 발소리에 입매를 더욱 끌어올렸다. 그리고 시계를 확인하고는 손가락을 튕겼다. 모두의 앞에 '30분이 지났습니다. 페널티가 부과됩니다.'라는 안내창이 나타났다.

> **화신 플레이어의 페널티**
> ···▸ 희생 금지

자신의 페널티를 확인한 화신은 가라앉은 목을 가다듬고

서 시은에게 물었다.

"넌 무슨 페널티야?"

"팀킬 불가."

"조금이라도 사심이 섞이면, 시스템이 알아서 공격을 방어해주는 페널티지."

온이 자세한 설명을 덧붙였다. 어떻게 알았냐는 눈빛으로 시은이 바라보자, 코를 찡긋거리며 웃어 보일 뿐이었다. 정체를 아는 화신이 보기에도 어울리지 않는 웃음이었다. 그리고 시은은 대놓고 얼굴을 구기며 물었다.

"성격이 좀 변한 것 같지 않아?"

시은이 기억하기에 유하라는 남자는, 화신이 있으면 세상이 아름답기만 한 것처럼 헤실헤실 웃는 사람이었다. 여의주를 금이야 옥이야 하는 용처럼 아껴주는 게 눈에 보여서, 큰 맘 먹고 형부로 인정해 주기까지 했다. 그런데 때때로 묘한 표정을 짓는 오늘의 유하는 마치 다른 사람 같았다.

"소설 속에 나오는 흑막 같은 느낌이랄까?"

화신은 어색한 미소를 지을 수밖에 없었다. 설명하기엔 길고 복잡했기 때문이다.

"있잖아. 내가 상자 하나를 찾았는데, 열어볼래?"

책상에서 내려온 온이, 숨겨놓은 상자를 꺼내 화신에게 내밀었다.

"어? 언니 방에 있던 거랑 똑같이 생겼네."

평범한 하트 무늬가 그려진 상자를 보며 시은이 고개를 갸웃했다. 은행에서 파는 3호 정도 크기의 박스를 화신의 서랍에서 본 적이 있었기 때문이다.

"내가 열어봐도 돼?"

"아니! 내가! 내가 나중에 확인해 볼게."

재빨리 박스를 품에 안은 화신이 말했다. 준비되었다고 생각했는데, 여전히 상자를 보면 뱃속이 울렁거리면서 부글부글 끓어오르는 것 같았다.

'일반적인 힌트 상자가 아닐 거야. 이걸 나한테 준 이유가 뭘까.'

화신은 침착하게 생각했다. 온은 의미 없이 행동할 사람이 아니었으니까. 안에 든 내용물이 진실과 관련되어 있을 확률이 매우 높았다. 잠시 고민하던 화신은 뚜껑을 열기보다, 상자를 인벤토리에 넣는 것을 택했다.

"또 숨기는 거야?"

온이 못마땅한 듯 물었다.

"잠시 보류한 거야. 후회하지 않으려면, 더 단단해질 필요가 있으니까."

"변명이 아니고? 나는 지금 보는 걸 추천하겠어."

"오빠, 갑자기 왜 그래? 언니가 나중에 본다고 그러잖아."

"나중에 보면 충격이 덜어지기라도 해? 앞으로 나아가기로 결정했으면 뒤로 물러서지 마! 난 네가 마음의 준비를 끝낸 줄 알았는데…… 넌 또 준비 없이 괜찮다고 생각했던 거야?"

온이 날카롭게 쏴붙였다. 애정하기 때문에, 화신의 약한 모습에 화가 났다. 앞으로 드러날 진실을 피하지 않고 맞서 싸우려면, 그만한 각오가 되어 있어야 했으니까. 같은 일이 반복되지 않기 위해서라도 말이다.

"결정의 시간까지 얼마 남지 않았어. 너에게 준 기회를 부디 걷어차지 않기를 바라."

아직도 망설이는 화신에게 최후통첩을 날린 온의 표정은 심각하게 굳어 있었다.

"나도 알아. 이번엔 절대 후회하지 않을 거야."

"그래. 그거면 됐어."

화신의 눈에서 각오를 읽은 온이 만족스럽게 웃었다. 앞으로 10분. 시간을 확인하던 온은 밖에서 타이밍을 재고 있는 누군가를 위해 큰 소리로 말했다.

"여기에는 버튼이 없네. 옆 교실로 가볼까?"

그러자 기다렸다는 듯이 문이 드르륵 열리며 나라가 들어왔다.

"야, 박시은. 나랑 얘기 좀 해."

멈춰 있던 시계가 다시 움직일 시간이었다.

13.

두려움의
실체

이런 상황이 발생할 것을 미리 알고 있었던 것처럼 시은은 당황하지 않고 떠났다. 화신은 끝까지 말리고 싶었으나, 페널티를 파괴할 방법은 없다는 온의 설득에 마지못해 동생을 보낼 수밖에 없었다. 바로 옆 교실에서 이야기를 나눈다고 들었지만, 불안했던 화신은 화학실 안을 서성거렸다.

"방금 비명 소리 들리지 않았어?"

화신이 온을 바라본 것과 동시에, 여러 명의 발소리가 조용하던 복도를 울렸다. 금세 몰려든 아이들로 어수선해진 복도의 문을 열었을 때였다.

"누가 옥상에서 떨어졌대!"

"1-B반 박시은이라던데?"

그 이름을 듣는 순간, 화신은 온몸에서 피가 빠져나가는 기분이 들었다. 부정의 말을 듣고 싶어 온을 쳐다보았으나, 오히려 답을 알아버리고 말았다. 화신은 눈을 질끈 감았다 뜨고는 생각하는 것을 그만뒀다.

'여기서 생각한다고 달라지는 건 없어. 이럴 시간에, 직접 확인해 보자.'

이것도 계획의 일부일까? 그런 생각이 문득 화신의 머릿속을 스쳤으나, 지금은 시은이 안전한지 확인하는 게 먼저였다.

"잠깐만요! 지나갈게요!!"

사람이란 해일 속에 무작정 들어간 화신은 팔로 공간을 만들며 앞으로 나아갔다. 옥상 앞에는 소문을 듣고 몰려든 아이들이 인산인해를 이루었고, 대다수가 스마트폰으로 영상을 찍고 있었다. 이 상황을 흥미로운 소재로 여기고 있는 모습에 절로 눈살이 찌푸려졌다.

힘으로 그들을 밀어낸 화신이 옥상에 들어갔을 때였다. 들은 것과 다르게 난간에 위태롭게 서 있는 사람은 나라였다. 그리고 강준이 그 옆에서 말리려는 듯이 말을 걸고 있었다. 화신은 넓은 옥상을 두리번거리며 간절히 시은을 찾았으나, 옥상에는 그 두 사람뿐이었다.

'옆 반에 있는지 확인하고 왔어야 했는데!'

그렇다고 지금 내려가 확인하기에는, 금방이라도 떨어질 것 같은 나라의 모습이 마음에 걸렸다.

'지금은 시은이가 안전할 거라 믿자.'

일단은 나라를 내려오게 한 뒤, 시은에 대해 물어보자

고 화신은 계획을 바꿨다. 다행히 두 사람은 옥상에 자신이 있다는 것을 눈치채지 못한 상태였다. 발소리를 죽인 화신이 난간 쪽으로 천천히 걸어가기 시작했다.

하지만 강준이 뒤를 돌아보면서, 기습적으로 나라를 끌어내리겠다는 화신의 계획은 틀어지고 말았다.

"걔는 여기 없어."

눈물에 화장이 번진 나라가 힘없이 말했다.

"알겠어. 일단 거기서 내려오자, 위험하잖아."

"관심도 없으면서 걱정하는 척 하지 마! 제발 날 좀 내버려두라고!"

"나도 그러고 싶은데, 더는 방관하지 않기로 나 자신과 약속했거든. 뭣 때문에 그러는지 모르겠지만, 그게 뭐든 안전한 상태에서 하자."

나라는 뜻대로 되지 않는 상황이 초조하고 짜증이 나 습관적으로 손톱을 물어뜯었다. 그러다 아래를 내려다보고는 아득함에 눈을 질끈 감았다. 내가 왜 이러고 있어야 해? 그런 생각이 들었다. 그리고 원망의 화살은 이제 화신에게 향했다. 가식이라고 생각했으니까. 감고 있던 눈을 뜬 나라의 눈빛에 잔인함이 서렸다.

"동생이 없어졌는데 태연해 보이네. 하긴, 걱정하기엔 너무 늦긴 했지."

나라가 피식 웃으며, 의미심장하게 말했다.

"무슨 말이 하고 싶은 건지 모르겠는데, 잘 생각해 보고 말해야 할 거야."

"네 동생 죽었어. 나랑 싸우다가 아래로 떨어졌거든."

감정 하나 들어있지 않은 목소리에 화신이 멈칫했다.

"도발하지 마. 너희 페널티가 팀킬 불가라는 거, 들어서 알고 있거든."

"잘난 척은. 어떤 규칙이든 빈틈이 존재하는 거 몰라?"

"혹시 네가 도와줬니?"

화신의 날카로운 시선이 안절부절못하는 척하는 강준에게 향했다. 대화 내내 자신은 관계없는 척, 지금의 상황이 당황스럽다는 듯이 행동하고 있는 게 무척이나 의심스러웠다.

"난 일이 벌어진 후에 도착했어. 하지만 페널티가 작동하지 않은 이유는 대강 알 것 같아. 싸우는 도중에 벌어진 우발적인 사고라서, 시스템이 방어하지 못한 거지."

어쩐지 예상해 둔 답변처럼 들려서 찜찜했다. 화신은 어떻게 된 건지 온에게 묻고 싶어 미칠 것 같았다.

'대체 무슨 꿍꿍이에요?'

뒤따라오지 않은 온을 떠올리며, 화신은 두통에 미간을 찌푸렸다. 이럴 줄 알았으면, 보내지 않는 건데. 한숨을 푹 내쉰 화신이 여전히 당당한 나라에게 말했다.

"시은이랑 옆 교실에서 대화한다고 하더니, 옥상에 온 이유가 뭐야."

"그건, 우리 둘이 해결해야 할 문제가 있었어."

"그러니까, 그 문제를 왜 하필 옥상에서 한 거냐고."

"다들 진정하자. 그리고 나라야, 갑작스럽게 벌어진 상황에 놀란 건 알겠지만 이제 그만 내려와야지."

강준이 상냥한 목소리로 나라에게 말했다. 하지만 나라는 내려오기는커녕, 다시금 난간 아래를 확인했다. 마치 설득이 아닌 강요를 들은 것처럼.

"뭐가 그렇게 억울해? 괴롭힘당한 것은 시은이잖아."

이대로 나라가 뛰어내리게 둘 수 없었던 화신이 다시 끼어들었다. 일부러 시은에 대해 꺼낸 거기도 했지만, 물어보고 싶었던 말이기도 했다.

"화신아, 지금 할 말은 아닌 것 같아."

옆에서 강준이 말렸으나, 화신은 멈추지 않았다.

"어차피 떨어질 생각 없잖아. 괜한 오기 부리지 말고, 하고 싶은 말도 많은 것 같은데 내려와서 해. 들어줄 테니까."

조금 전까지는 그래도 살려야지, 라고 생각했던 화신은 두 사람의 태도에 마음을 바꿨다. 어차피 게임일 뿐이니까. 굳이 거짓말을 하면서까지 나라를 구하고 싶지 않았다. 정작 위로해 주고, 달래줘야 할 동생은 이곳에 없었으니까.

13. 두려움의 실체

"왜 나한테만 지랄인데! 나만 했어? 다들 모르고 있었어? 아니잖아!"

무뚝뚝하기까지 한 화신의 말에 화가 난 나라가 얼굴을 일그러뜨리며 악을 써댔다.

"그렇다고 그게 옳은 일도 아니었지. 나도 물어나 보자. 너는 왜 애들을 왕따시켰는데? 네가 뭔데, 한 사람의 인격을 무시하고 괴롭혔냐고."

정작 억울할 사람은 따로 있는데! 화신은 최대한 감정을 억누르며 조곤조곤 따져 물었다. 시은은 잘못한 게 없었다. 아니 설사 있었다고 해도, 그게 왕따를 당해야 하는 이유가 될 수는 없다. 그런데 어째서 피해자인 시은이 자기 탓을 해야 했는지, 화신은 묻고 싶었다.

"내가 왜 혼나야 해? 그땐 아무 말도 안 했잖아! 다들 괜찮다고 해놓고, 아무 일도 없을 거라 했으면서 이제 와서 나한테 왜 이러는 건데!"

"그 질문은 다른 사람에게 해야 할 것 같다. 나도 모르겠거든. 잘못을 했으면 바로잡아야 하는데, 왜 그러셨을까? 그리고 너는 정말로 괜찮을 거라고 생각했니? 한 사람의 인생이 걸린 일이었는데, 정말 아무것도 느끼지 못한 거야?"

"훈계하지 마. 너희들도 똑같잖아! 내가 곤란에 처하자마자 물고 뜯고, 그러면서 착한 척은! 역겨워, 구역질 난다고!"

악에 받쳐 소리치던 나라가 아이처럼 소리 내어 울기 시작
했다.

"너 말이야."

자신의 고통만 아는 태도에 열받은 화신이 한마디 하려고
할 때였다. 마치 상황을 중재하려는 것처럼 두 사람 사이에
끼어든 강준이 말했다.

"화신아, 그만해. 지금은 네가 말이 너무 심했어. 아무리 그
래도 우리보다 10살이나 어린 애잖아. 지금 상황이 안 좋기
도 하고."

"그러면 너한테 질문할게. 시은이가 애랑 싸울 때, 넌 정말
로 여기에 없었어?"

화신이 진실을 꿰뚫어 보려는 것처럼 강준의 눈을 응시
했다. 그런데 어딘가 분위기가 달라진 것 같았다. 여유가 생
긴 것처럼 느껴지기도 했고, 강압적이지 않고 배려심 있는
말투가 꼭 현실의 그를 생각나게 했다.

"이미 확신하고 있는 말투네. 맞아, 솔직히 나도 있었어. 그
런데 네가 왜 화를 내는지 모르겠어. 솔직히 여기서 뛰어내
린다고 해도, 진짜로 죽는 것도 아니잖아."

"그걸 지금 말이라고 하는 거야?"

"그렇게 말하는 걸 보니, 역시 너도 알고 있었구나. 어쩐지
네가 그럴 애가 아닌데, 자살을 앞둔 애를 상대로 너무 심하

게 말하더라.”

강준이 눈을 사르륵 접으며 화신을 향해 웃어 보였다. 그리고 지지부진하게 이어지던 연극을 끝내기 위해 말했다.

“뭐해? 탈출하고 싶다면서, 빨리 뛰어내려.”

“확실해? 이대로 나만 개죽음당하는 거 아니고?”

“너도 이게 게임이라는 거 알았잖아. 바보 같은 소리 하지 말고, 얼른 해.”

강준이 한심하다는 듯이 말했다.

“못하겠어. 너무 높단 말이야!”

상황이 어떻게 돌아가고 있는 거지? 화신은 멍하니 두 사람이 나누는 대화를 듣고 있었다. 그러다 나라의 발이 앞으로 움직이는 걸 보자, 정신이 확 들었다.

“그만둬! 뭐 하는 거야?”

“고작 게임인데, 다들 용기가 너무 없네.”

“왜 다가오는 건데. 잠깐만! 잠깐!”

당황한 나라가 서둘러 내려오려는 것을, 강준이 가볍게 손으로 툭 밀쳤다. 그리고 욕설과 함께 비명이 들린다 싶더니, 아래로 떨어지던 나라가 그대로 분해되어 사라졌다.

순식간에 일어난 일에 화신은 당황했다. 그리고 결과를 확인하려는 듯이 아래를 내려다보고 있는 강준이 괴물처럼 느껴졌다.

'이런 사람이었어?'

엄청난 일을 벌여놓고 태연하기만 한 강준의 모습에, 화신
은 솜털이 곤두서며 몸이 잘게 떨려왔다. 솔직히 이토록 쉽
게, 제 성격을 드러낼 줄은 몰랐다. 가식적인 모습을 버린 강
준은 분명 기억을 되찾은 듯 보였고, 화신은 긴장했다.

'대체 어떻게 꿈이라고 확신한 거지?'

발끝에서부터 소름이 쫙 올라왔다. 윤정이 먹보 벌레에 당
했을 때부터 이상하다고 생각하긴 했으나 어떻게, 어디까지
기억하는 건지 짐작도 가지 않았다. 화신은 거리를 벌리며,
눈으로 강준을 살폈다.

그때, 난간 아래를 확인하던 강준이 희열의 찬 음성으로
말했다.

"역시 내 예상이 맞았어."

"설마 확신도 없으면서 애를 떠민 거야?"

"그렇게 흥분할 일 아니야. 그리고 우리가 안전하게 탈출
하려면 어쩔 수 없었어."

"나라를 통해 확인한 거구나. 왜 그랬어? 굳이 이런 식으로
탈출하지 않아도, 버튼만 찾으면 끝나는 일이었어!"

겁먹은 티를 내고 싶지 않았으나, 화신의 목소리는 처참하
게 떨리고 있었다. 뒷걸음질을 칠까 봐 다리에 힘을 주고 버
티는데, 강준이 한숨을 쉬며 말했다.

13. 두려움의 실체

"언제까지고 농락당할 수는 없잖아. 화신아, 날 믿어줘. 나랑 같이 밖으로 나가자."

"내가 널 믿기를 바라면, 먼저 대답해 줘. 유하한테 대체 무슨 짓을 한 거야?"

"이미 날 범인이라고 단정했으면서, 내 대답이 필요해?"

상처받은 강준의 눈빛에, 화신은 눈앞에 아른거리는 추억들을 쫓아내려 손톱이 박힐 정도로 주먹을 꽉 쥐었다.

"이미 죽은 사람 때문에, 우리가 싸워야 해?"

"이해가 안 되지? 나도 그래. 넌 어떻게 다 알면서도 나랑 웃고 떠들 수가 있었어?"

"네가 오해한 거야. 나랑 유하가 싸운 적은 있지만, 서로 주고받은 거였어. 뭐라도 있었다면, 경찰이 수사할 때 드러났겠지. 하지만 아니잖아. 이미 단순 자살로 종결된 사건이야."

조금의 후회나 죄책감도 없는 강준의 태도에 화신은 깊은 실망감과 좌절을 느꼈다.

"나가자. 대화는 현실에서 해."

강준은 자신의 설득이 통하지 않자, 저항하는 화신의 손목을 잡아채 끌고 가려고 했다.

"이거 놔! 이런 방법으로는 안 가."

"여기에 남고 싶은 건 아니고? 화신아, 정신 차려. 앞으로 너랑 함께할 사람은 나야!"

354

말이 통하지 않자, 강준은 화가 났다. 그리고 끌려가지 않으려고 바닥에 주저앉기까지 하는 화신의 행동이 이해가 되지 않았다.

"얌전하던 애가 왜 이렇게 됐지. 아, 혹시 윤정이가 내 험담이라도 했어?"

"아니, 나한테 진실을 말해줬어."

"진실, 하! 네가 이러면, 나는 또 나쁜 선택을 할 수밖에 없어."

"해봐. 나도 당하고 있지만은 않을 거니까."

"당하는 사람은 네가 아닐 거야. 예전에 윤정이를 찍은 동영상이 있었는데, 그때 폰이 아직 살아 있으려나."

그 말을 해석하기까지 오랜 시간이 걸리지 않았다.

"이 나쁜 새끼!"

"날 이렇게 만든 건 너희들이야. 내가 또 그런 선택을 하게 만들지 마. 응?"

원망 어린 시선으로 강준을 노려봤으나, 할 수 있는 게 없었다. 무력감에, 몸에서 힘이 빠졌다. 그렇게 강준에게 잡혀 난간 쪽으로 끌려갈 때였다. 어느새 텅 비어버린 계단을 올라오는 발소리가 들렸다.

방해자의 등장에 눈살을 찌푸린 강준의 고개가 문 쪽으로 향했다. 그곳엔 오랫동안 신경을 거슬리게 했던 과거의 잔재가 서 있었다.

"내가 아직도 이런 것에 연연해하고 있을 줄은 몰랐는데, 짜증 나네."

강준이 헛웃음을 터트렸다. 놀라거나 당황하는 기색은 없었다. 기억을 되찾은 후부터, 솔라키움을 자신의 꿈이라고 확신했기 때문이다. 단지, 죽지 않는 벌레를 보는 것처럼 짜증스럽기도 하고, 반갑기도 한 이중적인 감정이 들 뿐이었다.

"처음 만났을 때와는 많이 변했네. 특히, 눈빛이 말이야."

움직이려는 화신을 꽉 붙들고서 강준이 말했다.

"그러는 너는 변한 게 없네."

화도 내지 않고, 침착하게 대꾸하는 유하를 보자 강준은 심사가 뒤틀렸다. 자신을 얕보는 것처럼 느껴졌기 때문이다.

"이거 놔!"

강준의 신경이 분산된 사이, 잡혀 있던 손목을 빼낸 화신이 서둘러 거리를 벌렸다. 그리고 유하를 자세히 보곤, 깨달음에 눈이 서서히 커졌다. 처음에는 온이 나타난 줄 알았다. 하지만 눈동자 색도, 그 속에 담긴 감정도 달라져 있었다.

"괜찮아?"

차가운 손이 부어있는 화신의 손목을 어루만졌다.

"너, 네가 어떻게."

"다치지 않아서 다행이야. 그새 더 예뻐졌네."

유하는 진짜 화신의 모습을 보고 있었다. 환상으로 뒤덮인 가짜가 아니라, 어른이 된 모습을 말이다.

'다시는 네 앞에 나타나지 않으려고 했는데.'

끝까지 품고 가려던 마음을 바꾼 것은, 온의 거래를 거부할 수 없었기 때문이다. 자신 때문에 화신이 위험해지는 건 싫었으니까.

"영영 안 볼 것처럼 굴더니……."

"미안해."

"너 뭔데! 대체 뭘 숨기고 있는 건데!!"

마구잡이로 유하를 때리던 것을 멈춘 화신이 그리웠던 품으로 파고들었다. 제하와 온이 걱정되었으나, 유하를 만나게 된 상황이 너무 벅차서 다른 생각을 할 수가 없었다.

-이제 다 모였네.

온의 목소리가 들린다 싶더니, 갑작스럽게 페널티가 실행되었다.

<하늘이 무너져도 솟아날 구멍이 있다.>

당신의 뒤를 따라다니던 두려움이 드디어 정체를 드러냈습니다. 영원한 비밀은 없는 법! 언젠가 마주해야 한다면 이번이 좋은 기회일지도 모릅니다. 생각만큼 무섭지 않을지도 모르니까요. 그리고 어쩌면……. 지금까지 당신이 간절히 원하던 것을 얻을 수도 있지 않을까요?

---

13. 두려움의 실체

페널티 내용을 확인한 강준의 눈동자에 살기가 맺혔다. 영원한 비밀. 그 말이 무얼 뜻하는지 모를 정도로 머리가 둔하진 않았으니까. 하지만 만약 서바이벌 게임 마지막 순간, 윤정과 닿지 않았더라면……. 꿈인 걸 모르기에, 상황을 냉정하게 보지 못했을 것이다.

'아무것도 모르고 저 자식한테 당했겠지.'

강준은 서로를 애틋하게 응시하는 두 사람을 바라보면서 이를 악물었다.

'또.'

다신 볼 일이 없을 거라 생각했던 장면에, 강준은 억지로 짓고 있던 미소를 그만뒀다. 악연도 이런 악연이 없을 것이다. 좋아하는 상대가 겹치는 걸로도 모자라, 상대방은 매번 자신보다 유하를 택했으니 말이다.

'기세등등한 것도 지금뿐이야. 어차피 이건 나한테 절대적으로 유리한 게임이니까.'

죽은 사람이 산 사람의 일에 관여하는 건 불가능했다. 차츰 여유를 되찾은 강준은 페널티 내용을 다시 확인했다. 그리고 깨달았다. 비록 자세한 문구는 없었지만, 눈앞의 유하가 자신의 두려움이라는 것을 말이다.

"아니, 넌 내 두려움이 될 수 없어."

이를 갈며 강준이 말했다. 손톱만큼 자존심이 상했으나, 이건 자신의 내면이 만들어낸 허구일 뿐이었다. 잠에서 깨면 그대로 사라져 버릴 꿈. 그래서 강준은 여전히 당당할 수 있었다.

"글쎄. 내가 여기 있다는 사실 자체가 답 아닐까?"

정곡을 찌르는 유하의 말에도, 강준은 진심으로 웃을 수 있었다.

"이 장소, 너한테 참 익숙할 거야. 그렇지?"

"그날 일을 여기서 꺼내도 후회하지 않겠어?"

"병신, 후회는 네가 하겠지. 잊었어? 여기서 죽었잖아, 너."

강준이 말해주고 나서야 화신은 이 장소가 눈에 익다는 것을 깨달았다. 유하가 떨어진 학교 옥상, 거기를 그대로 재현해 놓은 것 같았기 때문이다. 떨리는 마음으로 유하를 돌아보자, 굳건했던 그의 눈동자가 자신을 보며 흔들리고 있었다. 화신은 잡은 손에 힘을 주며 말했다.

"난 괜찮아. 너한테 무슨 일이 있었는지 알아도, 무너지지 않을 자신 있어."

유하가 있다고 자신감이 생긴 화신을 보자, 강준은 속이 꼬이는 것 같았다.

"화신아, 너 똑똑하잖아. 그냥 나랑 여길 벗어나자. 왜 바보 같은 짓을 하려고 그래?"

"내 일은 내가 정해. 그리고 난, 진실을 알아야겠어."

"그놈의 진실 타령 좀, 그만하면 안 되겠어? 지금껏 관심 없었잖아. 그냥 예전처럼 잊고 살아. 괜히 후회하지 말고."

고집스럽게 구는 화신 때문에 욱한 강준이 배려 없이 말을 내뱉었다.

"그 정도로 거북한 거구나. 그럼 좀 더 쉬운 질문부터 할게. 처음 만났을 때, 정말 나라는 걸 모르고 있었어?"

처음에는 소개팅으로 만났으니까, 우연일 수 있다고 생각했다. 하지만 자신이 아픔을 내보였을 때, 그때도 정말 몰랐을까? 적어도 의심을 해봤다면, 관심이 있었다면 알아보려 하지 않았을까. 화신은 이제 강준을 이해하고 싶지 않았다.

"그런 눈으로 보지 마. 나도 사실을 알았을 때는 놀랐으니까. 운명도 이런 개 같은 경우가 다 있나 싶더라. 그래도 나는, 널 사랑하고 있기에 덮기로 했어. 그런데 넌? 꼭 닫혀 있는 상자를 열어야겠어?"

"그럴듯하게 말하면서 화신이의 탓으로 몰아가지 마! 넌 그때와 조금도 달라진 게 없어. 네 뜻대로 되지 않으면 상대방 잘못으로 떠넘기고, 그것도 안 되면 협박하는 방식이 말이야."

울컥해서 소리치던 유하는 말을 멈추고 호흡을 골랐다. 온과의 거래로 밖에 나올 수는 있었지만, 허락된 시간이 많지 않았기 때문이다. 이마저도 폭주하지 않겠다는 증표를 내어

주지 않았더라면 성사되지 않았을 거래였다.

그러니 강준이 더 알아채기 전에, 원하는 대답을 끌어내야
했다. 유하는 초조한 감정을 능숙하게 억눌렀다.

"그래서 네가 원하는 게 뭔데? 빌어먹을 남의 꿈까지 찾아
와서 뭘 바라는 거냐고!"

눈을 뜨면 신기루처럼 사라질 꿈을 무서워할 사람은 없
었다. 그렇기에 강준은 매서운 눈빛으로 유하를 쏘아봤다.

"설마 폭로전이라도 하자는 건 아니겠지. 그건 우리가 유
일하게 일치한 부분이라고 생각했는데, 정말 괜찮겠어?"

"어차피 넌 이게 악몽이라고 생각하잖아. 그럼 밝혀져도
상관없는 거 아니야?"

유하는 일부러 강준을 도발했다. 자신이 더 우월하다고 여
기는 강준의 성격상, 절대 피하지 않을 테니까.

"하하하!"

배를 잡고 웃어대는 강준은 미친 사람처럼 광기가 엿보
였다. 그리고 화신은 대화에 끼지 못하도록, 보이지 않는 손
에 의해 입이 막혀 있었다.

-온 씨.

-알아. 보기만 하게 해서 미안. 나중을 위해 꼭 필요한 내
용이 있어서 그래.

살짝 웃으며 말하는 온의 모습은 달라져 있었다. 그릇에서

유하의 영혼이 완전히 빠져나갔기 때문이다. 그래서 지금 온은 정장을 입었으나, 갓 입사한 느낌이 나는 여성이 되어 있었다. 그리고 물탱크 위에 앉아 흥미진진하게 두 사람을 응시하는 중이었다.

"아, 오랜만에 웃었네. 화신아, 아무래도 쟤는 널 구할 마음이 없나 봐. 넌 이렇게 유하를 믿고 있는데 말이야."

"그건 너겠지, 이 미친놈아."

욕이 밖으로 시원하게 터지자, 화신은 답답했던 마음이 뻥 뚫리는 것 같았다. 하지만 갑자기 말할 수 있게 된 이유를 몰라 온을 쳐다보자, 잠깐은 괜찮을 것 같다는 답변을 들을 수 있었다.

"네 입에서 나오는 욕도 나쁘진 않네. 그보다 난 아직도 보여, 화신아."

"개수작 부리지 마."

"진짜야. 네 목에 나 있는 그거, 나한테는 보여. 언제부터였더라?"

얼음처럼 굳어버린 두 사람을 향해 강준이 말을 덧붙였다.

"아마……."

"닥쳐! 그 입, 다물라고!!"

강준의 멱살을 틀어쥔 유하가 곧바로 목덜미를 물어뜯을 것처럼 으르렁거렸다. 절대 꺼내지 않으리라 다짐했던 '그

일'을 강준이 발설하려고 했기 때문이다.

"그러게 건들지 말았어야지. 왜 일을 복잡하게 만들어?"

우위를 잡은 강준이 능글맞게 웃으며 말했다.

"깔끔히 포기하면 좋았잖아."

"넌 대체! 이게 사랑하는 사람한테 할 짓이야?!"

결국 참지 못하고 유하가 소리쳤다. 도저히 강준을 이해할
수 없었다. 윤정을 찍은 영상을 빌미로 옥상에 불러냈을 때,
화신의 사진을 보여주며 협박했을 때, 그래 놓고 화신에게
사랑한다는 말을 했을 때조차 강준은 사람이 아니었으니까.

"왜 하필이면 너야?!"

어째서 저딴 녀석의 눈에 속닥 벌레가 보이는 걸까. 유하
는 억울했다.

"글쎄, 너보다 내 사랑이 더 컸나 보지. 어쩌면 그래서였나
봐. 나랑 같은 마음이 아니라는 걸 알았을 때, 화가 나고 배신
감이 든 건."

당당하게 자신의 사랑을 말하는 강준은 뭐가 문제인지 전
혀 모르고 있었다. 진심으로, 자신이 아닌 유하를 택한 윤정
과 화신에게 잘못이 있다고 생각하는 것 같았다.

"하지만 이번엔 내가 이겼어. 화신은 날 택할 거고, 이미 뒤
진 넌 보기만 해야 할 거야. 그러니까 이제 꿈에 나와서 방해
좀 그만하고 꺼져!"

강준의 웃음이 너무 해사해서, 내용과의 괴리감이 느껴졌다.

"화신의 목에 속닥 벌레가 계속 남아 있는 거 알아? 그거 너 때문이야. 네 존재가 계속 화신을 갉아먹고 있어서 그런 거라고."

뱀의 속삭임이었다. 8년 전 그날처럼 강준은 어떤 말을 해야 유하를 움직일 수 있는지, 무엇이 그의 약점인지 아주 잘 파악하고 있었다.

"내가 같은 수법에 또 넘어갈 멍청이로 보여?"

저 말을 순진하게 믿었던 적도 있었다. 그래서 폭력도 묵묵히 참았고, 함정일 거란 생각도 못 하고 옥상으로 달려갔다. 하지만 결과가 어떠했던가. 강준은 우발적이라 말하지만, 처음부터 죽일 생각으로 불러낸 거였다. 나라가 시은을 실수인 척 떠밀었던 것처럼.

"내 제안은 아직도 유효해. 우리 둘 다, 사랑하는 사람이 행복하기를 바라잖아?"

처음부터 윤정을 설득해 헤어지게 했어야 했다. 그때 한 잘못된 선택이 꼬이고 꼬여, 지금이 되었다.

"네가 말하는 행복에 다른 사람은 없어. 오로지 너 자신뿐이지."

유하는 사랑이라는 말로 합리화하는 강준이 죽이고 싶을 정도로 증오스러웠다. 화신이 겪지 않아도 될 모든 일들이,

결국은 강준의 이기적인 생각 때문에 벌어진 거였으니까.

"넌 아무것도 하지 않았어. 화신이 점점 말라 죽어 가고 있다는 것을 알면서도 방관했지."

한 번 보기 시작하면 멈출 수 없다는 것을 알기에, 들여다 보지 않으려 했다. 그래서 쥐 죽은 듯이 있었다. 악몽이 화신 에게 날아가지 않도록 제 품에 꽉 끌어안고서, 그렇게 관심 을 두지 않으려 했었다. 온의 속삭임에 넘어가기 전까지는 말이다.

"날 너무 나쁘게만 보는데, 내가 보이는 척했다면 화신이 가 당황하지 않았을까?"

속닥 벌레를 볼 수 있다는 강준의 말에, 실제로 화신은 큰 충격을 받았다. 하지만 그게 다였다. 화신은 다시 나오지 않 는 목소리 대신에 가운뎃손가락을 들어 보였다.

"저런 모습도 참 사랑스럽다니까."

목소리에 꿀을 바른 듯한 음성으로 강준이 말했다.

'꺼져. 이 살인자야!'

벙긋벙긋. 소리는 나오지 않고 입술만 움직여졌다. 계속 기다리라고 말하는 온에게도 화가 났다.

–이걸 듣고만 있으라고요?! 입을 함부로 놀리지 못하게 확 그냥!

화신이 분통을 터트렸다. 뚫린 입이라고 막말을 씨불이는 저 입을 정말로 확! 꿰매버리고 싶은 심정이었다.

-약속해. 곧 끝날 거야.

온이 태평하게 말했다.

-온 씨는 화도 안 나세요? 왜 그렇게 침착하세요?

화신이 불만스레 투덜댔다.

-그럴 리가. 난 단지, 기회를 엿보고 있을 뿐이야.

끝이 머지않았기에, 완벽한 순간을 위해서는 기다릴 줄도
알아야 했다. 그러니 길길이 날뛰는 화신의 마음을 이해하면
서도, 온은 조금만 참으라고 다독일 수밖에 없었다.

-혹시 윤정이랑 연락할 수 있나요?

뭔가를 곰곰이 생각해 보던, 화신이 갑자기 심각한 표정으
로 물었다.

-지금 네 말을 들어주지 않아서 협박하는 거야?

-그런 거 아니에요. 잠깐이면 되는데, 안 될까요?

-뭐, 좋아.

결국, 허락하고 말았다. 화신에게는 미안한 게 있었으니까.

'그리고 마지막이기도 했고.'

솔라키움의 게임은 2인 1조로 진행하며, 한 스테이지당 최
대 4명까지 들어갈 수 있도록 설정되어 있었다. 그것을 무시
한 채 화신을 끌어들였고, 이미 정해진 내용을 억지로 변형
시켰다. 모든 건, 강준의 자백을 듣기 위해서였다.

한 사람으로 인해 많은 이들이 고통받았으니까. 행복을 누려야 할 영혼이 상처받았고, 사랑하던 이를 지키려던 영혼은 죽고 난 후에도 불명예스러운 꼬리표가 따라다니게 되었으니까. 그렇기에 온은 더러워진 영혼을 찢어발길 수 있는 시간을 얌전히 기다릴 수 있었다.

하지만 온이 예상하지 못했던 것은 강준이 생각보다 똑똑하면서 미친놈이라는 거였다.

"그래서 언제까지 날 여기로 부를 건데."

강준이 지겹다는 투로 말했다.

–설마!

드물게 당황한 온이 벌떡 일어났다. 사태의 심각성을 깨달은 것은 사자와 오랜 시간을 함께 지내면서 보고 들은 게 충분히 많은 유하도 마찬가지였다. 하지만 손끝만 움찔했을 뿐, 필사적으로 감정의 동요를 막고 있었다.

"어쩐지 이상하게 익숙한 느낌이 들더라니."

"논점 흐리지 말고, 화신이한테서 떨어져."

"너야말로 이제 그만할 때도 되지 않았냐? 솔직히 서로 싸우다가 재수 없어서 너만 떨어진 건데, 그게 그렇게 억울해? 8년이나 지났는데, 언제까지 질질 끌 거야."

"잊지 못하는 건 내가 아니라, 너겠지. 첫 살인이 뇌리에 꽤 깊게 박혀 있었나 봐?"

13. 두려움의 실체

뻔뻔하게 잘만 대답하던 강준이 멈칫했다. 하지만 그것도 잠깐이었다. 오히려 더 크게 웃으며, 강준이 조소하듯 말했다.

"그래 후회해……. 이게 네가 원하는 대답이지? 뭐, 생각해 보면 후회가 좀 되는 것도 같아. 죽어서도 구질구질하게 주위를 맴도는 너 때문에 화신이가 이토록 질질 끌려다닐 줄 알았다면, 그때 그냥 죽이지 말 걸 그랬어. 위를 바라보지 못할 정도로 시궁창 같은 인생을 살게 해줬더라면, 네가 감히 화신의 앞에 나타날 생각을 하진 못했을 테니까."

유하를 바라보는 강준은 아주 지긋지긋하다는 표정을 짓고 있었다.

"집착은 내가 아니라, 네가 나한테 하는 것 같은데?"

유하가 태연하게 받아쳤다. 영양가 없는 말에 겁먹을 필요는 없었으니까. 그보다 긴장을 풀지 않으려 끈을 더 조이는 데 집중했다. 강준이 더 이상 뭔가를 눈치채면 곤란했으니까. 하지만 유하의 바람과는 다르게, 강준은 기어코 스스로 모든 기억을 되찾는 데 성공했다.

"죽어서도 말은 잘하네. 이제 그만 좀 우리한테서 떨어져, 이 바퀴벌레 같은 새끼야. 매번 질리지도 않냐. 여기서 그렇게 처맞고, 나한테 죽기까지 했는데 너도 참 독하다. 어떻게 또 여기로 불러낼 생각을 하지? 아, 설마 시간이 흘렀으니까 내가 달라졌을 거라 생각했나? 그럴 리 없으니까 그만 성불해, 새끼야."

독설을 내뱉던 강준의 미소가 더욱더 짙어졌다.

"삶이 참 의도한 대로 흘러가지 않아. 그렇지? 근데 이제 어떡하냐, 앞으로 네가 날 몇십 번을 불러대든 간에 소용이 없을 텐데. 네가 지겹게 불러준 덕분에, 나는 이제 여기서 벗어날 방법을 찾은 것 같거든."

가벼운 몸놀림으로 난간 위에 올라선 강준이 말했다.

-이건 말도 안 돼!

온이 경악했다. 지금껏 솔라키움에 대한 의심을 가졌더라도 진실을 알아낸 영혼은 없었기 때문이다. 그런데 하필이면, 다른 누구도 아닌 강준이 시스템을 파괴할 핵심에 도달하려 하고 있었다.

"악몽에 너무 오래 사로잡혀 있지는 마. 화신아, 우리 현실에서 보자."

강준은 적대감으로 가득한 화신을 보며 다정히 말했다. 그리고 아래로 몸을 날리려는데, 온이 다급히 모습을 드러냈다.

"네가 짐작한 것처럼, 고작 악몽으로 끝날 일이야. 그냥 좀 얌전히 받아들이면 안 되겠니?"

많은 것을 바라는 게 아니었다. 상처받고 고통받은 영혼에

13. 두려움의 실체

조금이라도 위로가 되기를, 그래서 이승에서 얻은 나쁜 감정들을 전부 내려놓을 계기가 되기를 바랐을 뿐이다. 겨우, 솔라키움이 초대받은 자에게 원하는 것은 겨우 그 정도였다.

"내가 왜? 솔직히 이미 지나간 일을 계속 들먹이는 거 엄청 추하고, 완전 민폐야. 아주 지긋지긋하다고."

"이 자식 말하는 것 봐. 내가 이래서 너희 같은 애들한테는 상냥하게 대해주고 싶지 않다니까? 어디 다시 한번 말해보겠니, 이 썩을 자식아?"

온의 눈이 활활 타올랐다. 겉으로는 평온해 보였으나, 눈동자의 색이 푸르다가 붉어지길 반복하고 있었다.

"사실을 말한 건데, 예민하네. 내가 기억하기로 네가 게임 총괄자였던 것 같은데, 이러면 안 되지. 게임은 모두에게 공평해야 하잖아?"

한 대 치고 싶을 정도로 얄미웠으나, 온은 직접적으로 영혼에 해를 가할 수 없는 사자였다.

"아, 알겠어. 갑자기 왜 나타났나 했더니, 내가 이대로 죽으면 곤란한 일이 생기는 거지?"

"널 보니까, 정말 100년 전이 그리워진다. 규약만 아니었더라면 지옥 밑바닥으로 보내버렸을 텐데."

"그것참 아쉽겠네."

"네 작은 머릿속에는 화신이가 전부 기억할 수도 있다는 가정은 들어있지 않나 봐?"

당장이라도 뛰어내릴 것처럼 굴던 강준의 행동이 거짓말처럼 딱 멈추었다.

"화신이 원한다면, 난 기억을 지우지 않을 거거든."

"내 선택은 말하지 않아도 알 거라고 생각해."

온의 장단에 맞추어 화신이 거들어주었다. 이맛살을 찌푸린 강준이 잠시 고민하더니, 품에서 뭔가를 꺼내 들었다. 힌트 상자에서 얻은 권총이었다.

"그러게. 알려줘서 고마워."

"뭐?"

"아무리 그래도 눈앞에서 사람이 죽어가는 모습까지 기억하고 싶지는 않을 거야. 난 화신이가 무서워하는 것을 잘 알거든."

그 말을 끝으로 강준은 망설임 없이 방아쇠를 당겼다. 그 순간, 온이 손가락을 튕겨 시간을 멈추었다. 일부러 잔뜩 힘주고 있던 얼굴을 편 온이 뒤돌아 화신을 바라보았다.

"네가 원한 대로 윤정이의 선택은 너한테 이관되었어. 이제 어떻게 하고 싶어?"

그리고 화신은 줄곧 생각해 두었던 말을 꺼냈다.

14.

쉼표

호텔 방에서 눈을 뜬 화신은 이불을 머리끝까지 뒤집어쓰고서 애벌레처럼 몸을 둥글게 말았다. 시은과 대화를 해야 한다는 생각이 들었지만, 꼼짝도 할 수가 없었다. 화신은 양 팔로 제 몸을 끌어안았다.

강준을 사랑해야 한다고 생각했다. 위태롭기만 한 자신을 붙잡아 주려고 노력한 사람이었으니까. 그래서 미안했고, 보답하기 위해서라도 열심히 살아보려고 했었다.

"쓰레기 자식."

그런데 모두 꾸며진 가짜였다. 소리 내어 울부짖고 싶었지만 동생에게 들릴지도 모른다는 생각에, 화신은 손으로 입을 막고서 안으로 처절하게 울음을 터트렸다.

그때였다. 차가운 손길이 화신의 등을 부드럽게 쓸어주었다. 그 손의 주인을 알기에, 화신이 울먹이며 말했다.

"후회가 돼. 내가 너무 바보 같아서 화가 나."

그러자 가만히 등을 쓸어주던 손이, 이불째로 화신을 꼭 끌어안았다.

"어디서부터 잘못된 건지 모르겠어."

되돌려놓을 방법이 있으면 좋겠다고, 화신은 간절히 소망했다.

"이건 누구의 잘못도 아니야, 자책하지 않아도 돼."

유하는 안고 있는 손에 힘을 주었다. 결말이 좋지 않을 때는 가장 먼저 자기 자신을 원망하게 되는 법이었으니까.

"내가 고칠 수 있을까?"

"힘들면 하지 마. 그냥 나도, 윤정이도 말고 너 자신만 생각했으면 좋겠어."

지금 이 순간, 유하는 자신이 살아있으면 좋겠다고 바랐다. 그랬더라면 불안에 떨고 있는 화신이 안정을 느낄 때까지 품안에 끌어안고서 끊임없이 좋아질 거라고, 내가 항상 네 옆에 있을 거라고 말해줄 수 있었을 텐데……. 무엇보다 혼자서 강준을 상대하지 않게, 화신의 곁에서 도와줄 수 없다는 게 슬펐다.

"그가 죽어버렸으면 좋겠어. 다시 만나면 정말 칼 들고 달려들지도 몰라. 나, 독해졌지."

"아니. 아주 마음에 들어. 계속 그렇게 자신을 위해 싸워줬으면 좋겠어."

유하는 눈에 보이지 않는 속닥 벌레가 화신에게 있다고 생각하면, 이대로 계속 델리고 마을에 붙잡아두고 싶다는 충동이 들곤 했다. 그만큼 두려웠고, 차라리 화신이 자기만 아는 이기적인 인간이었으면 하고 바랐다. 혼자 속으로 끙끙 앓는 것보다 싫은 건 거절하고, 남이 욕하면 같이 욕을 하는 게 나았으니까. 착하고 공부 잘하는 딸이 아니라, 남들이 뭐라고 하던 자기 인생을 살았으면 했다.

"너는 내가 밉지도 않아?"

"음, 그 자식과 사귀기로 했을 때……. 한 10초 정도는 그랬던 것 같기도 해."

"장난하지 말고."

"진짜야. 그때도 사람 보는 눈이 없는 네 눈치를 미워한 거지, 널 미워했던 적은 없었어."

진심이라는 걸 알기에, 화신은 감정이 벅차올랐다. 더는 유하의 반응이 무섭지 않았고, 견딜 수 없을 정도로 얼굴이 보고 싶었다. 뒤집어쓰고 있던 이불을 벗어던진 화신은, 막상 유하를 보자 또 울컥하고 말았다. 다시 눈물이 터질 것 같았다. 그래서 유하의 허리를 감은 팔에 힘을 주면서 그리운 품속에 파고들었다.

그 마음을 이해하고 있는 유하는, 화신이 감정을 정리할 수 있도록 말없이 안아주었다. 그렇게 두 사람은 몇 분 동안 빈틈없이 서로를 꼭 끌어안고만 있었다.

"앞으로 뭐가 하고 싶어?"

한참 뒤에, 유하가 물었다.

"제빵이나 요리를 배워볼까 봐. 그래서 경력을 쌓고, 돈 모아서 내 가게를 열고 싶어. 나 한다면 하는 사람인 거 알지?"

"응. 너무 잘 알지. 이제야 박화신답네."

예전부터 화신은 마음먹은 일을 쉽게 번복하는 법이 없었다. 그게 설령, 자신보다 다른 사람을 우선순위에 두는 일이라고 해도 말이다. 소위 말하는 일진들에게 얌전히 돈을 준 것도, 증거가 있으면서 조용히 묻은 이유도, 전부 가족을 실망시키지 않으려고 한 선택이었으니까.

아무것도 몰랐을 땐, 그게 이해가 되지 않았다. 그래서 알고 싶어졌고, 자연스럽게 지켜주고 싶다는 마음이 생겼다. 아마 그런 화신에게 시선이 간 사람이 자신만은 아닐 것이다. 유하는 제 가슴에 얼굴을 묻고 있던 화신이 고개를 들어, 자신을 보고 씩 웃는 것에 멈췄던 심장이 뛰는 것만 같았다. 꼭, 함께 미래를 꿈꾸던 그때로 돌아간 기분이었다.

"유하야, 나 이제 네 이야기도 듣고 싶은데 어려울까?"

"널 또 힘들게 하고 싶지는 않은데, 하지만 포기하지 않을 거지? 이왕이면 나한테 직접 듣고 싶을 테고 말이야."

"응."

망설임 없는 대답에, 유하가 할 수 없다는 듯이 웃었다. 흐트러진 화신의 머리카락을 정돈해 주며 나지막한 목소리로, 바로 어제처럼 생생하기만 한 과거를 떠올리며 유하가 말했다.

"널 만나러 가는데, 전화가 왔어. 윤정이가 자살 시도를 할 것 같다고, 옥상으로 빨리 오라고 말이야. 너무 다급해 보여서, 너한테 연락도 못하고 학교로 갈 수밖에 없었어."

"그런데 거짓말이었던 거야?"

"내가 도착했을 땐, 잔뜩 화가 난 강준이 윤정이를 아프게 하고 있었어. 내가 그 사이에 끼어들어 그만하라고 말하는 순간, 갑자기 네 이름을 거론하는 거야. 게다가 언제 찍었는지 모를 사진까지……. 그때도 걔한테는 보였던 것 같아."

"속닥 벌레가?"

"응. 너한테도 보인다면서 곧 죽을 거라고 날 도발했어. 그래서 나는 이성을 잃었고, 강준과 몸싸움을 벌였어. 그 뒤는, 너도 아는 내용이야."

유하는 마치 별거 아닌 이야기를 하는 것처럼 가볍게, 상황을 압축해서 설명을 마쳤다. 평정심을 유지하려 노력할 필요도 없었다. 숨기고자 했던 기억은 지금 온에게 있었으니까. 그래서 마음 편히 살아있는 화신의 온기를 느끼면서, 유하는 말을 이었다.

"무서웠어. 널 잃게 될까 봐."

"나, 네 덕분에 살아있어. 그리고 앞으로도 최선을 다해서 살 거야. 누가 살려준 목숨인데, 함부로 하면 안 되잖아."

화신이 애써 밝게 웃으며 말했다. 내내 자신을 걱정했을 유하를 떠올리자. 미안하고 고마웠다. 그래서 현실로 돌아가도 괜찮을 거라고 알려주고 싶었다.

"내가 왜 그런 선택을 했는지 안 궁금해?"

"왜 그랬는데?"

"솔직히 사이다 없이 고구마만 먹게 될 수 있다는 건 아는데, 그래도 그 자식의 현실을 지옥으로 만들어주고 싶었거든."

마지막에 강준을 떠올린 건지, 화신이 이를 갈았다.

"무섭지 않겠어?"

"아니, 전혀. 오히려 한 방 먹여줄 생각에 설레는데? 어허, 미간 찌푸리지 마. 네가 걱정하지 않게, 정 안 되겠다 싶으면 포기할 테니까. 혹시 저주 내리는 쪽이 더 좋았어?"

"그럴 리가. 네가 한 선택이 정답이 맞을 거야. 영혼에 타격을 주는 저주는, 잘못하면 그 반동이 너한테도 갈 수 있거든."

이런 상황에서도 옳은 말만 하는 유하가 조금은 얄미웠다. 하지만 자신이 이 순간을 얼마나 그리워하고 바랐는지를 알고 있기에, 그저 좋기만 했다. 더없이 소중한 시간을 낭비하고 싶지 않았던 화신은 일부러 밝은 톤으로 물었다.

"이제 이런 대화는 끝! 나 얼마나 여기에 있을 수 있어?"

"오후 3시 정도가 되면, 네가 깨어날 시간이 돼."

"뭐?!"

오전 9시 17분. 다급히 시간을 확인한 화신이, 서둘러 안겨 있던 품에서 빠져나와 문밖으로 나가려다가 다시 돌아왔다.

"금방 옷 갈아입고 갈게! 카페에서 만나자. 알았지?!"

대답도 듣지 않고 쌩하니 나가버린 화신의 뒤로, 유하의 기분 좋은 웃음소리가 들려왔다.

가지고 온 옷들이 하나같이 편안함에 치우쳐져 있어서 화신은 좌절했다. 결국, 혼자 마을 구경을 나간 동생의 방에 몰래 들어갈 수밖에 없었다. 화신은 풍성한 치맛자락이 무릎까지 오는 원피스 위에, 하얀색 카디건까지 빌려 입고서 서둘러 호텔을 나섰다.

카페로 가는 길이 처음과는 다르게 느껴졌다. 분명 바뀐 것은 없는데, 이상하게 더욱 아름답고 활기차 보였다.

"어쩌지, 자꾸만 웃음이 나."

실없는 웃음이 계속해서 나왔다. 화신은 스마트폰을 꺼내 마을의 풍경을 담기 시작했다. 알고 있다. 현실로 돌아가면, 이 사진들은 사라질 것이다. 하지만 지금은, 나중에 찾아올 슬픔보다 행복만을 생각하고 싶었다.

그렇게 사진을 찍으면서 화신은 위로의 정원에 도착했다. 곧바로 카페로 향하려던 화신의 손을 부드럽게 잡아채는 손이 있었다. 미소를 감추지 못하며 뒤를 돌아보자, 하늘색 블라우스와 발목이 살짝 보이는 검은색 슬랙스를 입은 유하가 서 있었다.

"갈 데가 있어."

유하는 자연스럽게 축제가 벌어졌던 정원 뒷문으로 화신을 데리고 갔다.

"야시장은 저녁에만 여는 거 아니었어?"

"오늘만 특별히 허락받았어. 기대해. 내가 원하는 장소로 만들어주셨거든."

"거기가 어딘데?"

화신의 질문에, 유하는 가보면 알게 될 거라고 둘러댔다. 두 사람은 평범한 나무로 이루어진 통로를 지나서 야시장으로 가는 둥근 문을 열었다. 그곳은 처음 가본 장소였으나, 완전히 낯선 곳은 아니었다.

"여기는……."

"맛있는 음식으로 배를 채울 준비 됐어?"

장난스럽게 유하가 물었다. 입구에서부터 향기로운 냄새가 솔솔 풍겨왔다. 화신은 가장 먼저 눈에 보이는 아이스크림 가게로 가려고 했으나, 유하가 말렸다.

"왜?"

"그 전에 해야 할 일이 좀 있어서."

방향을 틀어 두 사람이 도착한 곳은, 다양한 한복이 진열된 한복 대여소였다. 화신은 옛 기억이 새록새록 났다. 졸업 여행으로 전주 한옥마을에 가려고 유하와 이것저것 찾아본 적이 있었기 때문이다. 비록, 그때 끊은 열차 티켓은 강준에 의해 빛바랜 지 오래였지만.

'좋은 생각만 하기에도 빠듯한데, 우울할 때가 아니야! 최선을 다해 즐기자!'

유하와 함께 하는 마지막을 헛되이 보낼 수는 없었다. 땅굴을 파고 들어가는 것은 실컷 해봤고, 언제든 할 수 있는 거였으니까. 화신은 가라앉으려는 감정을 억지로 잡아 끌어올렸다.

"들어가 보자!"

기대감으로 볼이 붉게 상기된 화신이 힘차게 외쳤다.

서로가 추천해 준 한복으로 갈아입은 화신과 유하의 얼굴에는 설렘이 가득했다. 이루어질 수 없는 사랑은 쳐다도 보기 싫다는 화신의 강력한 주장으로 인해, 두 사람은 문양이 거의 없는 수수한 한복을 입게 되었다. 작은 집 한 채에 오순도순 살 것만 같은 부부처럼 말이다. 디테일을 살리기 위해 화신은 머리를 올렸고, 유하의 얼굴에는 수염을 붙였다.

"이게 그렇게 웃겨?"

웃음을 참는 화신에게 유하가 물었다.

"응. 그러니까 떼면 안 돼."

수염을 고집하는 화신에게 유하는 알았다고 대답했다. 영원히 19살로 남을 자신의 나이 든 모습을 이렇게라도 보고 싶어서라는 걸 알고 있었기 때문이다.

"그렇게 웃으니까 보기 좋다."

"나도. 그러니까 괜히 무게 잡지 마시고, 이제 먹으러 가자!"

본격적으로 한옥마을을 둘러보면서 화신은 깨달았다. 이 장소는 유하의 기억으로 재현되었다는 것을 말이다. 가게의 종류와 메뉴, 그리고 가격들이 유하와 같이 인터넷에서 찾아봤을 때와 변한 게 없었다. 하지만 화신은 모르는 척, 유하가 이끄는 대로 움직이며 즐겼다.

유명한 가게에서 비빔밥과 떡갈비를 먹고, 수정과 맛이 나는 모주도 한잔씩 맛봤다. 그리고 순서대로 길거리에서 파는 문어 강정, 구운 치즈 등을 섭렵해 나갔다.

"배가 부르지 않아서 좋다. 마음껏 먹을 수 있잖아."

토네이도 모양의 통에 담긴 슬러시를 빨대로 쪽쪽 빨면서 화신이 말했다.

"또 가보고 싶은 곳 있어?"

"음, 아무래도 야시장은 어렵겠지?"

기대감이 담긴 화신의 물음에, 유하는 바로 옆에서 초코파이를 먹고 있는 나유를 바라보았다. 공간 변형은 나유만 가능했기 때문이다. 그래서 온의 부탁 아닌 강요에 불려 나온 나유는 처음엔 툴툴댔지만, 지금은 혼자서 잘 돌아다니며 먹방을 찍고 있었다.

-거긴 뭐 하는 곳인데? 먹을 거 많아?

-네, 여기보다 훨씬 많을 거예요.

화신은 이제 나유를 느낄 수 없었기에, 유하는 마음 놓고 그와 대화했다.

-좋아! 그 정도야 껌이지!

자신감 넘치는 음성으로 나유가 말했다. 사람들의 기억을 재현하는 것쯤은 이제 일도 아니었으니까. 순식간에 하늘이 어둑어둑해지더니 밤이 찾아왔다. 그리고 곳곳에 주황색 등이 켜지면서 한옥과 어우러져 아름다운 풍경이 만들어졌다.

사람이 바글바글한 것까지 그대로 재현해 준 바람에, 화신은 야시장을 한 바퀴 돌고 나서야 2층에 있는 청년몰로 올라갈 수 있었다. 계단을 올라가자마자, 포토 존에 시선이 갔다. 박쥐와 마녀 모자, 그리고 사탕이 담긴 호박 통이 귀엽게 배치되어 있었다. 이건 누구의 기억인지 모르겠으나, 이때의 전주는 핼러윈 기간이었던 모양이다.

"우리도 찍자!"

마을에 도착했을 때부터 사진을 찍는 걸 어색하게 여기던 유하는, 이번에도 적극적인 화신에 의해 마녀 모자를 쓰고 포토 존에 서게 되었다. 이승이라면 유하의 모습은 찍히지 않을 테지만, 영혼 마을이었기에 사진에 담는 게 가능했다.

"이 스마트폰, 내가 가져가도 될까?"

화신과 함께 찍은 사진을 빤히 응시하던 유하가 물었다. 그리고 질문의 의도를 파악한 화신은, 울컥하는 마음을 참으려고 숨을 크게 들이켰다.

"계속 내 곁에 있어 줄 방법은 없는 거지?"

"응. 우리의 시간은 이제 다르게 흘러가니까."

유하가 담담히 말했다. 마지막 일이 끝나면, 영혼 인도자와 함께 길을 떠나게 될 것이다. 처음부터 유하는 마을에 올 필요가 없는 영혼이었으니까.

"만약에, 가까운 미래에 다시 태어난다면……. 날 한 번만 만나러 와줄래?"

간신히 미소를 만들어낸 화신이 물었다. 꽃봉오리 맺었던 우리의 사랑은 피워보기도 전에 남의 손에 으스러져 버리고 말았지만 그래도, 작은 욕심쯤은 부려도 되지 않을까. 적어도 이번엔 평범하고 행복하게, 아프지 않고 잘살고 있는 모습을 보고 싶었다.

"그렇게 해 줄 수 있을까."

유하의 소매 끝을 잡은 화신이 죄지은 사람처럼 고개를 떨궜다.

"솔직히 널 기억할 수 있을지 모르겠어."

"그렇겠지? 나도 참, 괜한 말을."

"그런데 솔라키움에 오래 있다 보니, 우연히 듣게 된 게 있어. 어떤 감정은 때로, 망각의 물을 마셔도 영혼에 각인되고는 한대. 간절한 마음, 강렬한 소망 같은……. 그래서 다시 태어나도 영혼에 새겨진 기억에 따라 움직이게 된다고 해."

소매를 잡고 있는 화신의 손을 부드럽게 떼어내며, 깍지를 낀 유하가 말을 이었다.

"그러니까 내 영혼은 널 찾으려고 부지런히 노력할 거야. 넌 내 인생을 의미 있게 만들어준 사람이고, 널 사랑하는 마음은 분명 내 영혼에 강하게 남아 있을 테니까. 그런데 혹시, 만약에 내가 너무 늦으면……. 네 행복만 생각했으면 좋겠어. 나는 네가 잘 지내고 있는 것만으로도 만족할 수 있으니까."

유하의 열렬한 고백에도, 화신은 고개를 들지 못했다. 허황된 이야기라는 걸 알면서도 눈물을 멈출 수가 없어서, 이기적이게도 제발 그래 달라고 말해버릴 것 같아서였다.

"하지만 다시 만났을 때 네 옆에 아무도 없고, 너도 날 기다리고 있었다면 말이야. 나는 네가, 미안하다고 피하지 말고 내 손을 잡아줬으면 좋겠어. 그리고 잘 찾아왔다고, 이렇게 힘껏 안아주라."

품에 안은 몸이 너무 작아져 있어 유하는 마음이 아팠다. 그래서 자신이 한 말들이 이루어지길 간절히 바랐다. 유하는 떨고 있는 화신의 등을 쓸어주고 이마에 입을 맞추며, 혼자 남게 될 연인을 달랬다.

잠시 뒤, 두 사람은 한적한 벤치에 앉았다. 너무 울어서 붕어눈이 되어버린 화신은, 유하의 차가운 손을 덮어 찜질하는 중이었다. 아쉽게도 시간은 붙잡을 수 없어서, 금방 헤어질 시간이 찾아왔다.

"이제 갈 시간이야."

해바라기가 수놓아진 검은 한복을 입은 온이 사람들을 헤치며 나타났다. 그리고 성인 손바닥 크기의 자개함을 화신에게 내밀었다.

"그리고 이거, 돌아가면 필요할 거야."

잠시 유하를 일별한 온은 하고 싶은 말을 추리고 추려, 겨우 한마디만 건네었다. 이젠 내 손을 떠났으니까. 더 이상의 간섭은 허용되지 않았다.

"돌아가면, 누가 널 찾아갈 때까지 기다리고 있어."

"누가 절 찾아오는데요?"

"김해찬. 그 아이가 널 도와줄 거야."

15.

불편한
진실 너머에

헤어지는 마지막까지, 화신은 상자를 열고 기억을 찾았음을 유하에게 말하지 않았다. 미안했으니까. 그리고 떠날 사람에게 괜한 걱정을 끼치고 싶지 않았다. 유하는 충분히 많은 도움을 주었고, 희생했다. 이제 남은 건 화신의 몫이었다.

과거를 청산하기 위해, 화신은 기억하는 걸 선택했다. 그리고 온을 설득해 강준이 어떤 저주도, 악몽도 없이 꿈에서 깨어나도록 만들었다. 그래야 기습하기 좋을 테니까. 문제는 터트릴 시기와 해찬이라는 인물이었다.

"온이 말한 사람은 언제 찾아오려나."

모래사장에 앉아서 멍하니 바다를 바라보던 화신이 읊조렸다. 원래는 꿈에서 깨자마자 상자의 내용물을 제대로 확인하고, 바로 해결을 보려고 했었다. 하지만 일에는 순서라는 게 있는 법이다. 일단, 솔라키움에 대해 전혀 기억하지 못하는 시은과 약속한 여행을 가야 했다.

그래서 지금, 화신은 해운대 해수욕장에 있었다.

15. 불편한 진실 너머에

"뭘 그렇게 생각해? 설마, 아직도 꿈 때문에 그래?"

옆구리에 튜브를 낀 시은의 볼은 한껏 상기되어 있었다.

"그리운 사람을 만나서 그런가. 여운이 오래가네."

"그 사람, 유하 오빠지?"

화신은 말없이 웃었다.

"분명, 언니 결혼 반대하려고 나온 걸 거야."

"뭐?"

"뭔가 꿍꿍이가 있는 것 같고, 암튼 그 아저씨는 별로야. 언니가 훨씬 아깝다니까!"

기억은 못해도 싫어하는 감정은 남아 있는 모양이었다.

"그래 알았어. 배고픈데, 뭐라도 먹을까?"

작게 웃은 화신이 자리에서 일어났다. 강준이 마음에 들지 않는다며, 옆에서 종알대는 시은의 표정은 꿈꾸기 전보다 훨씬 밝아져 있었다. 그렇게 2박 3일 동안 아무런 생각 없이 실컷 먹고, 구경하고, 사진을 찍었다.

하루 전까지만 해도 상상조차 못 한 즐거운 시간이었다. 그리고 마지막이라고 여겼던 여행에서 여러 생각과 경험을 하게 된 화신은, 조금은 자신을 사랑할 수 있게 되었다.

여행에서 돌아온 후, 화신은 해찬을 기다리며 하나씩 해결해 나갔다. 먼저, 시은이 당한 학교 폭력에 대해 부모님과 학교에 알리는 것부터 시작했다. 어떤 반응을 보이고, 조치를 취할지 크게 기대하지 않았다. 다만, 기록에는 남겨야 했기에 밝혔을 뿐이다.

"가해자가 떠나야지, 왜 우리가 이사를 가?"

"학폭위가 열리고, 결정이 나기까지 시간이 생각보다 오래 걸릴 거야. 게다가 미성년자니까 처벌의 수위도 세지 않을 거고. 무엇보다 나는, 시은이가 더 이상 그 애들과 같은 장소에 있지 않았으면 좋겠어."

시은이 당한 일을 듣게 된 부모님은 당연히 분노했고, 학교에 찾아가 항의했다. 하지만 화신은 동생의 마음만 생각하기로 했다. 폭력을 당하고 있을 때, 아무도 도와주지 않았던 교실에서 처벌이 정해질 때까지 지내게 할 수는 없었다.

"그래도 이렇게 떠나면, 학폭이 일어난 사실 자체가 흐지부지 끝나지 않겠니? 차라리 강준이한테 도와달라고 하면 어떨까?"

엄마가 답답한 마음에 꺼낸 말이라는 걸 알기에, 화신은 화내지 않았다. 마음 같아서는 당장이라도 강준의 본모습에 대해 밝히고 싶었으나, 아직은 때가 아니었다. 시은의 일만으로 벅찬 상황이었고, 고발하기엔 증거가 충분히 모이지 않았으니까. 그러니 분통이 터져도, 지금은 평소처럼 행동해야 했다.

"걔한테 빚을 만들어두고 싶지 않아. 그보다 아빠 회사 때문에 이사 가기 힘든 거면, 내가 시은이 데리고 독립할게."

"그게 무슨 소리니? 곧 결혼도 할 애가!"

"엄마, 나 아직 결혼할 생각 없어. 독립은 예전부터 생각했던 거고, 이미 집도 알아봤어."

갑작스러운 화신의 결정에 집이 발칵 뒤집어진 것은 당연했다. 부모님께는 죄송했으나, 마음은 확고했다. 다행히 반대는 오래가지 못했다.

"지역은 어디로 보고 있어. 계약할 집, 엄마랑 같이 보러 가."

여기저기서 학교 폭력에 대해 알아본 엄마는 이틀 뒤에 독립을 허락했다. 제대로 된 처벌이 이뤄지지 않는다는 점, 그리고 쉬쉬하는 학교 환경 때문에 자살하는 경우가 최근에도 발생했다는 것을 기사로 봤기 때문이다.

"무슨 일 있으면 연락하고, 언니 말 잘 들어. 알았지?"

"응. 너무 걱정하지 마."

"우리 딸, 엄마가 한 번 안아보자. 그동안 어디에 말도 못하고 많이 힘들었지. 엄마가 몰라줘서 미안해. 너무 고생 많았어, 우리 딸. 앞으로는 엄마가 지켜줄 거니까, 아무 걱정하지 마. 알았지?"

그날, 시은은 엄마 품에 안겨 서러움을 토해내듯 엉엉 울었다. 독립 문제로 부모님과 화신이 싸우는 모습을 보면서 마음을 많이 졸인 듯했다.

그리고 3주 뒤, 화신과 시은은 부모님이 사는 동네에서 차로 1시간 떨어진 곳으로 이사했다. 강준과는 지금까지 만나지 않았다. 처음엔 동생과 여행을 간다는 핑계를 대었고, 그다음에는 시은의 학교 폭력 문제로 바쁘다는 문자만 한 통 보냈다. 그럼에도 강준은 이해심 많은 연인처럼, 걱정되지만 기다리겠다고 말했다. 그리고 화신을 방해하지 않겠다는 듯이, 가끔 문자를 보내면서도 만남을 재촉하지는 않았다. 그 대신에, 건강을 챙기라는 걱정과 함께 보낸 기프티콘이 수십 개가 쌓였다.

물론, 화신은 받은 것을 하나도 사용하지 않았다. 그렇게 강준과의 만남을 피하며, 동생의 일을 어느 정도 마무리할 때쯤이었다. 드디어 '김해찬'이란 남자에게서 연락이 왔다. 화신은 바로 다음 날 만나기로 약속을 잡았다.

아파트에서 10분 거리에 있는 카페에서 해찬을 만난 화신은 자리에 앉자마자 질문했다.

"제 연락처랑 주소는 어떻게 아셨어요?"

온이 알려주었을 가능성도 있었지만, 꺼림칙한 기분을 지울 수 없었다. 연락이 온 타이밍이, 딱 동생의 일이 정리될 즈음이었으니까. 그래서 탈탈 털어주겠다는 각오로 눈에 잔뜩 힘을 주었던 화신은, 해찬이 아픈 사람처럼 보여 기세가 조금 누그러졌다. 쏙 들어간 볼과 뼈만 남은 팔, 그리고 버석하게 갈라진 입술에 안타깝다는 마음이 들 정도였다.

"유하한테 들었어."

"장난치지 마세요."

"믿기 힘든 이야기라는 거 알아. 하지만 사실이야. 나도 강준이에게 괴롭힘을 당한 피해자 중 한 명이었고, 불과 며칠 전까지 솔라키움에 있었으니까."

거짓말을 하는 것처럼 보이진 않았지만 화신은 마음을 놓지 않았다.

"그러면 거기서 일하는 사람이 몇 명인지, 이름은 어떻게 되는지도 기억하겠네요."

"물론이지. 온, 나유, 제하. 이렇게 3명이 마을과 솔라키움을 관리하고 있어."

그 외에도 게임 규칙, 통행증 모양 등 화신이 여러 질문을 건넸고, 해찬은 막힘없이 전부 대답했다. 완전히 경계심을 푼 것은 아니었으나, 솔라키움을 경험한 사람인 것만은 확실했다. 혹시 윤정의 경우처럼 혼수상태였던 걸까, 화신이 추측하고 있을 때였다.

"좀 더 빨리 찾아오지 못해서 미안해."

"네?"

"널 만나러 오기 전에, 몇 가지 해결해야 할 일이 있었어. 불안하게 만들어서 미안해. 그래도 당분간은, 그 새끼가 널 만나러 오진 못할 거야."

몰아치는 이야기에 화신은 정신을 차릴 수가 없었다.

"잠깐만요. 차근차근 말해주실래요? 그리고 초면에 왜 반말이세요?"

"어, 나이가 같으니까? 너도 반말해."

"친하지도 않은 사람한테 말을 놓긴 싫은데요."

"그러면 너는 마음이 내킬 때 놔. 아직 음료 안 시켰지? 뭐라도 마시면서 이야기하자."

당황해서 받아치지 못한 화신을 자리에 내버려두고서 해찬이 일어났다. 미처 말릴 새도 없이 카운터로 가버린 해찬은 금방 쟁반 하나를 들고 돌아왔다. 외관이 아파 보여서 그런가, 걷는 모습이 어딘가 삐거덕대는 로봇 같았다.

"긴 대화가 될 테니까, 배를 채울만한 것도 주문했어."

"제가 먹은 값은 드릴게요. 계좌 알려주세요."

"됐어. 늦은 의미로 사는 거니까. 부담 갖지 않아도 돼."

나른한 목소리로 해찬이 말했다. 그리고 화신이 계속 거절하지 못하도록, 자기 몫으로 사 온 케이크를 말없이 먹기 시작했다.

"잘 먹을게요. 혹시 이런 것도 유하가 알려줬나요?"

분위기에 밀려 화신도 포크를 들 수밖에 없었다.

"알려준 건 아니고, 봤어."

"봤다고요?"

"궁금했거든. 네가 어떻게 참가하게 되었고, 어떤 선택을 했는지 알고 싶어서 온에게 부탁했어. 어느 정도는 나와 관련된 내용이기도 하니까."

처음부터 끝까지 시청했다면, 화신의 상황과 결정을 전부 알고 있다는 의미였다.

'이 사람, 믿어도 되는 거겠지.'

어딘가 껄끄러웠으나, 그렇다고 자리를 박차고 나갈 수는 없었다. 온이 만나라고 한 이유가 있을 테니까. 그래서 일단, 화신은 열심히 디저트를 먹었다. 접시 가운데에 그려진 고양이가 보일 때쯤, 해찬이 물었다.

"강준이 국회의원 아들인 건 알지?"

"네, 그래도 상관없어요. 유하가 자살하지 않았다는 걸 어떡해서든 밝혀낼 거예요."

"섣불리 나섰다가 역으로 공격당할 수도 있어. 걔한테는 그게 가능한 힘이 있으니까. 그래서 우리는 시간차 공격을 해야 해."

가방에서 공책과 필통을 꺼낸 해찬은, 천천히 자기가 세운 계획을 설명하기 시작했다.

"다행인 점은 총선이 얼마 남지 않았다는 거야. 상대방을 흠집 내려고 눈에 불을 켜고 있을 테니까. 하지만 반대로, 금방 묻힐 가능성도 배제하지 못해. 더군다나 내 사건은 10년도 전에 일어났고, 누가 죽거나 한 자극적인 상황도 아니니까. 잠깐 뉴스에 나올 수는 있어도 타격이 크진 않을 거야. 금방 잊혀지겠지."

"무슨 말인지 알겠어요. 그러니까 사람들의 관심을 끌어낼 수만 있다면, 타격을 줄 수 있다는 말이죠? 그래서 계속 공론화를 시켜야 하는 거구요. 운이 좋다면, 묻혀 있던 사건들까지 수면 위로 끌어올릴 수 있을 테니까요."

해찬을 기다리는 동안, 화신도 마냥 손을 놓고 있었던 건 아니었다. 효율적인 방법을 찾기 위해 관련 사건을 검색해보거나, 공론화하기에 화력이 좋은 사이트나 SNS를 시작했다.

"맞아. 그래서 너랑 윤정이 나설 타이밍이나 언론의 퍼뜨릴 내용의 수위 등을 미리 정해두고 시작할 필요가 있어. 강준이랑은 연락하고 있어?"

"문자만 몇 번 주고받았어요. 개인적인 사정으로 만나지는 않았고요."

"하긴, 돌아가는 상황을 파악하려면 시간이 필요했겠지. 내가 깨어난 것도 알고, 윤정이가 한국에 들어온 것도 알았을 테니까. 지금쯤 널 어떻게 구슬리면 좋을지, 한참 머리 굴리고 있을 거야. 강준이가 솔라키움을 기억하지 못하는 건, 네가 바란 일이지?"

대화를 통해 상황을 얼추 파악한 화신은 놀란 티를 내지 않으려 애썼다. 윤정을 만나러 병원에 갔을 때가 떠올랐다.

'임강준, 너 정말 여러 사람을 힘들게 했구나.'

여태껏 모르고 있었던 게 신기할 정도였다. 그리고 꽤 세부적인 부분까지 알고 있는 해찬을 보자, 온의 말을 따르길 잘했다는 생각이 들었다. 그래서 화신도 경계심을 내려놓고 말했다.

"다른 사람들이 보고 느낄 수 있도록, 현실에서 죗값을 치르게 하고 싶었어요. 하지만 기억을 막아두는 방법이 얼마나 유효할지는 모르겠어요. 솔라키움에서도 다른 참가자를 실험 삼아서 탈출할 방법을 알아냈거든요."

"그래도 좋은 생각인 건 맞아. 꿈으로만 끝나면, 나 같은 사람이 계속 나올 테니까."

해찬은 분풀이하듯이 얼음을 씹어 먹더니, 갑자기 공책에 뭔가를 끼적이기 시작했다. 내용을 보니, 대략적인 계획의 순서로 보였다.

"우린 소수지만, 최대한 사람들의 관심을 끌어야 해. 그래야 유하의 사건을 재조사할 기회라도 얻을 수 있을 거야."

"제가 뭘 하면 돼요?"

"처음 상자를 받았을 때, 들었던 감정 있지? 그걸 사람들이 많이 보는 사이트에 올려줄 수 있겠어? 힘들면, 무리하지 않아도 돼. 하지만 자극적이고, 비극적인 내용이라 충분히 관심이 쏠릴 거야."

해찬은 말을 하는 내내 화신을 응시하고 있었다. 마치 어떤 반응을 보이는지 확인하는 것처럼 말이다.

"할 수 있어요."

화신이 머뭇거림 없이 대답했다.

"알았어, 너한테 맡길게. 증거를 모두 올릴 필요는 없어. 오히려 하나씩, 사람들의 관심이 식을 때쯤 맞춰서 추가로 풀어야 해."

그 외에도 일을 진행할 시기나 강준이 연락했을 경우 등, 화신은 해찬과 함께 대처 방법을 논의해 갔다. 모두를 내 편으로 만드는 방법 같은 건 없었다. 분명 강준을 두둔하는 사람도 있을 것이다. 하지만 나쁜 상황도 아니었다. 중요한 건 불씨가 꺼지지 않도록, 사람들의 관심을 유지하는 거였으니까. 넓은 의미로 보면, 악플도 관심이라고 볼 수 있었다.

그래서 화신은 윤정이 모아두었던 증거의 복사본을 만들고, 해찬과 함께 순차적으로 올릴 목록을 작성했다. 처음에는 의심쩍은 것에서부터, 누가 봐도 강준이 범죄를 저질렀다

15. 불편한 진실 너머에

는 것을 인정할 만한 순으로 말이다.

그다음에서야, 화신은 '임 국회의원의 아들이 저지른 학교폭력 및 살인을 고발합니다.'라는 제목으로 사이트와 SNS에 글을 올렸다. 예상했던 것보다 화력은 거셌다. 새로운 피해자가 나타나고, 폭로글에 용기를 얻은 주변인의 목격담이 쏟아졌기 때문이다. 그리고 타이밍 좋게, 강준의 논문 표절과 채용 비리 논란이 터졌다. 그로 인해 불씨는 더욱 활활 타올랐다.

시간이 흘러, 변호사를 만나기로 한 날이었다. 화신은 정리해 둔 서류를 가방에 넣고 거울을 바라보았다. 해찬과 함께 계획을 진행하면서, 죄책감을 많이 덜게 된 화신은 훨씬 안정되어 있었다. 어깨를 당당히 편 화신이 거울 속의 자신에게 미소를 지어주었다.

그때, 책상 위에 올려둔 스마트폰이 울렸다.

[혼자서 괜찮겠어? 나도 같이 가줄까?]

윤정을 시작으로, 알람이 계속 울렸다.

[언니, 조심히 잘 다녀와! 파이팅!]

[우리 딸, 엄마·아빠가 응원할게.]

[그 자식이 찾아오면 어쩌려고 혼자 가. 끝나고 택시 타고 와. 도착하면 전화하고.]

마지막에 도착한 문자는 아빠가 보낸 거였다. 내용을 읽은 화신은 가슴을 찌르르 울리는 감동에 울지 않으려 눈에 힘을 줬다. 강준의 학교 폭력과 살인 의혹에 대한 기사가 나간 뒤, 화신은 걸려 오는 부모님의 전화를 피하지 않았다. 오히려 차분하게 정리해 둔 말을 꺼냈다.

솔직히 믿지 않을 수도 있다고 생각했다. 강준이 워낙 화신의 부모님에게 잘했기 때문이다. 하지만 다행히 그런 일은 없었다. 헤어졌다는 화신의 말에, 별다른 말 없이 그냥 잘했다고 하셨으니까.

'8년 전에도, 다른 사람과 상의를 해봤다면 어땠을까.'

그날, 솔라키움에 초대된 화신은 진실을 알게 되었다. 강준이 의도적으로 접근할지도 모른다고 생각한 유하가 걱정스러운 마음에 모든 걸 털어놓았기 때문이다. 유하는 피하라는 의미에서 한 말이었을 것이다. 하지만 슬픔에 미쳐있던 화신은 복수를 생각했다.

하지만 화신은 어수룩했고, 현실의 무서움을 알지 못했다. 그래서 꿈에서 깨자마자 증거도 없이 무작정 경찰서에 갔다가 소득 없이 나와야 했고, 윤정에게 찾아가 꿈의 내용을 사실대로 털어놓으며 도움을 청했다. 당연히 도와줄 거라고 생각했으니까.

'미안하지만, 나는 못해. 널 도와줄 수 없어.'

윤정의 거절에, 화신은 혼자서라도 해보려고 했다. 하지만 뉴스에서는 유하가 자살한 이유를 멋대로 떠들어댔고, 화신이 증거와 증인을 찾아보려고 해도 아무도 만나주지 않았다. 오히려 미친 사람 취급하기도 했다.

유하를 잃은 충격과 진실을 밝히지 못한 괴로움, 그리고 아무도 자신의 말을 들어주지 않는 상황에 화신은 충동적으로 수면제를 먹고 자살을 기도했다. 그 일을 기억하는 사람은 '예전엔' 없었다. 유하가 그 기억만 도려내 감췄으니까.

계속해서 울려대는 전화에, 화신은 우울한 생각에서 빠져나왔다. 수신자를 확인해 보니, 해찬이었다.

"여보세요?"

-아직 집이지? 태워줄게, 같이 가자.

"설마 직접 운전해? 아직 몸도 다 회복 안 됐잖아."

이제는 편해진 말투로 화신이 말했다.

-걱정 말고 내려와. 아파트 정문 앞에서 기다릴게.

"순 제멋대로야."

끊어진 화면을 보며 화신은 헛웃음을 터뜨렸다. 계획을 진행하면서 해찬과 계속 만나고 전화하다 보니, 어느새 말도 놓고 친해지게 되었다. 물론, 서로에 대해 잘 알게 되면서 가까워진 것도 있었다.

"다리에 힘도 안 돌아왔을 텐데, 운전면허는 언제 딴 거래?"

학교 폭력 이후 집에만 틀어박혀 있던 해찬이 자살 기도를 하고 깨어난 지, 이제 1년이 되어가고 있었다. 아직 건강이 돌아오지 않아 조심해야 했으나, 어째서인지 해찬은 혼수상태에서 깨어난 사람답지 않게 활기가 넘쳤다. 그만큼 강준에 대한 복수심이 남다른 것 같기도 했다.

"아! 그것도 챙겨야지!"

화신은 미니 자개함에서 꺼낸 녹음기를 가방에 소중히 넣었다. 여기엔, 강준이 제 입으로 범죄 사실을 인정한 내용이 담겨 있었다.

"나, 꼭 성공할 거야."

지지부진한 싸움이 되더라도 화신은 포기하지 않을 생각이었다. 8년 전과는 많은 게 달라졌으니까. 화신은 당찬 표정으로 빛 속을 향해 걸어 나갔다.

✺

변호사가 고발장을 접수한 날이었다. 유하의 부모님을 만나고 집으로 돌아온 화신은, 택시에서 내리다가 아파트 정문 근처를 서성이던 강준과 맞닥뜨렸다. 깔끔한 옷차림과 흐트러지지 않도록 정돈된 머리카락, 그리고 먼지가 한 톨도 묻어있지 않은 구두까지. 겉보기에 언제나처럼 완벽해 보였으나, 짙은 다크서클과 잘 피지 않던 담배를 피우고 있는 모습에서 초조함이 느껴졌다.

"여긴 어떻게 알고 왔어?"

"우리 이야기 좀 하자."

밤을 새운 사람처럼 충혈된 눈과 퀭해진 얼굴을 보고도 화신은 안쓰럽지 않았다. 야박하다 싶을 정도로 아무런 감정도 들지 않았으니까. 솔라키움에서 보고 겪은 일들은, 고맙게도 화신에게 남아있던 작은 감정조차 떼어내 주었다.

"나는 할 말 없어."

"제발, 내가 다 설명할게. 난 억울해, 화신아."

"뭐가 그렇게 억울한데?"

무시하고 가려던 화신은 자리에 멈춰서 강준을 돌아보았다.

"화신아, 그건 싸우던 도중에 일어난 사고였어. 친구가 죽은 모습을 보는 건, 성인이라도 두려울 만한 일이잖아. 응? 그때 나는 겨우 고등학생이었어. 괜한 오해를 받을까 봐, 겁먹은 어린아이였다고. 제발 화신아, 우리 여기서 더 나아가지 말자. 내가 이렇게 부탁할게."

"윤정일 때리고, 알몸 사진을 찍은 것도 사고라고 말할 거니? 나이가 어려서, 그래. 처벌받을 수도 있다는 생각에 두려울 수는 있어. 하지만 너는 주변 애들을 매수해서 상황 자체를 조작했잖아."

우연히 벌어진 사고가 맞을 수도 있다. 하지만 화신은 자연스럽게 나라가 잘못된 행동을 하도록 부추기던 강준을 잊을 수가 없었다. 우발적 사고에 대해 잘 알고 있는 것처럼 말하면서, 나라가 그걸 핑계 삼도록 만들었으니까.

"그래도 넌 나를 믿어줘야지. 내가 언제 너한테 폭력적으로 행동한 적이 한 번이라도 있었어? 그런 적 없잖아. 그리고 나는 네 남자친구야, 박화신. 죽어서 잿가루가 된 그 자식이 아니라!"

흥분한 강준이 큰 목소리를 내자, 멀찍이서 상황을 지켜보고 있던 경비 아저씨가 신고하는 게 보였다. 하지만 거리가 꽤 있었고, 경찰이 오는 사이에 강준이 무슨 행동을 취할지 알 수 없었다.

화신은 이대로 집까지 뛰어갈 수 있을까 고민했다. 잠시 머뭇대는 사이에 욕설을 내뱉은 강준이 위협적으로 다가오기 시작했다. 그때였다. 떠나지 않고 있던 택시의 문이 열리더니, 표정을 읽을 수 없는 해찬이 내렸다.

"오랜만이야, 강준아. 그런데 지금은 자숙해야 할 때 아닌가. 이렇게 나와 있어도 돼?"

"네가 왜 화신이랑 같이 있어. 씨발, 네가 부추긴 거였냐?"

"누가 부추긴다고 해서 죄가 만들어지는 건 아니잖아. 네가 했던 못된 짓들이 수면 위로 드러난 것뿐이야."

"이 새끼가."

"여기서 죄를 하나 더 추가하고 싶으면 그렇게 해. 기꺼이 맞아줄 테니까."

상황이 자신에게 불리하게 돌아가고 있다는 것을 깨달은 강준이 씩씩거리다가 화신을 노려보았다.

"내가 준 기회를 차버린 건 너야. 나중에 후회하지나 마."

"내 걱정은 말고, 네 걱정이나 해."

경찰이 오기 전에, 강준은 근처에 세워둔 차를 타고 부리나케 떠났다. 차가 완전히 사라지고 나서야 화신은 다리에 힘이 풀려 자리에 주저앉았다. 이대로 해코지라도 당하는 건 아닌가, 솔직히 무서웠다.

"괜찮아? 내일 나랑 접근금지 신청하러 가자."

"그냥 좀 놀란 거야. 덕분에 살긴 했는데, 안 가고 택시 안에서 뭐 하고 있었어?"

"네가 위협받는 영상을 찍느라고. 빨리 나오지 못해서 미안해."

접근금지 신청을 할 때도 증거가 필요했으므로, 해찬은 택시 안에서 원하는 장면이 나오기를 기다리고 있었다. 이제 경찰이 출동한 이력도 얻었고, 강준이 한 말을 전부 녹음도 해두었으니 신청은 무리 없이 받아들여질 것 같았다.

"우리가 잘하고 있는 모양이야. 마음이 급해서 직접 찾아온 걸 보니까."

잘게 떨리는 손을 주머니에 넣으며, 자리에서 일어난 화신이 말했다.

"시은이한테 전화할까?"

"그러지 마. 오늘 친구랑 놀다가 늦게 들어온다고 했어."

"혼자 있을 수 있겠어?"

같이 있어 달라는 말을 하려다가 화신은 멈칫했다. 그동안 해찬에게 받은 도움이 정말 많았기 때문이다. 혼자였다면 강준을 이렇게 빨리 궁지로 몰지는 못했을 것이다. 게다가 변호사를 만나거나 경찰서를 찾아가는 등 중요한 일을 할 때마다, 어떻게 알았는지 매번 같이 가주기도 했으니까.

'오늘도 해찬이 없었다면 위험했겠지.'

솔직히 자신에게 잘해주는 이유를 물어보고 싶었다. 본인도 재활 운동에, 공부도 다시 시작하려면 시간이 빠듯할 텐데 언제나 발 벗고 도와줬으니까. 하지만 대답이 두려웠던, 화신은 피해자끼리의 동질감일 뿐이라고 생각하고 싶었다. 해찬과의 관계를 잃고 싶지 않았으니까.

"요 앞에 맛있는 치킨 가게가 있는데, 치맥하고 갈래? 내가 살게."

이기적이라는 것을 알면서도 화신은 지금은 혼자 있고 싶지 않았다. 혹시 거절하면 어떡하지? 속으로 초조해하고 있는데, 해찬이 미소 지으며 말했다.

"뭐해. 안 가?"

"어? 가야지. 내가 안내할게!"

조금 전까지 두려웠던 화신은 마음이 진정되는 것을 느꼈다.

걸어서 10분 거리에 있는 치킨 가게는 사람들로 바글거렸다. 겨우 구석에 자리 잡고 인기 메뉴를 시킨 화신과 해찬은 익숙하게 이런저런 대화를 이어나갔다.

"넌 앞으로 뭐 할 거야?"

화신이 물었다.

"아르바이트하면서 공부하려고. 배우고 싶은 게 있어서."

"뭔지 물어봐도 돼?"

"좀 더 확실해지면 말해줄게. 윤정이는 여행 갔다며?"

"응. 제주도에서 한 달 정도 살다가 온대. 여기선 힘든 일이 많았으니까."

씁쓸한 어조로 화신이 말했다. 유하의 사건이 재수사될 수 있도록 계획을 세운 다음날, 윤정이 찾아왔었다. 두 사람은 많은 대화를 나누었고, 화신은 윤정의 진심 어린 사과를 받아들였다. 그렇게 다시 친구로 지내는 중이었다.

"진짜 개새끼야."

모든 원흉을 떠올리자, 화신은 절로 욕이 튀어나왔다.

"강준이를 말하는 거지?"

"당연하지. 꼭 처벌받았으면 좋겠어."

때마침 시원한 맥주가 도착했다. 화신은 500cc를 무슨 물처럼 들이켰다. 그만큼 속이 탔기 때문이다. 잔을 탁 내려놓자, 앞에 내밀어진 닭다리를 화신은 익숙하게 받아들였다.

"이제 속닥 벌레는 안 보여?"

해찬이 물었다.

"현실로 돌아온 후로 본 적 없어."

"다른 사람들도?"

"응. 완전히."

정말 거짓말처럼 보이지 않게 되었다. 마치 해야 할 일을 마친 것처럼, 어떤 징조도 없이 그렇게 사라져 버렸다. 화신은 조심스럽게 시은에게도 물어봤지만, 깽판을 치고 경찰서에 들어갈 생각은 해봤어도 자살을 생각한 적은 없다고 말했다.

살고 싶다는 마음과 변하고 싶다는 생각이 독을 몰아낸 걸까? 여전히 미스터리였다.

"독은 왜 일부 사람한테만 보이는 걸까?"

"글쎄. 내가 도와줄 수 있는 사람이거나, 혹은 기회를 주기 위한 장치가 아니었을까?"

"그럴 수도 있겠다. 혹은, 독이 있는 사람만 볼 수 있었던 걸 수도 있고."

"가능성은 있지. 하지만 내 생각에 너는 특별한 경우였을 것 같아. 실제로 시은의 몸에는 속닥 벌레의 독이 퍼지지 않았지만, 너한테는 그게 보였으니까. 그 이유가 널 살리기 위해서는 아니었을까? 넌 동생을 아끼니까. 독을 없애기 위해서라면 어떤 노력이든 했을 거야. 그러니까 혹시나 솔라키움에서 깨닫지 못했더라도, 동생을 도우면서 자연스럽게 살아야 할 이유를 찾게 되었을지도 몰라."

별거 아닌 것처럼 의견을 말하고는, 태연하게 치킨을 먹는 해찬을 보면서 화신은 그때의 감정을 떠올려 봤다. 확실히 시은의 목에서 벌레의 독을 발견했을 때, 동생을 살려야 한다는 생각밖에는 안 들었던 것 같다.

'그래서 여행을 가기로 한 거였지.'

편안한 곳에서 즐기다 보면, 혹시나 시은의 마음이 풀어질지 모른다고 생각했으니까. 그래서 조용히 대화할 장소가 필요했고, 여행을 계획한 거였다. 혹시 이것도 계획의 일부였을까. 온은 어디까지 내다본 거였을까. 화신이 델리고 마을의 초대된 것은, 여행지로 출발하기 전날 밤이었기 때문이다.

참 많은 일이 있었다. 마을에서 열린 야시장에서 윤정을 쫓다가 우연히 제하를 만났고, 솔라키움에 참가하게 되었다. 그곳에서……. 화신은 애써 모르는 척했던, 정말로 외면하고 있었던 마음이 무엇인지 깨달을 수 있었다. 그래서 특별했던 여행이 끝난 후에, 속닥 벌레가 사라지게 된 건 아니었을까. 화신은 마치 다시 태어난 기분이었다.

'제하 씨한테는 결국 말할 기회가 없었지만, 나는 돌아갈 기회를 놓치지 않고 잡았구나.'

제하에게는 미안하고, 감사한 일들뿐이었다. 그리고 하은 남매를 보내고 제하가 설명해 줬던 말이, 이제야 이해가 되었다.

물론, 반대의 경우도 있었다. 강준은 8년 전 그때, 윤정의 목에 퍼진 독을 봤으면서도 이용하기에 바빴으니까. 그리고 화신에게도, 같은 선택을 했다. 강준이 언제부터 독을 보았는지는 알 수 없었다. 하지만 왜 하필 그였는지, 화신은 이유를 짐작할 수 있었다.

"네 말이 맞는 것 같아. 만약 눈에 보이지 않았다면 알지 못했을 거야. 그래도 좀 씁쓸하다. 독이 퍼지지 않는 세상이 되면 좋을 텐데."

"언젠가는 그런 날이 오지 않을까? 상처를 주는 사람이 있으면, 그 상처를 치료해 주는 사람도 있을 테니까."

해찬의 말에, 화신은 위로의 정원을 바라보면서 시은과 나누었던 대화가 떠올랐다.

"왜 그렇게 봐?"

"그냥 어디서 들어본 말이기도 하고, 좀 의외라서."

화신이 웃으며 말했다. 이젠 그 말에, 공감할 수 있었으니까.

"하긴, 나도 내가 이런 생각을 하게 될 줄은 몰랐어. 하지만 꾸준히 관심을 갖고 희망을 놓지 않은 덕분에, 여러 사람의 인생이 바뀐 걸 보게 되었거든. 그래서 나도 시간이 얼마나 걸리든 간에 포기하지 않으려고."

"무슨 마음인지 알 것 같아. 솔직히 유하의 사건을 사람들에게 알리면서, 관심이 금방 식을지도 모른다고 생각했어. 그런데 많은 공감과 응원을 받으니까 알겠더라. 내 생각보다 훨씬 많은 사람이, 더 나은 세상을 바라고 지지한다는 것을 말이야. 그러니까, 나도 네 말에 동의해. 분명, 그런 날이 올 거야."

타인을 배려하고 사랑하는 그런 세상이.

16.

다시 쓰인
결말

반년 후, 유하의 사건에 대한 재수사가 시작되었다. 화신은 지금까지의 내용을 정리해서 순차적으로 개인 홈페이지에 업로드하고 있었다. 사람들의 관심이 커질수록 수사를 하는 입장에선 부담감을 느낄 수밖에 없을 테니까. 그리고 이런 일이 있었다는 걸, 많은 사람이 알고 기억해 주었으면 했다.

"그쪽에선 계속 우발적 사고로 밀고 갈 모양이던데, 높은 형량이 나오기는 어렵겠지?"

착잡한 얼굴로 화신이 말했다. 그동안 강준도 가만히 당하고 있지만은 않았다. 끊임없이 유하에 관해 좋지 않은 소문을 내었고, 학교 폭력은 없었음을 주장했다. 그리고 이번에도 돈으로 사람을 매수했다.

그 사실을 알게 된 건, 한 달 전에 방영된 지상파 방송에서였다. 과거의 사건을 재구성하는 프로그램에서 유하의 사건을 다뤘는데, 동창생이라고 주장하는 두 명이 나와 강준과 유하가 친한 사이였다는 인터뷰를 한 것이다. 그런데 윤정에게 확인한 바에 따르면, 그 두 명은 강준과 함께 유하를 괴롭힌 놈들이었다. 죽은 사람은 말이 없으니까. 얼마든지 속일 수 있다고 생각한 것 같아서 화신은 화가 났다.

"괜찮을 거야. 우리한테는 증거도 있고, 증인도 많이 있잖아. 그런데 네 얼굴을 보니까, 계속 걱정할 것 같네. 안 되겠다. 이번 주말에 다 같이 여행이나 가자."

예정했던 것보다 제주도에 오래 있다가 올라온 윤정이 눈을 반짝이며 제안했다.

"이 상황에서 무슨 여행이야."

"이럴 때일수록 환기해야지. 마음의 힐링이 있어야, 앞으로의 싸움도 힘낼 수 있는 거야. 그렇지, 해찬아~."

"응. 내 생각도 그래. 단시간에 끝나는 일이 아니니까. 우리가 지치면, 저들에게 좋은 일 하는 거잖아."

그런가. 해찬까지 동조하자, 화신도 고개를 끄덕일 수밖에 없었다. 뒤늦게 소식을 들은 시은까지 껴서 가게 된 여행지는 영종도였다. 맛있는 것도 먹고, 사람이 별로 없는 저녁에는 불꽃놀이도 했다. 먹고 즐기기만 한 1박 2일 여행을 마치고 돌아오는 길에는, 월미도에 들러 오랜만에 놀이기구를 타기도 했다.

이렇게 놀아도 되나, 하는 가벼운 죄책감에 화신은 속으로 유하에게 사과를 전했다.

"시간도 늦었는데, 그냥 가까운 호텔에서 묵고 가면 안 돼?"

시은이 아쉬운 투로 물었다.

"안 돼. 택시 타는 비용이 더 싸."

화신이 칼같이 집에 가야 한다고 주장했다.

"난 빼줘."

"혼자 가려고?"

"아니? 남자친구가 데리러 왔거든~. 그렇게 됐으니까, 해찬이 네가 책임지고 두 사람 안전하게 데려다주기다. 그럼, 나는 간다~!"

미련 없이 윤정은 친구들을 뒤로했다. 역 앞에서 기다리기로 한 남자친구를 만나러 뛰어가는 뒷모습에서 신이 난 게 느껴졌다.

"와, 윤정 언니 능력자네."

현재 시각이 새벽 2시라는 걸 확인한 시은이 작게 감탄했다. 그렇게 윤정을 배웅한 후, 세 사람은 택시를 타고 집으로 향했다.

"오빠는 집에 가기 싫은 거야? 표정이 왜 그래?"

해찬의 어깨를 쿡 찌르며 시은이 물었다.

"왠지 불안해서."

"에이, 별일이야 있겠어? 가만 보면, 오빠는 걱정이 너무 많은 것 같아."

"들켰네. 걱정이 많은 날 위해 오늘만 거실에서 재워주지 않을래?"

"응. 그건 안 돼."

시은과 해찬의 투덕거림을 듣던 화신은 깜박 잠이 들었다. 어깨가 흔들리는 느낌에 눈을 떴을 때는 아파트 정문 앞에 택시가 서 있었다.

"조심해서 들어가."

"다음에 또 봐, 오빠~!"

멀어지는 택시를 향해 팔을 흔드는 시은을 데리고, 화신은 아파트로 들어갔다. 때마침 엘리베이터가 1층에 멈춰 있었다. 탑승자는 화신과 시은뿐이었고, 엘리베이터는 오늘따라 한 번의 멈춤도 없이 조용히 올라가기 시작했다.

"언니는 남자친구 안 사겨?"

스마트폰에서 시선을 뗀 시은이 물었다.

"별로, 아직은 생각 없어."

"혹시 해찬 오빠는 어때?"

그때, 화신의 스마트폰이 울렸다.

"호랑이도 제 말 하면 온다더니."

수신자를 본 시은이 킥킥 웃어댔다.

"괜한 의미 부여하지 마. 우리가 잘 들어갔는지 물어보려고 전화한 걸 테니까."

"치, 그러면 스피커로 해. 내가 들어도 상관없잖아."

"알겠으니까, 좀 떨어져. 여보세요?"

-어디야?

"엘리베이터 안. 근데 너 지금 운동해?"

해찬의 거친 숨소리에, 화신이 의아한 듯 물었다.

-설명은 나중에, 일단 거기서 내려. 얼른!!

다급한 목소리에, 옆에서 듣고 있던 시은의 얼굴이 굳어졌다. 현재 17층, 엘리베이터 숫자를 확인한 화신이 왜 그러냐고 물었다.

-줄 게 있어서 되돌아가는 중에, 강준의 차가 너희 아파트에서 멀지 않은 골목에 세워져 있는 걸 봤어. 혹시 너희 집으로 갔을지도 몰라. 그러니까 내려, 내려서 당장 경비실로 가!

화신의 얼굴이 창백하게 질렸다. 접근금지가 되어 있다고해도, 신고하기 전에는 경찰이 알 방법이 없었기 때문이다. 어쩌면 벌써 아파트 안에 들어와 있을 가능성도 있었다.

"내리자마자 아래로 뛰는 거야. 할 수 있겠어?"

떨리는 시은의 눈동자를 흔들림 없이 응시하며 화신이 말했다.

"그런데 신고는?"

-내가 했어. 그러니까 너희는 경비실, 아니 차라리 정문 쪽

으로 뛰어!

"그렇게 할게. 그리고 통화는 계속하자. 녹음을 해두는 게 좋을 것 같아."

-이유는 알겠는데, 무리하지는 마, 지금은 무사히 도망치는 것만 생각해. 알겠지? 나도 최대한 빨리 갈게.

왠지 해찬의 한숨이 들린 듯했으나, 화신은 무시했다. 그리고 녹음이 잘되도록, 바지 뒷주머니에 폰을 거꾸로 꽂아두고서 19층과 20층 버튼을 눌렀다. 이미 눌린 버튼은 취소가 되지 않았으므로, 시간을 끌어보려는 계산이었다.

엘리베이터 문이 열리고 3초 후, 위층에서 빠르게 뛰어 내려오는 소리가 들렸다. 어쩌면 화신과 시은이 아파트로 들어가는 것을 복도에서 계속 지켜보고 있었던 걸지도 몰랐다.

'불이 났다고 소리라도 지를까?'

순간 그런 생각이 들었다. 도와달라는 말보다 효과가 좋다는 말을 어디선가 들은 적이 있었기 때문이다. 쿵! 쿵! 계단을 몇 칸씩 건너뛰며 내려오는 무거운 발소리에, 화신은 심장이 밖으로 튀어나올 것만 같았다.

두 사람은 뒤도 돌아보지 않고 서둘러 아래로 내려갔다. 화신은 등 뒤로 식은땀이 흘러내리고 다리가 후들거렸다. 손에 땀이 차서 잡고 있는 시은의 손을 놓칠 것만 같았다.

'이대로 가면, 우리 둘 다 잡히겠어.'

서로에게 방해가 되는 상황은 피해야 했다. 그래서 화신은 손을 놓고, 먼저 내려가라고 손짓했다. 시은은 잠시 멈칫했으나, 이내 고개를 끄덕였다.

'이럴 줄 알았으면 체력 좀 길러둘걸.'

날다람쥐처럼 몇 칸씩 수월하게 뛰어 내려가는 시은을 보며, 화신은 숨을 골랐다. 하지만 따라 할 마음은 없었다. 괜히 무리하다가 넘어지기라도 하는 날에는, 끝이었으니까.

강준이 쫓아오는 소리가 점점 가까워지는 것 같았다. 화신은 뒤를 돌아보고 싶은 충동을 참으며, 1층에 도착하는 것만 생각하기로 했다.

"헉, 헉 거의 다 왔다!"

숨이 부족해 폐가 터질 것 같았으나, 화신은 고지가 눈앞에 있다는 것에 작은 희열을 느꼈다. 그렇게 공동 현관을 벗어나려던 순간이었다. 화신은 두피의 통증을 느끼며, 머리카락이 잡힌 채 그대로 안으로 끌려들어 갔다.

"하마터면 놓칠 뻔했네."

검은 마스크와 검은 모자를 깊게 눌러쓴 강준이 말했다.

"윽, 이거 놔!"

"그러면 또 도망갈 거잖아. 대체 왜 이래, 화신아. 대화 좀 하자는 게, 그렇게 어려운 일이야? 왜 자꾸 피하려고만 해. 마음 아프게."

16. 다시 쓰인 결말

"할 말 없다고 했잖아. 그리고 내가 접근금지 신청한 거 잊었어? 너, 이거 범죄야. 알아?!"

"여자친구 좀 만나러 온 건데 무슨 범죄……! 후, 네가 나한테 화가 난 건 이해하겠는데 이런 식은 아니지 않아? 적어도 나한테 기회는 줘야 하는 거잖아. 대화를 계속 피하기만 하면 어떡하자는 거야."

강준의 헛소리를 한 귀로 흘리며, 화신은 생각했다. 시간을 끌어야 해. 그리고 강준을 자극해 봤자 좋을 것이 없다고 판단한 화신이 몸부림치는 것을 멈추고는 물었다.

"좋아. 한 번 들어나 보자. 내가 무슨 기회를 주고, 너랑 무슨 대화를 해야 하는 건데?"

"내 변호 좀 해줘."

"뭐?"

"죽은 사람은 죽은 사람이고, 산 사람은 살아야지. 나 아직 창창한 20대야. 도와줘, 화신아. 날 위해서 네가 모은 증거, 전부 조작한 거라 증언해 줘."

"싫어."

화신이 일말의 망설임도 없이 거절했다.

"감정적인 부분은 내려놓고, 좀 이성적으로 생각해 봐. 너도 이만큼 했으면 됐잖아. 이제 과거가 아니라 현재를 살아야지. 응? 그러니까 화신아, 날 선택해 줘. 이번 일만 잘 해결되면, 너한테 좋은 사람이 되려고 내가 더 노력할게."

우는 것처럼 강준의 목소리가 잘게 떨렸다.

"필요 없어. 나는 진실이 밝혀지길 원하니까."

"왜? 대체 유하, 그 자식이 뭔데! 씨발, 내가 네 옆에서 어떻게 했는데! 화신아, 제발 좀! 나, 너한테 최선을 다했어. 너도 그건 부정 못하잖아. 널 진심으로 사랑하고 아껴준 건 나잖아!? 근데 죽은 새끼가 뭐라고, 나한테 이래. 어떻게 내 뒤통수를 쳐. 어?!"

원하는 대답은커녕, 사실상 끝까지 가겠다는 대답을 듣게 된 강준이 악을 쓰기 시작했다. 머리카락을 쥔 악력이 세졌다. 화신은 비명을 삼키며, 강준의 손을 떨쳐내기 위해 고개를 흔들었다. 이제 좀 경비원이든, 경찰이든, 해찬이든 누구라도 와줬으면 싶을 때였다. 멀지 않은 곳에서 또각또각 하이힐 소리가 들려왔다. 그러자 강준이 멈칫하는 게 느껴졌다.

"얌전히 내가 하라는 대로 움직여."

"내가 왜."

"네 친구의 알몸 사진이 인터넷에 쫙 퍼지는 걸 보고 싶다면 마음대로 해."

귓가에 속삭이는 강준의 말을 이해한 화신의 몸이 얼어붙었다.

"왜 그렇게 놀라. 내가 지웠다고 걔가 그래? 틀린 말은 아닌데, 찾아보니 사본이 있더라고. 못 믿겠으면 소리 질러봐."

침묵하는 화신이 마음에 든 강준이 미소 지었다. 이제야 상황이 원하는 방향으로 흘러가는 듯했기 때문이다. 두 사람이 다시 의기투합한 건 매우 거슬렸으나, 의외로 도움이 될 것 같았다. 그 덕분에, 윤정의 약점을 쥐고서 화신을 흔들 수 있게 되었으니까.

"연인처럼 날 끌어안아."

강준의 손이 머리카락에서 떨어졌으나, 화신은 도망치지 못하고 순순히 몸을 돌렸다.

"개자식."

"입은 통제할 마음이 안 드나 보네. 재갈이 필요하겠어."

섬뜩한 미소를 지은 강준이 느릿하게 화신의 뒷머리를 쓸어내렸다. 그리고 손에 힘을 줘, 제 어깨에 화신의 머리를 눌렀다. 코와 입이 막혀 숨을 쉬기가 힘든지, 버둥거리는 화신의 왼팔을 허리와 같이 팔로 옭아맸다. 그러자 화신이 강준의 어깨를 부여잡았다. 그렇게 두 사람은, 서로를 애틋하게 끌어안고 있는 모양이 되었다. 강준이 원했던 대로.

그때, 가죽 앵클부츠를 신은 여자가 공동 현관을 열고 안으로 들어왔다. 강준은 자신을 쳐다보는 시선을 느끼고는 선수를 쳐 말했다.

"저희가 오랫동안 만나지 못해서요. 신경 쓰지 말고 가세요."

"그럴 수는 없겠는데? 나도 오랜만이라서."

"네?"

"나 기억 안 나?"

"사람을 착각하신 것 같은데요."

강준이 억지웃음을 지었다.

"이번엔 진짜 기억을 못 하는 모양이네."

"저기요. 사람 잘 못 보셨다고요. 그냥 갈 길 가세요."

끈덕지게 구는 여자가 귀찮았던 강준이 짜증스럽게 대꾸했다.

"기억도 없으면서, 여전히 자기가 상황을 통제할 수 있다고 여기는 거야? 건방지게."

그 말과 함께 훅 거리를 좁힌 여자가 화신의 목덜미를 틀어쥐고 있던 강준의 손목을 붙잡아 그대로 떼어냈다. 마치 옷에 묻은 먼지를 떼어내듯이 가뿐하게 말이다.

"씨발, 뭐야!"

여자한테 힘으로 밀린 강준이 당황해서 소리쳤다. 곧장 벗어나려고 해봤으나, 조금도 몸을 움직일 수가 없었다. 믿기 힘든 악력에, 잔뜩 긴장한 강준이 마른침을 삼켰다. 그러나 여자의 행동은 거기서 끝이 아니었다.

16. 다시 쓰인 결말

"악! 씨, 무슨 짓! 으윽!"

그 상태로 강준의 손목을 꺾은 여자가 그대로 벽에 밀어붙였다. 순식간에 벌어진 일이었다. 얼굴은 벽에 눌리고, 부딪힌 이마는 멍이 들 것처럼 욱신댔다. 마치 무거운 돌이, 등 뒤에서 자신을 누르고 있는 것만 같았다. 강준은 자신의 모습이 창피하고 분해서 이를 악물었다.

"괜찮아?"

"네. 도와주셔서, 감사합니다."

벽에 기대어 부족한 숨을 채우고 있던 화신이 감사 인사를 힘겹게 건넸다. 그런데 여자의 분위기가 왠지 모르게 익숙하게 느껴졌다. 하지만 머리가 몽롱하고, 챙이 넓은 검은색 병거지에 가려져 여자의 얼굴을 확인할 수가 없었다.

그때, 해찬이 경찰과 함께 도착했다. 강준은 도망가지 못하고 현장에서 바로 체포되었다. 그리고 뒤늦게 해찬의 연락을 받고 온 시은이 울면서 화신을 끌어안았다.

"혹시 모자를 쓰고 있던 여자분은 못 봤어?"

동생을 달래던 화신이 해찬에게 물었다. 한 번 더 감사 인사를 전하고 싶었는데, 어느 순간부터 사라지고 없었기 때문이다.

"글쎄. 굳이 얽히고 싶지 않아서 자리를 피하신 게 아닐까."

묘하게 가라앉아 보이는 해찬의 상태에, 화신은 더 물어볼 수가 없었다. 무엇보다도 위험한 일을 겪은 후였으니까. 화신의 그런 생각을 뒷받침해 주듯, 매번 농담만 하고 자고 간 적은 없었던 해찬이 거실에서 자고 가겠다고 선언했다.

그렇게 위험천만했던 사건이 지나고, 아침이 밝았다. 해찬은 집에 없었고, 연락도 되지 않았다. 심각한 일은 아닐 것이다. 어쩌면 자기 집에 돌아가서 자고 있는 걸 수도 있었다. 화신은 애써 좋게 생각하며, 윤정과 만나기로 약속했던 카페로 향했다.

"뭐?! 새벽에 그런 일이 있었어? 근데 접근금지를 무시하고 찾아온 것도 모자라서, 협박도 한 자식한테 꼴랑 벌금형이라고? 장난하나."

소식을 전해 들은 윤정이 주먹을 휘두르며 분개했다. 속이 타는지 얼음물을 한 번에 들이켰으나, 그거로도 부족한 얼굴이었다. 그래서 윤정은 누군가를 생각하며 얼음을 격하게 씹어 먹기 시작했다.

"넌 괜찮아?"

화가 약간 가라앉은 윤정이 걱정스러운 얼굴로 물었다.

"응. 어떤 여성분이 도와주셨거든. 게다가 해찬이 미리 알아채고 경고해 줘서 빨리 도망칠 수 있었어. 천만다행이었달까."

"여자분은 못 찾았다고 했지. 혹시 같은 아파트 주민은 아니고?"

"모르겠어. 어둡기도 했고, 정신이 없어서 얼굴을 제대로 못 봤거든, 그래서 아파트 CCTV를 확인해 봤는데, 모자 때문에 얼굴이 제대로 보이는 게 없었어."

"해찬이는? 걔도 못 봤대?"

"본 것 같기는 한데, 뭔가 숨기는 느낌이랄까? 반응이 좀 이상했어."

화신의 말을 듣던 윤정은, 말할 듯 말듯 고민하다가 입을 열었다.

"그럼, 너랑 관련된 사람이 맞을지도……. 널 도와준 걸로 봐선 나쁜 사람은 아닐 것 같지만 혹시 모르지. 걔는 주변이랄까? 특히나 너에 대해서는 좀 유별난 데가 있거든."

"그냥 위험한 상황에 민감해서 그런 거겠지. 꼭 내가 아니었더라도, 걔는 똑같이 행동했을걸?"

"그런가. 근데 걔는 오전부터 연락이 안 되네? 오늘 너랑 만난다고, 카페 주소랑 시간까지 문자로 알려줬는데."

아쉬워하는 윤정의 말에, 화신의 눈이 가라앉았다. 사실 집을 나서기 전에 도착한 문자가 하나 있었다. 당분간 혼자 다니지 말라는, 걱정이 담긴 내용이었다. 곧바로 해찬에게 연락해 봤으나 받지 않았다. 그동안 강준의 범죄를 밝히려 노력하면서 같이 있는 시간이 많았기에, 갑작스러운 부재가 당황스럽기도 하고 걱정되기도 했다.

하지만 겨우 3시간 연락이 되지 않은 걸로, 여기저기 전화해서 유난을 떨 순 없었다. 그래서 화신은 생각하지 않으려고 애쓰며, 윤정과 평범하게 수다를 떨었다. 그리고 집으로 돌아와 씻지도 않고 침대에 엎어졌다. 화신은 불퉁한 얼굴로 액정 화면을 바라봤다.

"아직도 연락이 없네."

전화를 해도 급한 일이 있는지 신호음만 가다가 끊기기 일쑤였다. 반쯤 멍하니 침대에 누워서 천장을 바라보던 화신이 옆으로 몸을 돌렸을 때였다. 처음 보는 검은색 편지봉투가 책상 위에 놓여 있었다. 화신은 벌떡 일어나 편지를 확인했다.

고급스러운 봉투 위에는 황금색의 해바라기가 봉투 뒷면에 넘어갈 정도로 크게 각인되어 있었다. 앞뒤를 살펴봐도 받는 사람 이름에 '박화신'이라고 적혀만 있을 뿐이라서, 화신은 의아해하며 편지를 꺼냈다.

그 순간, 둥근 동전 하나가 바닥에 떨어지며 소음을 냈다. 봉투가 가볍게 느껴져서 안에 뭔가 들어있을 거라고 생각하지 못했던 화신은 놀란 눈을 했다가, 떨어진 동전을 주워들었다.

"솔라키움 통행증이랑 비슷하게 생겼네."

처음에는 같은 건 줄 알았다. 하지만 자세히 살펴보니, 뒷면에 이름을 적는 공간까지 해바라기 잎으로 완전히 가려져 있었다. 화신은 이상함을 느끼며, 편지를 읽어 내려갔다.

안녕, 화신아. 갑자기 편지를 받아서 놀랐겠지만, 이건 안부도 남길 겸, 몇 가지 알려주고 싶어서 쓴 것뿐이야. (참고로 흔적을 남기면 안 돼서, 시간이 지나면 자동으로 내용만 사라질 거야.)

우선, 솔라키움은 당분간 운영이 정지되었어. 예상했던 일이니까, 이것도 너무 걱정하진 말고. 영혼을 위한 일이었다곤 해도 규칙을 많이 위반한 건 사실이니까. 뭐, 이번 기회에 아주 푹~ 쉬어 보려고. 그리고 제하는 괜찮아. 유하가 떠나고 남아 있던 감정도 거의 사라졌거든.

사실은 너에게 꼭 해주고 싶은 말이 있어. 화신아, 잘 해결될 거야. 세상에는 청렴해야 할 자리에 있으면서 청렴하지 못한 인간들이 있거든. 그러니까 걱정하지 말라고 말해주고 싶었어.

아무튼 네게 이번 여행이 도움이 되었기를 바라. 다시 만나서 반가웠고, 너희들이 무척 그리울 거야. 그렇다고 또 오지는 말고, 그땐 엉덩이를 걷어차 줄 거야. (웃음)

부디 이번엔 너희가 행복하기를. 잘 있어, 화신아.

※ 추신 : 참, 네가 가진 유하의 통행증은 내가 가져갔어. 작동 불가 사유에

포함되었거든. 아쉬울 수도 있겠지만…… 아마 너는 현재를 더 마음에 들어 할 거야. (그리고 편지와 동봉된 건 유사품인데, 행운의 증표로 삼아줘♥)

서랍에서 자개함을 꺼낸 화신은 안에 넣어둔 은색 동전이 감쪽같이 사라졌다는 것을 깨달았다. 그리고 편지에서 예고한 대로, 살짝 갈겨쓴 온의 글씨가 지우개로 지워지는 것처럼 서서히 흐릿해지기 시작했다. 깨끗하게 변해가는 편지가 아쉬워, 화신은 다시 읽어 내려갔다.

눈에 새길 것처럼 꼼꼼하게 내용을 읽던 화신이 뭔가를 발견한 것처럼 멈칫했다. 편지 후반에 의미심장한 내용이 있었기 때문이다. 너희는 누구를 지칭하는 것이며, 유하의 통행증은 왜 작동 불가가 되었을까. 답이 적혀 있는 것처럼 화신은 편지지를 뚫어져라 쳐다보았다.

그렇게 모든 내용이 사라졌을 때였다. 화신이 고민할 줄 알았다는 듯이, 편지지 중앙에 통행증 작동 불가 사유가 떠올랐다.

"설마."

화신은 신발을 대충 구겨 신고 밖으로 뛰쳐나갔다. 그러면서 해찬에게 전화를 걸었으나, 몇 번을 해도 계속 자동응답기로 넘어갈 뿐이었다. 화신은 초조했고, 머릿속을 차지한 하나의 가정을 당장 확인하고 싶었다. 그러기 위해선 해찬을

16. 다시 쓰인 결말

만나야만 했다.

그래서 화신은 무작정 택시를 잡아탔다. 집주소를 모른다는 것을 깨달았지만 상관없었다. 그렇게 해찬의 동네로 향한 화신은, 그가 자주 가는 포차 앞을 서성이고 있었다.

"여기서 뭐 해?"

익숙한 음성에 화신이 뒤를 돌아보자, 눈을 동그랗게 뜬 해찬이 서 있었다.

"묻고 싶은 게 있어서 널 기다렸어. 계속 전화를 안 받던데, 무슨 일이 있는 건 아니지?"

"전화했었구나, 미안. 급하게 결정을 내려야 할 일이 있어서 미처 연락을 못 했어. 나한테 물어볼 말이 뭔지는 모르겠지만, 어디 앉아서 할까? 너 지금, 금방이라도 쓰러질 것 같아."

해찬의 걱정 가득한 말에, 화신의 심장이 방망이질하듯 뛰기 시작했다.

'성급하게 굴지 말자.'

화신이 스스로를 타일렀다. 사람이 많은 곳에서 할 이야기는 아니었으니까. 적어도, 그 정도의 이성은 남아 있었다.

"그래. 조용한 곳으로 가자."

✦

언덕에 있는 한적한 공원은, 해찬의 동네가 훤히 내려다 보였다. 두 사람은 벤치에 앉아 잠시 말없이 야경을 바라보았다. 마음을 다스릴 시간이 필요했던 화신을 위한 배려였다.

'온이 편지에 쓴 것처럼, 단순 안부 차원일 수도 있어.'

덕분에 좀 전보다 차분해진 상태로, 화신은 온의 의도를 다시 생각해 볼 수 있었다. 갑자기 온이 편지를 보낸 이유가 뭘까. 혹시 중요한 뭔가를 알려주려고 한 건 아니었을까.

'그렇게 생각하고 싶은 건 아니고?'

화신은 스스로에게 물었다. 자신에게 유리한 대로, 편지 내용을 과대 해석한 것은 아닐까. 너무 외로웠던 나머지, 해찬에게 유하를 덧씌우고 싶은 이기적인 마음이었을지도 모른다고 말이다. 하지만 안부가 목적이었다면, 굳이 편지지에 그걸 떠오르게 하진 않았을 것이다. 화신은 더 이상 솔라키움과 관계가 없었으니까.

마지막에 나타났던 건, 통행증 작동 불가 사유였다. 그 내용은…….

1. 발급 주체가 이승으로 돌아간 경우
2. 발급 주체가 새로 태어난 경우
(※ 2는 환생 등의 사유로, 영혼의 이름이 바뀌었음을 의미한다.)

아무리 생각해 봐도, 답은 하나밖엔 없었다. 그래서 화신은 질질 끌지 않고, 해찬에게 돌직구를 던지기로 했다.

"너, 유하지."

"왜 그렇게 생각해?"

당황하지도 않고, 해찬은 되레 이유를 물었다. 화신은 어디까지, 어떻게 말할지 생각하다가 윤정이 했던 말을 떠올렸다.

"솔직히 네가 날 이렇게까지 챙겨줄 이유가 없잖아. 그동안 일면식도 없는 남이었고, 우린 단지 강준을 처벌하겠다는 이유로 잠깐 합심한 거였으니까. 겨우 그 정도의 관계일 뿐인데, 넌 마치 자기 일처럼 나서서 날 도와줬잖아."

"네가 겪은 일이 남 일 같지 않아서, 챙겨주고 싶었던 걸 수도 있지. 게다가 그때의 넌 좀 위태로워 보였거든."

"그건, 그랬지. 그럴 수도 있겠다."

"말이랑 다르게, 전혀 납득한 표정이 아닌데?"

"당연하지. 넌 내가 뭘 좋아하고 싫어하는지 말하지 않아도 알고 있었잖아. 게다가 윤정이를 처음 만났을 때도 묘하게 익숙해 보였어."

화신이 막힘없이 이유를 말했다. 그게 끝이 아니었다. 다른 사람한테는 깍듯하게 굴면서, 화신과 윤정에게는 친근하게 반말한 것도 이상했다. 거기다 카페에 가면 무조건 딸기

디저트를 사 오는 것도, 다 같이 영화를 보러 가기로 하면 꼭 먼저 확인해서 벌레나 귀신이 나오는 건 제외하는 것도 그랬다.

"그거야 온을 통해서 전부 봤으니까."

"기억을 조금 봤다고, 그 사람의 입장에서 세상을 볼 수 있게 되는 건 불가능해. 능숙하게 상대방을 배려하는 건 더욱 말이 안 되고."

이제 화신은 대놓고 의심스럽다는 눈빛으로 해찬을 바라봤다. 하지만 정답인지 아닌지, 해찬의 표정만 봐서는 알 수가 없었다. 아까부터 계속 웃고 있는 얼굴이었기 때문이다.

"그런데 아까 말한 중요한 결정이라는 건 뭐야? 잘 끝내고 온 거야?"

무작정 밀어붙이기만 해서는 안 될 것 같아서 화신이 다른 질문을 던졌다.

"응. 솔직히 부작용이 있다거나 포기해야 할지도 모른다고 생각했는데, 다행히 괜찮게 마무리된 것 같아."

화신은 입술을 깨물었다. 어떤 결정인지, 뭘 선택한 건지 말하라고 다그치고 싶었으니까. 하지만 이기적으로 굴고 싶지 않았다. 화신은 집에 나올 때부터 쥐고 있던 동전을 매만지며, 손끝으로 각인된 유하의 별자리를 덧그렸다.

어쩌면 그 결정이라는 걸 알 듯도 했다. 불안했으나, 화신

　　　　　　　　　　　16. 다시 쓰인 결말

은 진심을 담아 말했다.

"무척 중요한 결정이었나 보네. 잘 마무리되었다니 다행이다."

"응. 그래서 깜짝 놀랐어. 보고 싶다고 생각하는 중이었는데, 내 앞에 네가 있어서. 순간, 현실이 아니라고 생각할 뻔했다니까."

오랫동안 바랐던 일이 이루어진 것처럼 해찬은 무척 기뻐 보였다.

"화신아."

"왜?"

"너는 만약 타인의 몸으로 다시 살 수 있는 기회가 주어진다면, 어떻게 할 거야?"

이제 결말을 알게 된 화신은 덜컥 걱정부터 되었다. 이건 몸을 빼앗는 거나 다름없는데, 괜찮은 걸까. 편지에는 이것과 관련된 내용은 적혀 있지 않았다.

'온 씨! 가장 중요한 부분이 누락되었잖아요!'

속으로 적잖이 당황했지만, 긴 침묵으로 해찬을 불안하게 만들고 싶지는 않았다.

"몸의 주인이 허락했다는 걸 가정으로 해서?"

화신은 되물었고, 해찬은 긍정하듯 고개를 끄덕였다. 현실에서는 일어날 수 없는 일이었지만, 솔라키움에서 더한 것도 겪었던 화신은 농담으로 치부하지 않고 진지하게 말했다.

"인도적인 차원에서는 돌려주는 게 맞지."

실망한 건지, 해찬의 얼굴이 어두워지는 게 보였다.

"그렇지만 사용해도 된다는 동의를 받았고, 반드시 현실에 있어야 할 이유가 있다면……. 나는 남을 것 같아."

이기적인 말이라는 걸 스스로 알고 있었기 때문에, 화신은 일부러 정면을 바라보며 말했다.

"하지만 기억과 다른 모습으로 나타나면, 상대방이 무서워하지는 않을까?"

"끔찍하게 싫어했던 인물이 변해서 오면 당연히 무섭겠지. 하지만 그게 너라면, 난 다른 건 신경 쓰지 않고 감정이 이끄는 대로 기뻐할 거야."

다른 사람의 이야기처럼 대화를 나누던 화신이 주어를 바꾼 순간이었다.

"그러면, 계속 네 옆에 있어도 돼?"

한결 밝고 또렷한 목소리로 해찬이 물었다. 걱정으로 인해 한순간 흐릿해졌던 눈동자가 반짝이고 있었다.

"오히려 내가 묻고 싶어. 나 때문에 여기에 남아도 괜찮겠어? 널 알아보는 사람도 없고, 네가 잃어야 할 게 너무 많잖아."

"화신아."

나직한 부름에 화신이 고개를 돌렸다. 언제부터 보고 있었던 건지 눈이 바로 마주쳤다. 차가워진 화신의 손을 잡아, 자신 쪽으로 끌어당기는 해찬의 두 손은 무척이나 따듯했다.

"그때, 피하지 않고 잡아주기로 약속한 거 기억해? 이번에야말로 나랑 찐하게 사랑해 보자. 내가 진짜 잘해줄게."

자신만만하게 웃는 해찬에게 바로 대답해 주고 싶었으나, 목이 멨다. 화신은 흐르는 눈물을 급하게 닦은 다음, 격하게 고개를 끄덕이는 것으로 마음을 표현할 수밖에 없었다. 머리 위에서 들리는 해찬의 웃음소리가 그립기도 하고, 살짝 얄밉기도 했다. 눈물이 멈추지 않았지만, 화신은 활짝 웃으며 그의 품에 뛰어들어 안겼다.

＊

가을에서 겨울로 넘어가는 11월의 어느 날이었다. 해찬의 손을 잡고 남이섬의 메타세콰이아 길을 걸어가던 화신이 눈을 동그랗게 뜨며 물었다.

"진짜? 제하 씨가 도와줬다고?"

놀랄 수밖에 없었다. 제하는 규칙이라는 단어를 입에 달고 살던 사자였으니까. 그리고 동시에, 감사한 마음이 들었다. 정원에서 만났을 때부터 제하가 계속 도와주었기에, 무사히 마지막 게임을 향해 갈 수 있었기 때문이다.

"나한테 제안한 사람이 제하 씨였어. 물론, 적극적으로 권유한 건 아니야. 오히려 정해진 결말을 뒤틀면, 다음 생에 영향을 미칠 수 있다고 하면서 말리는 입장에 가까웠지."

"왠지 상상이 간다. 그래서 넌 뭐라고 설득했는데?"

"음~ 그게."

해찬이 쑥스러운지 볼을 긁적였다. 찬바람에 의해 분홍색으로 물들어 있던 볼이 어느새 사과처럼 빨개져 있었다. 잠시 걸음을 멈추고, 기억을 떠올리는 척하던 해찬이 화신을 돌아보며 말했다.

"더는 화신이를 혼자 두고 싶지 않아요. 설사 다음 생에 만나지 못한다고 하더라도, 홀로 싸우고 있을 화신의 곁에 있어 주고 싶어요. 짧았던 제 삶 중에서 가장 빛나고, 의미 있었던 순간을 꼽자면…… 그 애를 빼놓을 수가 없거든요. 함께 했던 모든 날이 그리웠고, 후회로 끝내고 싶지 않은 사랑이에요. 그러니까 어떤 모습이든, 할 수 있다면 저는 현재를 살고 싶어요."

귀까지 빨개진 해찬의 진지한 고백에, 살짝 입술을 벌리고 듣고 있던 화신의 얼굴도 전염된 것처럼 화르륵 타올랐다. 서로 다른 이유로 부끄러워서 한참을 침묵하고 있을 때였다.

"너, 넌 예전부터 그런 말을 참 잘하더라?"

화신이 더듬더듬 소리쳤다.

"죽으면 아무 소용도 없다는 걸 깨달았거든. 그러니까 앞으로 기대해. 네 옆에 껌딱지처럼 딱! 달라붙어서 아낌없이 표현할 거니까. 그래서 나이가 들어서도, 죽을 때가 돼서도 너한테 말해줄 거야. 사랑해, 박화신."

당황해하는 화신의 입술에 가볍게 키스한 해찬이 즐거운 웃음을 터트렸다. 그러다 어깨를 잡아 오는 화신의 손을 느끼고는 웃음을 멈췄다.

"나도, 사랑해."

나직하게 고백한 화신이 어깨를 잡은 손에 살짝 힘을 줬다. 그리고 알아서 상체를 숙이는 해찬의 입이 아닌, 볼에 키스했다. 자신의 생각과 다른 위치에 실망한 듯 입술이 삐죽 튀어나오는 연인을 보며 화신은 웃음을 참았다. 그리고 올바른 위치에 한 번 더 키스하고는 말했다.

"밖에선 여기까지 하고, 배고픈데 밥이나 먹으러 가자."

"그럴까? 내가 맛있는 곳 알아냈어."

해찬이 부끄러운 표정을 지었다가, 힘차게 화신의 손을 잡고 흔들었다.

"근데 정말 아름답다."

하늘을 바라본 화신이 작게 감탄했다. 꿈이 아닌 현실의 여행지는 멋스러운 단풍이 떨어져 내리고 있었다. 시린 바람이 부는 겨울로 향하는 동안 나무를 풍성하게 해주던 잎은 거의 떨어졌으나, 그 모습이 조금도 처량해 보이지 않았다.

봄이 되면, 푸릇한 잎들이 돋아서 나무를 다시 감싸준다는 것을 알고 있었으니까. 힘든 일이 있으면, 언젠간 좋은 일이 찾아오는 것처럼, 화신은 손을 뻗어 햇빛을 머금은 듯이 노란 단풍을 잡았다.

지금 법정에선 자살로 위장된 유하의 살인사건에 대한 2차 공판이 시작되었을 것이다. 그리고 현재까지 강준의 변호사들은 학교 폭력에 대해서만 깔끔하게 인정했다. 피해자가 한둘이 아니었고, 목격자의 진술에 일관성이 있었기 때문이다.

하지만 살인에 대해서는 우발적 사고일 뿐이며, 죽이려는 의도는 없었다고 주장하고 있었다. 사망의 원인이 두개골 골절로 인한 즉사였고, 결정적인 타살의 증거가 없었기 때문이다. 그래서 화신은, 온이 이날을 위해서 강준의 자백을 받으려 했다는 걸 깨달았다.

하지만 우리나라는 증거재판주의였기에, 강준의 자백만으로는 미약했다. 그래서 보강 자료로 강준이 윤정을 협박하기 위해 보냈던 문자 메시지와 유하를 죽이겠다고 말한 녹음 파일을 제출했다. 또한, 당시 현장에 있었던 윤정이 증언하기로 하였다.

물론, 왜 그때 신고하지 않았느냐고 치사하게 물고 늘어질 가능성도 있다. 그래서 윤정은 자신이 겪은 데이트 폭력과 몰카 범죄에 관해 전부 밝히기로 결심했다. 강준이 친절하게도 지금까지 사진을 소지하고 있었으며, 거짓 증언을 하지 않을 시 유포하겠다고 협박한 사실도 화신에게 있었기 때문이다.

윤정에게 쉽지 않은 결정이라는 걸 알기에, 화신은 이대로 여행을 가도 괜찮을지 공판 전날까지 고민했다. 하지만 윤정이 딱 잘라 거절하며, 화신에게 이렇게 말했다.

'더는 무섭지 않아. 이젠 혼자서 잘할 수 있어. 그러니까 가서 예쁜 사진이나 많이 찍고 와. 그 자식 염장 좀 지르게.'

'그래도 우리가 참관하는 게 낫지 않겠어?'

'화신아, 내가 말했지? 환기가 필요하다고. 뭐 좋은 얼굴이라고 굳이 보러 와. 게다가 그 자식은 너한테 접촉할 순간만 노리고 있을 텐데, 오지 마. 내일은 나한테 맡기고, 둘이 기분 전환하고 와.'

덕분에 여행을 오긴 했지만, 완전히 마음을 놓은 건 아니었다. 아직도 정신을 못 차린 강준이 포기하지 않고 사람들을 매수하려 하고 있었고, 화신에게도 다양한 방법으로 연락을 취하려 했기 때문이다. 지금껏 자기 위주로 살았을 강준은, 이번 기회에 제대로 똥줄이 탈 터였다. 논문 표절과 채용 비리로 언론에서 열심히 물어뜯기는 중이었고, 다른 정당에서는 기회를 놓칠세라 고발장을 접수했기 때문이다.

그로 인해 임 국회의원은 거센 비난을 받고 있었다. 쏟아지는 화살을 피할 가장 완벽한 방법이 뭘까. 그건, 적들 눈에서 벗어나는 것이다. 판단을 끝낸 강준의 아버지인 임 국회의원은 바로 어제, 하락세인 지지율을 방어하기 위해 탈당 및 자식의 죄를 외면하지 않겠다고 기자회견에서 선언했다. 그리고 기세를 몰아, 윤정은 몰래카메라 촬영 및 유포로 강준을 고소했다.

'이 상태에서 형량이 터무니없이 낮게 나올 가능성은…….
적어도 이번 사건에선 해당이 없을 거야.'

화신은 각종 이유로 가해자를 감형시켜서 논란이 되었던 담당 판사에 대한 걱정을 내려놓았다. 웬만해서는 감형 없이, 깐깐하고 정확한 판결을 하는 이미지로 180도 달라져 있었기 때문이다. 마치 끔찍한 악몽 때문에, 강제로 개과천선하게 된 것처럼.

그렇기에 담당 판사가 지정된 후부터 계속 재판 결과를 찾아봤던 화신은 불안을 덜어낼 수 있었다. 사람이 달라진 것도 그렇고 편지 내용을 유추해 봤을 때, 온이 어떤 식으로 조치를 한 게 분명했으니까.

'솔라키움은 다시 운영하고 있을까?'

상처받은 영혼을 위해서라면 무리한 짓도 서슴지 않고, 최

선을 다해 의뢰를 들어주는 사자들의 존재가 문득 그리워
졌다. 비록 현실이 아니더라도, 누군가는 그 경험을 통해 위
로받고, 앞으로 나아갈 힘을 얻을 테니까.

'고마워요.'

마지막까지 도움을 주었던 사자들을 떠올리며, 화신은 속
으로 감사 인사를 전했다. 그 순간, 우연히 머리 위로 단풍잎
하나가 떨어졌다.

"꼭 어디서 많이 본 것 같은, 특이한 색깔이네."

화신의 머리에 떨어진 단풍을 떼어낸 유하가 그리운 얼굴
로 말했다.

"그러게, 예쁘다. 예상치 못한 선물을 받은 기분이라 좋네.
시들게 두고 싶지 않은데, 유리 문진으로 만들어 놓을까?"

"그러자. 주문 제작해 주는 곳도 있을 거야. 부적 삼아 우리
신혼집에 장식해 두면 되겠다."

"우리가 받은 첫 결혼 선물이네."

두 사람은 마주 보며 웃었다. 화신이 가방에서 꺼낸 노트
사이에 조심스럽게 단풍을 넣었다. 마치 이렇게라도 잘 지내
고 있다는 걸 알려주고 싶었던 것처럼, 연분홍에 가까운 단
풍잎에는 아주 조그마한 해바라기 도장이 찍혀 있었다.